A LOURA DE OLHOS NEGROS

Benjamin Black

A LOURA DE OLHOS NEGROS
Uma aventura de Philip Marlowe

Tradução de Geni Hirata

Título original
THE BLACK-EYED BLONDE
A Philip Marlowe Novel

Copyright © 2014 by John Banville, Inc. e Raymond Chandler Limited
Todos os direitos reservados.

Direitos para a língua portuguesa reservados
com exclusividade para o Brasil à
EDITORA ROCCO LTDA.
Av. Presidente Wilson, 231 – 8º andar
20030-021 – Rio de Janeiro – RJ
Tel.: (21) 3525-2000 – Fax: (21) 3525-2001
rocco@rocco.com.br
www.rocco.com.br

Printed in Brazil/Impresso no Brasil

preparação de originais
FÁTIMA FADEL

CIP-Brasil. Catalogação na fonte.
Sindicato Nacional dos Editores de Livros, RJ.

B562L	Black, Benjamin A loura de olhos negros: uma aventura de Philip Marlowe/Benjamin Black; tradução de Geni Hirata. – 1ª ed. – Rio de Janeiro: Rocco, 2014. Tradução de: The black-eyed blonde. ISBN 978-85-325-2915-2 1. Ficção norte-americana. 2. Ficção policial norte-americana. I. Hirata, Geni. II. Título.
14-10996	CDD–813 CDU–821.111(73)-3

Para Joseph Isaac e Ruby Ellen

1

Era uma dessas tardes de terça-feira de verão, quando você se pergunta se a Terra parou de girar. O telefone em minha escrivaninha tinha o ar de algo que sabe que está sendo observado. Carros passavam a conta-gotas na rua abaixo da janela poeirenta do meu escritório, e alguns dos bons cidadãos de nossa bela cidade caminhavam vagarosamente ao longo da calçada, os homens de chapéu, em sua grande maioria, indo a lugar nenhum. Eu vi uma mulher na esquina da Cahuenga com a Hollywood, à espera da mudança do sinal de trânsito. Longas pernas, um elegante casaco creme com ombreiras, uma saia-lápis azul-marinho. Ela usava um chapéu, também, um negócio sumário, que dava a impressão de que um passarinho pousara no lado dos seus cabelos e se instalara ali, satisfeito. Ela olhou à esquerda, à direita e à esquerda de novo — ela deve ter sido uma menina muito boazinha quando era pequena —, depois atravessou a rua ensolarada, pisando graciosamente em sua própria sombra.

Até agora, tinha sido uma época de vacas magras. Eu trabalhara uma semana como guarda-costas de um sujeito que chegara de Nova York de helicóptero. Tinha uma queixada azulada, e usava uma pulseira de ouro e um anel no dedo mindinho, com um rubi do tamanho de uma amora. Ele disse que era um empresário e decidi acreditar nele. Ele estava preocupado, suava muito, mas nada aconteceu e eu fui pago. Em seguida, Bernie Ohls, do gabinete do delegado, me colocou em contato com uma simpática velhinha, cujo filho aloprado havia afanado alguns itens valiosos da coleção de moedas raras de seu falecido marido. Tive que aplicar um pouco de músculo para obter os objetos de volta, mas nada de grave. Havia uma moeda com a cabeça de Alexandre, o Grande, e outra exibindo Cleópatra de perfil, com aquele seu enorme nariz — o que todo mundo via nela?

A campainha soou para anunciar que a porta externa fora aberta, e eu ouvi uma mulher atravessar a sala de espera e parar por um instante à porta do meu escritório. O som de saltos altos em um assoalho de madeira sempre desencadeia em mim uma sensação peculiar. Eu estava prestes a dizer a ela para entrar, usando minha voz especial, grave e profunda, de sou-um-detetive-você-pode-confiar-em-mim, quando ela entrou, de qualquer maneira, sem bater.

Ela era mais alta do que parecera quando eu a vi da janela, alta e esbelta, com ombros largos e quadris estreitos. Meu tipo, em outras palavras. O chapéu que ela usava tinha um véu, um delicioso visor de seda preta de poá, que chegava à ponta do seu nariz — e que bela ponta era, de um nariz muito bonito, aristocrático, mas não estreito demais ou comprido demais, e certamente em nada semelhante à napa tamanho jumbo de Cleópatra. Ela usava luvas até o cotovelo, de cor creme para combinar com o casaco, e feitas da pele de alguma rara criatura que passou sua breve vida saltando delicadamente pelos penhascos alpinos. Tinha um bonito sorriso, amável, até certo ponto, e um pouco enviesado, irônico, mas de uma forma atraente. Seus cabelos eram louros e seus olhos eram negros, negros e profundos como um lago de montanha, as pálpebras primorosamente afiladas nos cantos externos. Uma loura de olhos negros — essa não é uma combinação comum. Tentei não olhar para suas pernas. Obviamente, o deus das tardes de terça-feira havia decidido que eu merecia um pouco de ânimo.

— O nome é Cavendish — disse ela.

Convidei a moça a sentar-se. Se eu soubesse que era a mim que ela vinha visitar, teria penteado os cabelos com escova e aplicado um pouco de loção atrás dos lóbulos. Mas ela teria que me aceitar como eu estava. Ela não pareceu desaprovar muito o que estava vendo. Sentou-se na frente da minha mesa, na cadeira que eu tinha lhe indicado, e tirou as luvas, dedo por dedo, estudando-me com os seus firmes olhos negros.

— Como posso ajudá-la, srta. Cavendish? — perguntei.
— Senhora.
— Desculpe-me. Sra. Cavendish.
— Uma amiga me falou de você.
— Ah, sim? Falou bem, espero.

Eu lhe ofereci um dos Camels que guardo em uma caixa sobre a minha escrivaninha para os clientes, mas ela abriu sua bolsa de couro legítimo, retirou uma cigarreira de prata e abriu-a com um piparote do polegar. Sobranie Black Russian — que outro? Quando acendi um fósforo e o ofereci por cima da mesa, ela inclinou-se para frente, a cabeça de lado, as pestanas abaixadas, e tocou a ponta de um dedo, de leve, nas costas da minha mão. Admirei seu esmalte rosa cintilante, mas não disse nada. Ela recostou-se novamente em sua cadeira, cruzou as pernas sob a apertada saia azul e me lançou aquele olhar friamente avaliador outra vez. Ela não estava com pressa para decidir o que concluir a meu respeito.

— Quero que encontre uma pessoa — disse ela.
— Certo. E quem seria?
— Um homem chamado Peterson, Nico Peterson.
— Seu amigo?
— Ele era meu amante.

Se ela esperava que eu fosse ficar chocado, ficou decepcionada.
— Era? — perguntei.
— Sim. Ele desapareceu, um pouco misteriosamente, sem sequer dizer adeus.
— Quando é que foi isso?

— Há dois meses.

Por que ela havia esperado tanto tempo antes de me procurar? Resolvi não lhe perguntar, ou ainda não, de qualquer modo. Deu-me uma sensação estranha ser observado por aqueles olhos frios por detrás da trama preta e transparente do véu. Era como ser observado através de uma janela secreta; observado e avaliado.

— A senhora diz que ele desapareceu — disse eu. — Quer dizer de sua vida ou de um modo geral?

— Ambos, parece.

Esperei que ela continuasse, mas ela apenas se inclinou um pouco mais e sorriu novamente. Que sorriso: era como algo ao qual ela houvesse ateado fogo muito tempo atrás, e depois deixado para arder lentamente por si só. Tinha um adorável lábio superior, proeminente, tal como o de um bebê, de aparência macia e um pouco inchada, como se tivesse dado muitos beijos recentemente, e não haviam sido beijos de bebê, tampouco. Ela deve ter percebido o meu mal-estar a respeito do véu, então ergueu a mão e levantou-o, tirando-o do seu rosto. Sem ele, os olhos eram ainda mais impressionantes, um preto lustroso de pele de foca, que fez alguma coisa se contrair em minha garganta.

— Então me fale sobre ele — disse eu —, o seu sr. Peterson.

— Bem alto, como você. Moreno. Bonito, de certo modo. Usa um bigodinho ridículo, estilo Dom Ameche. Veste-se muito bem, ou costumava se vestir, quando eu podia dar opinião sobre o assunto.

Ela retirara uma curta piteira de ébano da bolsa e adaptava o Black Russian nela. Hábeis, aqueles dedos; delgados, mas fortes.

— O que ele faz? — perguntei.

Ela olhou para mim com uma piscadela gélida.

— Para ganhar a vida, você quer dizer? — Ela ponderou sobre a questão. — Ele vê pessoas — disse ela.

Desta vez, eu me recostei na minha cadeira.

— O que quer dizer? — perguntei.

— Exatamente o que disse. Praticamente toda vez que eu o via, ele estava prestes a sair com urgência. *Tenho que ir ver esse sujeito. Tem esse sujeito que eu preciso ver.* — Ela sabia imitar bem; eu começava a formar uma imagem do sr. Peterson. *Ele* não parecia o tipo *dela*.

— Um sujeito ocupado, então — disse eu.

— Seus negócios davam poucos resultados, receio. De qualquer forma, não resultados que se percebesse, ou que *eu* percebesse, pelo menos. Se você perguntar a ele, ele vai lhe dizer que é um agente de estrelas de cinema. As pessoas que ele tinha de ver com tanta urgência geralmente eram ligadas a um dos estúdios.

Era interessante, a forma como a sra. Cavendish ficava mudando de um tempo de verbo para outro. De qualquer modo, eu tinha a impressão de que ele pertencia ao passado, para ela, esse tal de Peterson. Então, por que ela queria que ele fosse encontrado?

— Então, ele está no ramo cinematográfico? — perguntei.

— Eu não diria *no* ramo. Mais, eu diria, raspando as bordas com a ponta dos dedos. Ele teve algum sucesso com Mandy Rogers.

— Eu deveria conhecer o nome?

— Pretendente a estrela, ingênua, Nico diria. Pense em Jean Harlow sem o talento.

— Jean Harlow tinha talento?

Ela sorriu.

— Nico acredita piamente que todos os seus gansos são cisnes.

Eu tirei meu cachimbo e o enchi. Chamou-me a atenção o fato de que a mistura de tabaco que eu estava usando tinha alguns Cavendish. Resolvi não compartilhar essa feliz coincidência com ela, imaginando o sorriso aborrecido e o trejeito de desdém no canto de sua boca com que ela receberia essa informação.

— Conheceu-o há muito tempo, o sr. Peterson? — perguntei.

— Não muito.

— Quanto tempo seria "não muito"?

Ela deu de ombros, o que no seu caso envolveu um levantamento parcial de seu ombro direito.

— Um ano? — Ela fez uma pergunta. — Deixe-me ver. Era verão quando nos conhecemos. Agosto, talvez.

— Onde foi isso? Que vocês se conheceram, quero dizer.

— No Cahuilla Club. Conhece? Fica em Palisades. Campos de polo, piscinas, muita gente brilhante, reluzente. O tipo de lugar que não deixaria um pé de chinelo como você pisar além dos portões eletronicamente controlados. — Essa última parte ela não disse, mas eu ouvi mesmo assim.

— Seu marido sabe sobre ele? Sobre a senhora e Peterson?

— Eu realmente não sei dizer.

— Não sabe ou não quer?

— Não sei. — Ela baixou os olhos para as luvas creme onde as colocara, em seu colo. — O sr. Cavendish e eu temos, como dizer? Um arranjo.

— E qual é?

— Está sendo dissimulado, sr. Marlowe. Tenho certeza de que sabe muito bem o tipo de arranjo que quero dizer. O meu marido gosta de pôneis de polo e garçonetes de coquetel, não necessariamente nessa ordem.

— E a senhora?

— Eu gosto de muitas coisas. Música, principalmente. O sr. Cavendish tem duas reações à música, dependendo do humor e estado de sobriedade. Ou isso o deixa doente ou o faz rir. Ele não tem uma risada melodiosa.

Levantei-me da mesa, levei meu cachimbo para a janela e fiquei olhando para fora, para nada em particular. Em um escritório do outro lado da rua, uma secretária, com uma blusa xadrez e usando fones de ouvido de um aparelho Dictaphone, estava inclinada sobre sua máquina de escrever, datilografando. Eu já passara por ela na rua algumas vezes. Rostinho bonito, sorriso tímido; o tipo de rapariga que vive com a mãe e faz bolo de carne no almoço de domingo. Esta é uma cidade solitária.

— Quando foi a última vez que viu o sr. Peterson? — perguntei, ainda observando a srta. Remington em seu trabalho. Houve silêncio atrás de mim e eu me virei. Obviamente, a sra. Cavendish não estava disposta a dirigir-se a alguém de costas. — Desculpe-me — disse eu. — Eu passo muito tempo nesta janela, contemplando o mundo e seus modos.

Voltei e sentei-me novamente. Coloquei meu cachimbo no cinzeiro, juntei minhas mãos e apoiei o queixo em alguns nós dos dedos para mostrar a ela o quanto eu podia ser atento. Ela decidiu aceitar essa sincera demonstração de minha firme e total concentração. Então, disse:

— Eu lhe disse quando o vi pela última vez, há uns dois meses.

— Onde foi?

— No Cahuilla, aliás. Numa tarde de domingo. O meu marido estava envolvido em uma *chukker* particularmente extenuante. Isso é...

— Uma rodada no polo. Sim, eu sei.

Ela se inclinou para frente e deixou cair alguns flocos de cinza de cigarro ao lado do meu cachimbo. Um leve sopro do seu perfume atravessou a escrivaninha. Cheirava a Chanel nº 5, mas, por outro lado, para mim todos os perfumes cheiram a Chanel nº 5, ou cheiravam até então.

— O sr. Peterson deu qualquer indicação de que estava prestes a levantar acampamento? — perguntei.

— Levantar acampamento? É uma maneira estranha de falar.

— Pareceu-me menos dramático do que *desapareceu*, que foi a palavra que a senhora usou.

Ela sorriu e fez um curto aceno com a cabeça, admitindo o argumento.

— Ele estava como de costume — disse ela. — Um pouco mais distraído, talvez, até mesmo um pouco nervoso, embora talvez só pareça assim em retrospectiva. — Eu gostava do jeito que ela falava; fazia-me pensar nos muros cobertos de hera de veneráveis colégios e detalhes de fundos fiduciários escritos em pergaminho com caligrafia floreada. — Ele certamente não deu qualquer indicação forte de que estivesse prestes a — ela sorriu novamente — "levantar acampamento".

Eu pensei um pouco, e deixei que ela me visse pensar.

— Diga-me, quando foi que percebeu que ele tinha ido embora? Quero dizer, quando foi que decidiu que ele tinha — agora foi a minha vez de sorrir — "desaparecido"?

— Eu liguei para ele várias vezes e não obtive resposta. Então, fui à casa dele. O leite não tinha sido cancelado e os jornais se acumulavam no alpendre. Não era próprio dele deixar as coisas assim. Ele era cuidadoso, em alguns aspectos.

— A senhora procurou a polícia?

Seus olhos se arregalaram.

— A polícia? — disse ela, e eu achei que ela fosse rir. — Isso não iria adiantar, de maneira alguma. Nico mantinha-se um pouco cauteloso com a polícia e não iria me agradecer se eu a colocasse no seu encalço.

— Cauteloso de que forma? — perguntei. — Ele tinha alguma coisa a esconder?

— Não temos todos, sr. Marlowe? — Novamente ela dilatou aquelas adoráveis pálpebras.

— Depende.

— De quê?

— De muitas coisas.

Isso não estava indo a nenhum lugar, em círculos cada vez maiores.

— Permita-me perguntar-lhe, sra. Cavendish — disse eu —, o que a senhora acha que aconteceu ao sr. Peterson?

Mais uma vez ela deu de ombros, com um movimento ínfimo.

— Não sei o que pensar. Foi por isso que eu vim procurá-lo.

Balancei a cabeça — sabiamente, eu esperava —, em seguida, peguei meu cachimbo e me ocupei um pouco com ele, calcando o resto do tabaco e assim por diante. O cachimbo é um objeto cênico muito prático, quando você quer parecer ponderado e sábio.

— Gostaria de lhe perguntar — disse eu — por que esperou tanto tempo antes de vir me procurar.

— Foi um longo período de tempo? Eu fiquei achando que iria ter notícias dele, que o telefone iria tocar um dia e ele estaria me ligando do México ou de algum outro lugar.

— Por que ele estaria no México?

— França, então, a Côte d'Azur. Ou algum outro lugar mais exótico. Moscou, talvez, Xangai, eu não sei. Nico gostava de viajar. Isso alimentava sua inquietação. — Ela sentou-se um pouco mais para frente, demonstrando um leve traço de impaciência. — Vai aceitar o caso, sr. Marlowe?

— Farei o que puder — disse eu. — Mas não vamos chamar isso de caso, ainda não.

— Quais são os seus termos?

— Os de sempre.

— Não posso dizer que eu saiba o que são os de sempre.

Eu não tinha realmente achado que ela soubesse.

— Um depósito de cem dólares, e vinte e cinco por dia, acrescidos das despesas enquanto eu estiver investigando.

— Quanto tempo vão demorar as suas investigações?

— Isso também depende.

Ela ficou calada por um momento, e mais uma vez seus olhos assumiram aquele ar avaliador, fazendo com que eu me contraísse um pouco.

— Você não me perguntou nada sobre mim — disse ela.

— Eu estava tentando chegar lá.

— Bem, deixe-me poupar-lhe algum trabalho. Meu nome de solteira é Langrishe. Já ouviu falar de Fragrâncias Langrishe, Inc.?

— Claro — disse eu. — A empresa de perfumes.

— Dorothea Langrishe é minha mãe. Ela era viúva quando veio da Irlanda, trazendo-me com ela, e fundou a companhia aqui em

Los Angeles. Se já ouviu falar dela, então deve saber o quanto é bem-sucedida. Eu trabalho para ela, ou com ela, como prefere dizer. O resultado é que sou muito rica. Quero que encontre Nico Peterson para mim. Ele é um pobre coitado, mas é meu. Eu lhe pagarei o que você pedir.

Considerei cutucar meu cachimbo novamente, mas achei que a segunda vez iria parecer um pouco óbvia demais. Em vez disso, dei-lhe um olhar frio, impessoal, fazendo os meus olhos se tornarem inexpressivos.

— Como eu disse, sra. Cavendish: cem dólares de depósito, e vinte e cinco por dia, acrescidos das despesas. Da forma como eu trabalho, todo caso é um caso especial.

Ela sorriu, fazendo beicinho.

— Eu pensei que não fosse chamar isso de caso, ainda não.

Decidi deixar que ela vencesse dessa vez. Abri uma gaveta, retirei um contrato padrão e empurrei-o por cima da mesa para ela com a ponta de um dedo.

— Leve isso, leia e, se concordar com os termos, assine-o e devolva-o a mim. Enquanto isso, me dê o endereço e o número do telefone do sr. Peterson. E qualquer outra coisa que ache que pode ser útil para mim.

Ela olhou para o contrato por um instante, como se estivesse decidindo se iria levá-lo ou jogá-lo no meu rosto. Por fim, ela o pegou, dobrou-o cuidadosamente e colocou-o na bolsa.

— Ele tem um lugar em West Hollywood, perto do Bay City Boulevard — disse ela. Abriu a bolsa outra vez e retirou dali um pequeno caderno de anotações e um fino lápis de ouro. Ela escreveu rapidamente no caderninho, em seguida arrancou a página e entregou-a a mim. — Napier Street — disse ela. — Preste bastante atenção, senão vai passar direto. Nico gosta de lugares retirados.

— Por conta de ser tão tímido — disse eu.

Ela levantou-se, enquanto eu permaneci sentado. Senti seu perfume novamente. Não era Chanel, portanto, mas Langrishe, o nome ou o número do qual eu iria dedicar-me a descobrir.

— Vou precisar de um contato com a senhora, também — disse eu.

Ela apontou para o pedaço de papel na minha mão.

— Eu coloquei meu telefone aí. Me ligue sempre que precisar.

Li o endereço dela: Ocean Heights, 444. Se eu estivesse sozinho, teria assoviado. Somente a nata da sociedade consegue morar lá, em ruas particulares junto à praia.

— Eu não sei o seu nome — disse eu. — Quero dizer, só sei o seu sobrenome.

Por algum motivo, isso trouxe um leve rubor às suas faces e ela baixou os olhos, levantando-os rapidamente em seguida.

— Clare — disse ela. — Sem o *i*. Eu recebi o nome de nossa terra natal, na Irlanda. — Ela fez uma careta ligeiramente triste e zombeteira. — Minha mãe é um pouco sentimentalista no que diz respeito ao nosso país de origem.

Coloquei a página do caderno de notas na minha carteira, levantei-me e saí de trás da mesa. Por mais alto que você seja, há certas mulheres que o fazem se sentir mais baixo do que é. Eu estava olhando de cima para Clare Cavendish, mas era como se eu estivesse olhando para cima. Ela me ofereceu a mão e eu a apertei. É realmente importante o primeiro toque entre duas pessoas, por mais breve que seja.

Eu a acompanhei até o elevador, onde ela me deu um último e rápido sorriso, e se foi.

De volta ao meu escritório, reassumi meu posto junto à janela. A srta. Remington ainda datilografava, sendo uma moça diligente como era. Torci para que ela erguesse os olhos e me visse, mas em vão. O que eu teria feito, de qualquer modo? Acenado como um idiota?

Pensei em Clare Cavendish. Algo não fazia sentido. Como detetive particular, não sou completamente desconhecido, mas por que a filha de Dorothea Langrishe de Ocean Heights, e quem sabe quantos outros lugares chiques, iria me escolher para encontrar seu homem desaparecido? E por que, para começar, ela teria se envolvido com Nico Peterson, que, se a sua descrição estiver correta, não seria mais do que um golpista barato em um terno elegante? Perguntas longas e complicadas, e nas quais era difícil me concentrar, quando me lembrava dos olhos cândidos de Clare Cavendish e da luz divertida e inteligente que brilhava neles.

Quando me virei, vi a piteira no canto da minha escrivaninha, onde ela a deixara. O ébano era do mesmo negro lustroso dos seus olhos. Ela também se esquecera de pagar meu adiantamento. Não parecia importar.

2

Ela estava certa: a Napier Street não exatamente se anunciava, mas eu a vi a tempo e manobrei rapidamente para fora do bulevar. A rua ficava em uma ligeira subida, rumo às colinas que se erguiam em meio a uma névoa azulada de fumaça, ao longe, na extremidade distante da rua. Fui percorrendo-a devagar, verificando a numeração das casas. O lugar onde Peterson morava parecia-se um pouco com uma casa de chá japonesa, ou o que eu imaginava que uma casa de chá japonesa pareceria. Consistia em um único andar e era feita de pinho vermelho-escuro, com um alpendre em toda a volta e um telhado de *shingles,* de telhas finas de madeira, que subia em quatro águas rasas até formar um ponto no centro com um cata-vento em cima. As janelas eram estreitas e as persianas estavam arriadas. Tudo a respeito do lugar dizia-me que já não estava habitado há um bom tempo, apesar de os jornais terem parado de se acumular. Estacionei o carro e subi três degraus de madeira para o alpendre. As paredes batidas pelo sol exalavam um cheiro oleoso de creosoto. Apertei a campainha, mas ela não tocou no interior da casa, então tentei a aldrava. Uma casa vazia tem uma maneira especial de engolir os sons, como um riacho seco sugando água. Pressionei um olho contra o painel de vidro na porta, tentando ver através da cortina de renda que havia por trás dela. Não pude divisar muita coisa — apenas uma sala comum, com objetos comuns.

Uma voz falou atrás de mim.

— Ele não está em casa, amigo.

Eu me virei. Era um velho, de macacão azul desbotado e uma camisa sem gola. Sua cabeça tinha a forma de uma casca de amendoim, um grande crânio e um grande queixo com faces encovadas entre um e outro, e uma boca desdentada, que ficava um pouco aberta. Nos seus maxilares, via-se uma barba de uma semana, prateada, com a ponta dos pelos brilhando ao sol. Uma espécie de Gabby Hayes degringolado. Um dos olhos estava fechado e com o outro, apertado, ele olhava para mim, movendo aquele maxilar pendente devagar, de um lado para outro, como uma vaca ruminando.

— Estou procurando o sr. Peterson — disse eu.

Ele virou a cabeça e cuspiu em seco.

— E eu lhe disse, ele não está em casa.

Desci os degraus. Pude vê-lo vacilar um pouco, perguntando-se quem seria eu e até onde poderia causar problemas. Tirei meus cigarros e lhe ofereci um. Ele pegou-o sofregamente e prendeu-o no lábio inferior. Acendi um fósforo na unha do meu polegar e passei-lhe a chama. Um grilo decolou do capim seco ao nosso lado como um palhaço sendo disparado da boca de um canhão. O sol estava forte e soprava uma brisa quente e seca, e eu fiquei satisfeito com o meu chapéu. O velho estava com a cabeça descoberta, mas não parecia notar o calor. Tragou o cigarro com força, prendeu a fumaça e expeliu uns poucos fiapos cinzentos.

Atirei o fósforo usado no capim.

— Você não devia fazer isso — disse o velho. — Se começa um fogo aqui, todo o West Hollywood vira fumaça.

— Conhece o sr. Peterson? — perguntei.

— Claro que sim. — Gesticulou atrás dele para um barraco no outro lado da rua. — Eu moro lá. Ele costumava ir lá às vezes, passar o tempo, me dar um cigarro.

— Há quanto tempo ele não aparece por aqui?

— Deixe-me ver. — Ele pensou um pouco, apertando mais os olhos. — Acho que o vi pela última vez há umas seis, sete semanas.

— Não mencionou para onde ia, imagino.

Ele encolheu os ombros.

— Eu nem sequer o vi ir embora. Um belo dia notei que ele não estava mais aqui.

— Como?

Ele me espreitou com os olhos apertados e sacudiu a cabeça, como se tivesse água no ouvido.

— Como o quê?

— Como você soube que ele tinha ido embora?

— Ele não estava mais lá, só isso. — Fez uma pausa. — Tira?

— Mais ou menos.

— O que quer dizer com isso?

— Detetive particular.

Ele deu uma risadinha encatarrada.

— Um detetive particular não é uma espécie de policial, a não ser nos seus sonhos, talvez.

Suspirei. Quando as pessoas ouvem dizer que você é um detetive particular, pensam que podem dizer qualquer coisa a você. Acho que podem mesmo. O velho ria para mim, todo cheio de si, como uma galinha que tivesse acabado de pôr um ovo.

Olhei para cima e para baixo da rua. Joe's Diner. Lavanderias Kwik Kleen. Uma oficina de lanternagem, onde um mecânico remexia nas entranhas de um Chevy em péssimo estado. Imaginei Clare Cavendish descendo de algo baixo e esportivo, e torcendo o nariz para tudo aquilo.

— Que tipo de pessoas ele trazia aqui? — perguntei.

— Pessoas?

— Amigos. Companheiros de bebida. Colegas do mundo do cinema.

— Cinema?

Ele estava começando a soar como Little Sir Echo.

— E quanto a amigas? — perguntei. — Ele tinha alguma?

Isso produziu uma verdadeira gargalhada. Não era algo agradável de ouvir.

— *Alguma?* — disse ele, ainda rindo. — Ouça, rapaz, aquele sujeito tinha mais mulheres do que sabia o que fazer com elas. Todas as noites, praticamente, ele voltava para casa com uma diferente.

— Você devia ficar de olho em suas idas e vindas, não?

— Eu via, só isso — disse o velho, amuado, em tom defensivo. — Costumavam me acordar com toda a balbúrdia que faziam. Uma delas deixou cair uma garrafa de alguma coisa na calçada uma noite, champanhe, eu acho. Soou como a explosão de uma bomba. A mulher apenas riu.

— Os vizinhos não reclamavam desse comportamento?

Ele me deu um olhar de pena.

— Que vizinhos? — disse ele com desprezo.

Balancei a cabeça, concordando. O sol não estava enfraquecendo nem um pouco. Tirei um lenço e enxuguei a nuca. Por aqui, há dias, no alto verão, quando o sol age sobre você como um gorila descascando uma banana.

— Bem, obrigado, de qualquer modo — disse eu, passando por ele. O ar ondulava acima do teto do meu carro. Eu pensava em como o volante deveria estar quente. Às vezes, digo a mim mesmo que vou me mudar para a Inglaterra, onde dizem que é fresco mesmo nos piores dias do verão.

— Você não é o primeiro a perguntar por ele — disse o velho atrás de mim.

Eu me virei.

— Ah, é?

— Uma dupla de cucarachos esteve aqui na semana passada.

— Imigrantes mexicanos?

— Foi o que eu disse. Dois deles. Estavam muito paramentados, mas um cucaracho de terno e gravata vistosa ainda é um cucaracho, certo?

O sol estivera batendo nas minhas costas e agora estava batendo na frente do meu corpo. Eu podia sentir o meu lábio superior ficando úmido.

— Falou com eles? — perguntei.

— Não. Chegaram num tipo de carro que eu nunca vi antes, deve ter sido feito lá. Alto e largo como uma cama de bordel, e uma capota de lona com buracos nela.

— Quando foi isso?

— Há dois, três dias. Eles perambularam por aí durante algum tempo, olhando pela janela como você fez, depois entraram no carro e foram saindo de fininho. — Outra cuspida seca. — Não gosto de cucarachos.

— Nem me diga.

Ele me deu um olhar carrancudo, em seguida, fungou.

Virei-me outra vez e comecei a me dirigir para o meu carro quente. Novamente, ele falou.

— Acha que ele vai voltar?

E novamente eu parei. Eu me senti como o convidado de um casamento tentando se desvencilhar do Velho Marinheiro, no famoso poema.

— Duvido — disse eu.

Ele fungou outra vez.

— Bem, acho que ele não faz muita falta. Ainda assim, eu gostava dele.

Ele tinha fumado o cigarro quase até o toco, que agora jogou no capim.

— Você não devia fazer isso — disse eu, entrando no carro.

Quando os meus dedos tocaram o volante, fiquei surpreso de não chiarem.

3

Em vez de voltar para o escritório, dobrei a esquina para o Barney's Beanery em busca de algo fresco para entornar dentro de mim. O Barney's era um pouco boêmio demais para o meu gosto — muita gente zanzando por lá com *artista* escrito na testa. Aquela velha placa dizendo: "Veado — aqui não" continuava atrás do bar. Isso é uma coisa que eu tenho notado sobre o tipo de gente do Barney's: eles não são muito bons em ortografia. Barney deve ter pensado em alguma outra palavra parecida, como "Fiado". Mas o barman era um bom rapaz que tinha me emprestado um ouvido tolerante para as minhas lamúrias tarde da noite em mais ocasiões do que eu podia me lembrar. Ele se chamava Travis, mas se este era seu nome ou sobrenome eu não sei dizer. Um sujeito grandalhão com braços peludos e uma tatuagem elaborada no bíceps esquerdo mostrando uma âncora azul entrelaçada com rosas vermelhas. Mas eu duvido que ele algum dia tenha sido um marinheiro. Travis era muito popular com os "veados", os quais, apesar da placa de aviso, continuavam a ir ali — por causa da placa, talvez. Ele costumava contar uma história engraçada sobre Errol Flynn e algo que ele fizera ali no bar, certa noite, com uma cobra de estimação que mantinha em uma caixa de bambu, mas não consigo me lembrar qual tinha sido a piada.

Sentei-me em um banquinho e pedi uma cerveja mexicana. Havia uma tigela de ovos cozidos no balcão. Peguei um e o comi com um monte de sal. O sal e a secura da gema do ovo deixaram a minha língua parecendo um pedaço de giz, de modo que tive que pedir mais uma Tecate.

Era um lento início de noite e não havia muitos fregueses no lugar. Travis, não sendo do tipo demasiadamente íntimo, tinha me dado apenas um leve aceno quando cheguei. Eu me perguntei se ele saberia o meu nome. É provável que não. Ele sabia o que eu fazia para ganhar a vida. Eu praticamente tinha certeza disso, embora não me lembre de jamais tê-lo ouvido mencionar o fato. Quando o lugar não estava movimentado, ele tinha uma maneira peculiar de ficar com as mãos estendidas sobre o balcão e a enorme cabeça quadrada abaixada, olhando para fora, para a rua, pela porta aberta, com um olhar distante, como se estivesse se lembrando de um antigo amor perdido ou uma luta que ele havia vencido. Ele não falava muito. Ou era muito idiota ou muito sábio, eu nunca conseguia decidir qual. Seja como for, eu gostava dele.

Perguntei a ele se conhecia Peterson. Não creio que o Barney's seria o tipo de lugar de Peterson, mas achei que valia a pena tentar mesmo assim.

— Mora na Napier — disse. — Ou morava, até recentemente.

Travis lentamente voltou da estrada da memória que estivera percorrendo.

— Nico Peterson? — disse ele. — Claro, conheço, sim. Costumava vir aqui à tarde, às vezes, tomar uma cerveja e comer um ovo, exatamente como você.

Essa era a segunda vez que eu era comparado a Peterson — Clare Cavendish tinha dito que ele era alto como eu — e, por mais fraca que fosse a ligação, não gostei.

— Que tipo de sujeito ele é? — perguntei.

Travis flexionou e encolheu os ombros musculosos. Usava uma camiseta preta apertada, da qual o seu pescoço grosso e curto projetava-se como um hidrante.

— Do tipo playboy — respondeu. — Ou é assim que ele se apresenta. Um mulherengo, com aquele bigode e os cabelos untados penteados em uma bela onda. Engraçado, também, que ele sempre consegue fazê-las rir.

— Ele trazia suas garotas aqui?

Travis ouviu o ceticismo em minha voz. Barney's dificilmente seria o lugar para um galanteador levar senhoras elegantes.

— De vez em quando — disse ele, com um sorrisinho sarcástico.

— Uma delas era um pouco alta, cabelos louros, olhos negros, uma boca particularmente inesquecível?

Travis deu-me o seu cauteloso sorriso novamente.

— Essa poderia ser qualquer uma delas.

— Tem um ar diferente, essa de que estou falando. Bem falante e muito elegante. Elegante demais para Peterson, provavelmente.

— Desculpe. Se elas são tão bonitas como você diz, eu não olho muito. É perturbador.

Ele era um verdadeiro profissional, Travis. Mas ocorreu-me que talvez houvesse uma razão para ele não notar as mulheres, e que ele também não gostava muito da placa atrás do bar, por suas próprias razões particulares.

— Quando foi a última vez que ele esteve aqui? — perguntei.

— Não o tenho visto há algum tempo.

— E esse tempo é...?

— Uns dois meses. Por quê? Ele desapareceu?

— Parece que ele se mandou para algum lugar.

Os olhos de Travis assumiram uma luz ligeiramente jocosa.

— Isso é crime hoje em dia?

Estudei o meu copo de cerveja, girando-o sobre sua base.

— Alguém está procurando por ele — disse eu.

— A garota com a boca inesquecível?

Balancei a cabeça, confirmando. Como eu disse, eu gosto do Travis. Apesar do seu tamanho, havia algo virtuoso, limpo e bem-arrumado a seu respeito. Talvez ele tivesse sido um marinheiro, afinal. Nunca achei que poderia perguntar.

— Eu estive na casa dele — disse eu. — Não há nada lá.

Um cliente sinalizava da outra extremidade do balcão e Travis saiu para atendê-lo. Fiquei sentado, pensando em uma coisa e outra. Por exemplo, por que o primeiro gole de cerveja sempre era muito melhor do que o segundo? Esse era o tipo de especulação filosófica a que eu era propenso e, daí, a minha reputação como investigador. Pensei um pouco sobre Clare Cavendish, também, mas, como Travis havia dito, eu a achei perturbadora e, então, voltei à pergunta da cerveja. Talvez a temperatura fosse a resposta. Não era que o segundo gole fosse muito mais quente do que o primeiro, mas que a boca, tendo recebido aquele primeiro enxágue frio, já sabia o que esperar na segunda vez e se ajustava de acordo com essa expectativa, de modo que o elemento surpresa ficava ausente, com a consequente queda no princípio do prazer. Hum. Parecia uma explicação plausível, mas seria suficientemente abrangente para satisfazer um pensador rigoroso como eu? Então, Travis voltou e eu pude tirar o meu "capacete de pensar".

— Acabo de perceber — disse ele — que você não foi o primeiro a perguntar pelo nosso amigo Peterson.

— Oh?

— Há uma ou duas semanas, dois mexicanos vieram aqui querendo saber se eu o conhecia.

Os mesmos dois mais uma vez, sem dúvida, em seu carro com os furos na lona.

— Que tipo de mexicanos? — perguntei.

Travis me lançou uma espécie de sorriso impaciente.

— Apenas mexicanos — disse ele. — Empresários, pareciam.

Empresários. Certo. Como o meu homem de Nova York, com o anel no dedo mindinho.

— Disseram por que estavam procurando por ele?

— Não. Só perguntaram se ele era freguês daqui, quando estivera aqui pela última vez e assim por diante. Não pude lhes dizer mais do que já disse a você. Não pareceu melhorar o humor deles.

— Uma dupla sombria, não?
— Você conhece os mexicanos.
— Sim... não são as pessoas mais transparentes do mundo. Ficaram aqui por muito tempo?
Ele gesticulou para o meu copo.
— Um deles bebeu uma cerveja; o outro, um copo d'água. Tive a impressão de que estavam determinados a cumprir uma missão.
— Ah, é? Que tipo de missão?
Travis fitou o teto por alguns instantes.
— Não sei. Mas eles tinham aquele ar sério que fazia seus olhos brilharem... sabe o que quero dizer?
Eu não sabia, mas balancei a cabeça mesmo assim.
— Você acha que essa missão em que eles estavam poderia ter consequências graves para o nosso sr. Peterson?
— Sim — disse Travis. — Um deles não parava de brincar com um revólver de seis tiros de cabo de madrepérola, enquanto o outro palitava os dentes com sua faca.
Eu não tomaria Travis por um sujeito irônico.
— Mas, engraçado — disse eu —, Peterson não parece ser o tipo de sujeito para se envolver com empresários mexicanos, de certa forma.
— Muitas oportunidades, ao sul da fronteira.
— Sim, você tem razão.
Travis pegou o meu copo vazio.
— Quer outra?
— Não, obrigado — disse eu. — Não quero ficar tonto.
Paguei ao barman, desci do banquinho e saí para a noite. Estava um pouco mais frio agora, mas o ar cheirava a escapamento de carro e a poeira arenosa do dia havia deixado um depósito granulado entre meus dentes. Eu passara meu cartão a Travis e lhe pedira para me ligar se por acaso tivesse alguma notícia de Peterson. Eu não iria ficar esperando ao lado do telefone, mas pelo menos agora Travis sabia meu nome.

Fui para casa. As luzes das casas nas colinas começavam a surgir, fazendo parecer mais tarde do que era. Uma lua minguante pendurava-se bem baixo no horizonte, enredada em uma névoa escura cor de lama.

Eu ainda tinha a casa em Laurel Canyon. A proprietária partira em uma visita prolongada a sua filha viúva em Idaho e decidira permanecer lá — por causa das batatas, talvez. Ela escrevera para dizer que eu poderia ficar na casa pelo tempo que quisesse. Isso me fez sentir bem instalado na Yucca Avenue, no meu poleiro na encosta da colina, com os eucaliptos do outro lado da rua. Eu não sabia como me sentia a respeito disso. Será que eu realmente queria passar o resto dos meus dias em uma casa alugada onde praticamente as únicas coisas que eu poderia dizer que eram minhas eram a fiel cafeteira e um jogo de xadrez de marfim desbotado? Houve uma mulher que queria se casar comigo e me levar para longe de tudo isso, uma mulher muito bonita, como Clare Cavendish, e igualmente rica, também. Mas eu estava decidido a permanecer livre e desimpedido, ainda que não me sentisse realmente assim. A Yucca Avenue não é exatamente Paris, que é onde a pobre menina rica estava acalentando seu coração partido, desde a última vez que ouvi falar dela.

A casa era do tamanho certo para mim, mas, em certas noites, como a de hoje, parecia a moradia do Coelho Branco. Preparei um bule de café forte, bebi uma xícara e perambulei pela sala de estar por algum tempo, tentando não ricochetear nas paredes. Em seguida, tomei outra xícara de café e fumei outro cigarro, ignorando a noite azul-escura que se formava na janela. Pensei em dispor no tabuleiro uma das aberturas aterradoras de Alekhine e ver aonde eu iria com ela, mas não tive ânimo. Não sou um mago do xadrez, mas gosto do jogo, a frieza da concentração, a elegância de pensamento que ele exige.

Aquele negócio do Peterson estava pesando em minha mente, ou pelo menos a parte do negócio que envolvia Clare Cavendish. Eu ainda estava convencido de que havia algo cheirando mal na maneira como ela me abordara. Eu não sabia dizer por quê, mas tinha a nítida sensação de que estavam armando para mim. Uma mulher bonita não vem da rua, entra em seu escritório e lhe pede para encontrar seu namorado desaparecido; isso não acontece dessa forma. Mas de que forma acontece? Pelo que eu saiba, pode haver escritórios como o meu por todo o país, onde mulheres bonitas entram dia sim, dia não e pedem a pobres tolos como eu para fazer exatamente isso. Mas eu não acredito nisso. Para começar, o país certamente não poderia ostentar muitas mulheres bonitas como Clare Cavendish. Na verdade, eu duvidava que houvesse sequer mais uma igual a ela. E, se ela estiver falando honestamente, como pôde estar envolvida com um canalha como Peterson? E, se ela esteve envolvida com ele, por que não estava nem um pouco acanhada em se atirar à mercê — eu ia dizer "nos braços", mas parei a tempo — de um detetive particular, implorando-lhe para descobrir o paradeiro do sujeito? Tudo bem, ela não implorou.

Eu decidi que, na manhã seguinte, iria fazer algumas escavações na história da sra. Clare Cavendish, *née* Langrishe. Por enquanto, eu tinha que me contentar em dar um telefonema para o sargento Joe Green na Central de Homicídios. Certa vez, Joe, muito rapidamente, entreteve a ideia de me acusar de cúmplice de um homicídio qualificado; esse é o tipo de coisa que cria um vínculo entre duas pessoas. Mas eu não diria que Joe era um amigo — era mais um cauteloso conhecido.

Quando Joe atendeu, eu disse que estava impressionado que ele estivesse trabalhando até tão tarde, mas ele apenas respirou com força no receptor e perguntou o que é que eu queria. Eu lhe dei o nome, o número do telefone e o endereço de Nico Peterson. Nada disso lhe era familiar.

— Quem é ele? — perguntou com azedume. — Algum playboy envolvido em um de seus casos de divórcio?

— Você sabe que eu não trabalho com divórcios, sargento — disse eu, mantendo meu tom de voz leve e descontraído. Joe tinha um temperamento imprevisível. — Ele é apenas um sujeito que estou tentando rastrear.

— Você tem o endereço dele, não tem? Por que não vai bater na porta dele?

— Já fiz isso. Ninguém em casa. E ninguém esteve em casa já há algum tempo.

Joe respirou ruidosamente outra vez. Pensei em lhe dizer que ele não deveria fumar tanto, mas achei melhor não dizer nada.

— O que ele é para você? — perguntou ele.

— Uma amiga dele gostaria de saber para onde ele foi.

Ele fez um barulho que estava a meio do caminho entre uma resfolegada e uma risadinha.

— Soa como caso de divórcio para mim.

Você tem uma mente estreita, Joe Green, eu disse, mas só para mim. Para ele, repeti que eu não lidava com divórcios e que aquilo nada tinha a ver com um.

— Ela só quer saber onde ele está — disse eu. — Chame-a de sentimental.

— Quem é ela, a madame?

— Você sabe que eu não vou lhe dizer isso, Joe. Não há nenhum crime envolvido. Trata-se de um assunto privado.

Eu pude ouvi-lo acender um fósforo, engolir a fumaça e soprá-la novamente.

— Vou ter que dar uma olhada nos registros — disse ele finalmente. Estava ficando entediado. Nem mesmo a história de uma mulher e seu namorado conseguia manter seu estafado interesse por muito tempo. Ele era um bom policial, Joe, mas já estava no ramo havia tempo demais e o leque de sua atenção não era muito amplo. Ele disse que iria me ligar, e eu agradeci e desliguei.

Ele telefonou às oito da manhã do dia seguinte, enquanto eu fritava algumas boas fatias de bacon canadense para comer com minha torrada e ovos. Estava prestes a dizer-lhe outra vez que eu estava impressionado com suas horas de trabalho, mas ele me interrompeu. Enquanto ele falava, fiquei junto ao fogão com o receptor do telefone de parede na mão, observando um passarinho marrom esvoaçando pelos galhos do ipê-de-jardim do lado de fora da janela que ficava acima da pia. Há momentos como esse em que tudo parece ficar imóvel, como se alguém tivesse acabado de tirar uma fotografia.

— O cara que você está procurando — disse Joe —, espero que a sua amiga fique bem de preto. — Limpou a garganta ruidosamente. — Ele está morto. Faleceu em... — eu o ouvi remexendo em papéis — 19 de abril, em Palisades, perto de um clube que eles têm lá, não sei o nome. Atropelamento seguido de fuga. Ele está em Woodlawn. Tenho até o número da sepultura, caso ela queira visitá-lo.

4

Não sei por que chamam o lugar de Ocean Heights, uma vez que a única coisa alta sobre ele seriam os custos de manutenção. A casa não era grande demais, se você considerar o Palácio de Buckingham uma residência modesta. Chamava-se Langrishe Lodge, apesar de eu não poder imaginar nada menos parecido com uma cabana. Era de pedra cor-de-rosa e branca, muita pedra, possuía torres e torreões, uma bandeira tremulando orgulhosamente em um mastro no telhado e cerca de mil janelas. Parecia-me bastante feia, mas não sou nenhum juiz de arquitetura. Para um dos lados, viam-se grandes árvores verdes, alguma variedade de carvalho, pensei. O curto caminho de entrada levava diretamente a um oval de cascalho na frente da casa onde você poderia realizar uma corrida de bigas. Ocorreu-me que eu estava no ramo errado, se uma fortuna como essa era o que você obtinha por fazer as mulheres cheirarem bem.

No caminho até lá, eu tinha pensado no que Clare Cavendish dissera sobre gostar de música. Eu não tinha aproveitado a deixa, não lhe perguntei que tipo de música ela preferia, e ela não oferecera a informação, mas de certa forma isso era significativo. Quer dizer, era significativo que tivéssemos abandonado o assunto. Não era o dado mais íntimo que ela poderia me ter dito, nada como o seu tamanho de sapato ou o que ela usava, ou não usava, na cama à noite. Ainda assim, tinha peso, o peso de algo precioso, uma pérola ou um diamante, que ela passara de sua mão para a minha. E o fato de que eu aceitei sem comentar, e de que ela ficara contente por eu não dizer nada, significava que era algo mantido em segredo entre nós dois, uma garantia, uma promessa para o futuro. Mas, em seguida, decidi que tudo isso provavelmente era uma bobagem, apenas uma ilusão da minha parte.

Depois de estacionar o Olds no cascalho, notei um jovem de ar esportivo vindo em minha direção pelo gramado. Ele balançava um taco de golfe, decepando a cabeça das margaridas com ele. Usava sapatos de golfe bicolores e uma camisa de seda branca com uma gola desalinhada. Seus cabelos escuros também estavam desalinhados, com uma mecha caindo sobre a fronte, de modo que ele precisava ficar afastando-a dos olhos com um movimento nervoso da mão pálida e magra. Ele caminhava de uma maneira peculiar, serpenteando um pouco, como se houvesse uma fraqueza em algum lugar na região dos joelhos. Quando chegou perto, vi com um choque que ele tinha os mesmos olhos negros amendoados de Clare Cavendish — eram bonitos demais para ele. Eu vi também que ele não era nem de longe tão jovem quanto pareceu a distância. Devia estar perto dos trinta anos, mas, com a luz por detrás dele, poderia passar por dezenove. Ele parou diante de mim e olhou-me de cima a baixo com um ligeiro sarcasmo.

— Você é o novo *chauffeur*? — perguntou ele.

— Eu pareço um *chauffeur*?

— Não sei — disse ele. — Como os *chauffeurs* parecem?

— Polainas, quepe com um pico brilhante, olhar insolente do proletariado.

— Bem, você não tem as polainas nem o quepe.

Ele tinha, eu notei, um cheiro caro, colônia, couro e alguma outra coisa, provavelmente aquele papel de seda perfumado com que embalam os ovos Fabergé. Ou talvez ele gostasse de usar um pouco do melhor perfume de sua mãe. Ele era um rapaz precioso, sem dúvida.

— Estou aqui para ver a sra. Cavendish — disse eu.

— É mesmo? — Deu uma risadinha à socapa. — Então, você deve ser um de seus acompanhantes.

— E como eles...?

— Do tipo rude, de olhos azuis. Pensando bem, você também não é desse tipo. — Olhou para o Olds. — Eles vêm em cupês vermelhos — ele pronunciou a forma francesa — ou no estranho Silver Wraith. Então, quem é você?

Levei um pouco de tempo para acender um cigarro. Por algum motivo, isso pareceu diverti-lo, e ele deu aquela risadinha sarcástica outra vez. Soou forçada, ele queria muito ser um sujeito durão.

— Você deve ser irmão da sra. Cavendish — disse eu.

Ele me deu um olhar arregalado, teatral.

— Devo?

— Algum membro da família, de qualquer forma. O que você é: animalzinho de estimação mimado ou ovelha negra?

Ele levantou o nariz alguns desdenhosos centímetros no ar.

— O meu nome — disse — é Edwards, Everett Edwards. Everett Edwards Terceiro, aliás.

— Quer dizer que já houve dois de você?

Com isso, ele relaxou um pouco e abriu um sorriso, girando os ombros em uma maneira infantil de dar de ombros.

— Um nome idiota, não é? — disse ele, mordendo o lábio.

Encolhi os ombros ao meu próprio modo.

— Não temos a possibilidade de escolher como somos chamados.

— E quanto a você? Como se chama?

— Marlowe.

— Marlowe? Como o dramaturgo. — Ele fez uma pose teatral, inclinando-se de lado a partir dos quadris e apontando para o céu com mão trêmula. — *Vejam, vejam, se o sangue de Cristo fosse um filete percorrendo o firmamento...* — ele gritou, fazendo o lábio inferior tremer. Eu tive que sorrir.

— Diga-me onde posso encontrar sua irmã, está bem?

Ele deixou o braço cair e endireitou-se, retomando sua pose inicial.

— Ela está aqui em algum lugar — disse ele. — Tente o jardim de inverno. — Ele apontou. — É depois daquela curva.

Ele não conseguia manter o ar amuado fora de seus olhos. Era apenas uma criança que crescera demais, mimado e entediado.

— Obrigado, Everett Terceiro — disse eu.

Quando eu me afastava, ele me chamou.

— Se você estiver vendendo seguro, está desperdiçando o seu tempo.

Deu sua risadinha debochada outra vez. Eu esperava, pelo seu bem, que fosse algo que ele iria superar, quando entrasse na casa dos cinquenta, talvez, e começasse a usar ternos de três peças e exibir um monóculo.

Tomei a direção para onde ele havia apontado, ao longo da lateral da casa, com o cascalho rangendo sob meus pés. Estendendo-se para a minha esquerda, o jardim era do tamanho de um pequeno parque público, apenas muito melhor conservado. O perfume doce de rosas foi trazido até mim em uma brisa, junto com o cheiro de grama cortada e um sopro salgado do oceano próximo. Eu me perguntava como seria viver em um lugar como esse. Olhei através das janelas conforme eu passava por elas. Os aposentos, o que eu podia ver deles, eram espaçosos, com pé-direito alto e impecavelmente mobiliados. O que acontece se você quiser se deixar cair na frente da TV, com um balde de pipocas e algumas latas de cerveja, e assistir a um jogo de futebol? Talvez eles tivessem locais específicos no porão para esse tipo de coisa, salões de bilhar, quarto de brinquedos, esconderijos, o que quer que seja. Eu suspeitava que, em Langrishe Lodge, o verdadeiro negócio de viver seria sempre levado a cabo em outro lugar.

O jardim de inverno era uma construção elaborada de vidros curvos e estrutura de aço, anexada à parte de trás da casa como uma monstruosa ventosa e chegando a dois ou três andares. Havia palmeiras gigantes lá dentro, pressionando suas frondes pesadas contra os painéis de vidro como se suplicassem para que as deixassem sair. Um par de portas francesas permanecia aberto e, no vão, uma cortina de gaze branca ondulava languidamente segundo a mais suave agitação do ar. O verão, nestas paragens, não é inclemente e implacável como na cidade; essas pessoas têm a sua própria estação especial. Atravessei o limiar, afastando a cortina. Ali dentro, o ar era pesado e denso, e cheirava como um homem gordo depois de um longo banho quente.

No começo, não avistei Clare Cavendish. Parcialmente oculta por uma fileira baixa de folhas de palmeira, ela estava sentada em uma delicada cadeira de ferro forjado, diante de uma mesa igualmente de ferro forjado, escrevendo em um diário ou caderno de anotações de capa de couro. Ela escrevia com uma caneta-tinteiro, reparei. E estava vestida para a prática de tênis, em uma blusa de algodão de mangas curtas e uma saia branca, curta, de pregas, meias soquetes e calçados esportivos de couro branco e macio. Seus cabelos estavam presos para trás com presilhas dos dois lados. Eu ainda não tinha visto as suas orelhas. Eram orelhas muito bonitas, o que é algo raro, as orelhas sendo, em minha avaliação, apenas um pouco menos estranhas do que os pés.

Ela me ouviu me aproximar, e quando levantou o rosto uma expressão surgiu em seus olhos que eu não consegui identificar bem. Surpresa, claro — eu não havia telefonado avisando que viria —, mas algo mais, também. Seria espanto, até mesmo um súbito desalento, ou será que, por um segundo, ela simplesmente não me reconheceu?

— Bom-dia — disse eu, da maneira mais descontraída possível.

Ela fechara seu caderno rapidamente, e agora, mais devagar, pôs a tampa na caneta-tinteiro e colocou-a em cima da mesa com lenta deliberação, como um estadista que acabou de assinar um tratado de paz ou uma declaração de guerra.

— Sr. Marlowe — disse ela. — O senhor me assustou.

— Desculpe. Eu deveria ter telefonado.

Ela levantou-se e deu um passo para trás, como se quisesse colocar a mesa entre nós dois. Suas faces estavam um pouco ruborizadas, como tinham estado ontem, quando lhe pedi para me dizer seu nome. As pessoas que coram facilmente têm mais dificuldades, sempre suscetíveis a se revelarem por qualquer motivo. Mais uma vez, tive dificuldade em não olhar para suas pernas, embora de alguma forma eu tenha visto que eram esbeltas, bem torneadas e em um tom de mel. Sobre a mesa, via-se uma jarra de cristal contendo uma bebida cor de tabaco, e agora ela tocava a alça da jarra.

— Aceita chá gelado? — perguntou ela. — Posso pedir um copo.

— Não, obrigado.

— Eu lhe ofereceria algo mais forte, só que me parece um pouco cedo demais... — Ela olhou para baixo e mordeu o lábio, da mesma forma que Everett Terceiro fizera. — Já fez algum progresso em suas investigações?

— Sra. Cavendish, acho que é melhor a senhora se sentar.

Ela sacudiu levemente a cabeça, sorrindo fracamente.

— Eu não... — começou ela a dizer. Ela estava olhando para além do meu ombro. — Oh, aí está você, querido — disse ela, a voz soando um pouco alta demais, forçada e calorosa demais.

Eu me virei. Um homem estava de pé na entrada aberta, segurando a cortina para o lado com a mão levantada, e por um instante pensei que ele, como Everett Terceiro, estivesse prestes a declamar uma frase de alguma peça teatral antiga. Em vez disso, ele largou a cortina e veio caminhando vagarosamente, sorrindo para ninguém em particular. Era um sujeito forte, não muito alto, com pernas ligeiramente arqueadas, ombros largos e grandes mãos quadradas. Vestia calça de montaria bege, botas de couro de bezerro, uma camisa tão branca que brilhava, e um *foulard* de seda amarela. Mais um tipo desportivo. Estava começando a parecer que eles não faziam nada ali além de praticar esportes.

— Quente — disse ele. — Desgraçadamente quente.

Por enquanto, ele nem sequer olhara em minha direção. Clare Cavendish começou a estender a mão para a jarra de chá gelado, mas o sujeito chegou lá primeiro, pegou o copo, encheu-o até a metade e esvaziou-o em um só gole, a cabeça atirada para trás. Seus cabelos eram bonitos e lisos, da cor de carvalho claro. Scott Fitzgerald teria encontrado um lugar para ele em um dos seus romances agridoces. Pensando bem, ele se parecia um pouco com Fitzgerald: bonito, ar infantil, com alguma coisa que era fatalmente frágil.

Clare Cavendish observou-o. Ela mordia o lábio outra vez. Aquela sua boca era realmente algo belo.

— Este é o sr. Marlowe — disse ela. O homem deu um pequeno sobressalto de pretensa surpresa, olhou de um lado para outro, segurando o copo vazio na mão. Finalmente, ele fixou o olhar em mim e franziu ligeiramente a testa, como se não tivesse me notado antes, como se eu fosse indistinguível das folhagens de palmeira e vidraças reluzentes ao redor.

— Sr. Marlowe — continuou Clare Cavendish —, este é meu marido, Richard Cavendish.

Ele abriu um amplo sorriso para mim com um misto de indiferença e desdém.

— Marlowe — disse ele, revolvendo o nome e examinando-o, como se fosse uma pequena moeda de pouco valor. Seu sorriso tornou-se ainda mais brilhante. — Por que não guarda o chapéu?

Eu já tinha esquecido que o estava segurando. Olhei à minha volta. A sra. Cavendish deu um passo à frente, tomou o chapéu de minhas mãos e colocou-o sobre a mesa, ao lado da jarra de cristal. No meio do triângulo formado por nós três, o ar parecia crepitar silenciosamente, como se uma corrente de eletricidade estática estivesse passando para frente e para trás, de um para outro. Cavendish, entretanto, parecia inteiramente à vontade. Virou-se para a esposa.

— Você ofereceu algo para ele beber?

Antes que ela pudesse responder, eu disse:

— Ofereceu, sim, mas não aceitei.
— Não aceitou. É mesmo? — Cavendish deu uma risadinha. — Ouviu isso, querida? O cavalheiro não aceitou. — Ele serviu mais chá no copo e bebeu-o, em seguida colocou o copo na mesa, fazendo cara feia. Notei que ele era quatro ou cinco centímetros mais baixo do que sua esposa.
— Qual é o seu ramo de negócios, sr. Marlowe? — perguntou ele. Desta vez, foi Clare quem se adiantou.
— O sr. Marlowe encontra coisas — disse ela.
Cavendish abaixou um pouco a cabeça e lançou-lhe um olhar dissimulado, para cima, enfiando a língua com força contra a bochecha. Em seguida, olhou para mim novamente.
— Que tipo de coisas você encontra, sr. Marlowe? — perguntou ele.
— Pérolas — disse sua esposa, rapidamente, uma vez mais me cortando a palavra, embora eu ainda não tivesse pensado em uma resposta. — Eu perdi aquele colar que você me deu. Não sei onde o deixei, na verdade.
Cavendish considerou essa informação, olhando para o chão agora, sorrindo pensativamente.
— O que é que ele vai fazer — perguntou, dirigindo-se à esposa, sem olhar para ela —, se arrastar pelo assoalho do quarto, espreitar embaixo da cama, cutucar os buracos de ratos?
— Dick — disse sua mulher, e havia um tom de súplica em sua voz —, não é importante, realmente.
Ele olhou fixamente para ela.
— Não é importante? Se eu não fosse um cavalheiro, como o sr. Marlowe aqui, estaria tentado a lhe dizer quanto esse pequeno mimo custou. Claro que — virou-se para mim, a voz arrastando-se —, se eu o fizesse, ela lhe diria que foi com o dinheiro dela que eu o comprei. — Olhou novamente para sua esposa. — Não é, querida?
Não havia mais nada a dizer depois disso, e ela apenas olhou para ele, a cabeça ligeiramente baixa, o ápice macio e carnudo de

seu lábio superior estendido para fora. Por um segundo eu vi como a sra. Cavendish devia ter sido quando era muito jovem.

— É uma questão de refazer os passos de sua esposa — disse eu, no tom lerdo que aprendi a imitar depois de todos os anos que passei ao redor de policiais. — Verificar os lugares por onde ela passou nos últimos dias, as lojas em que esteve, os restaurantes que visitou. — Eu podia sentir os olhos de Clare em mim, mas eu mantive os meus em Cavendish, que olhava para fora, através da entrada aberta, balançando levemente a cabeça.

— Sim — disse ele. — Certo. — Ele olhou ao redor do local outra vez, piscando distraidamente, tocou a borda do copo vazio com a ponta do dedo, em seguida saiu caminhando alegremente, assobiando para si mesmo.

Depois que ele se foi, sua mulher e eu apenas ficamos ali por algum tempo. Eu podia ouvir sua respiração. Imaginei seus pulmões enchendo-se e esvaziando-se, seu delicado tom róseo, em sua frágil gaiola de osso branco, cintilante. Ela era o tipo de mulher que fazia um homem ter pensamentos assim.

— Muito obrigada — disse ela, finalmente, em um murmúrio quase inaudível.

— Não há de quê.

Ela colocou sua mão direita de leve no encosto da cadeira de ferro, como se estivesse se sentindo um pouco fraca. Ela não estava olhando para mim.

— Diga-me o que você descobriu — disse ela.

Eu precisava de um cigarro, mas não achava que deveria fumar naquele soberbo edifício de vidro. Seria como fumar em uma catedral. A necessidade me fez recordar do que eu havia trazido comigo. Peguei a piteira de ébano do meu bolso e coloquei-a sobre a mesa, ao lado do meu chapéu.

— A senhora deixou isso no meu escritório — disse eu.

— Ah, sim, claro. Eu não uso muito, só para impressionar. Eu estava nervosa, indo vê-lo.

— Não parecia. Poderia ter me enganado.

— Era a mim mesma que eu precisava enganar. — Ela me observava intensamente. — Diga-me o que descobriu, sr. Marlowe — disse ela novamente.

— Não há uma maneira fácil de dizer isso. — Olhei para o meu chapéu na mesa. — Nico Peterson está morto.

— Eu sei.

— Ele morreu há dois meses, em um atropelamento em... — parei e olhei para ela. — O que disse?

— Eu disse que eu sei. — Ela sorriu para mim, mantendo a cabeça inclinada para um lado daquele modo um pouco irônico, exatamente como fizera no dia anterior, quando se sentou no meu escritório com as luvas dobradas no colo e a piteira de ébano empunhada em ângulo, sem seu marido lá para deixá-la nervosa. — Talvez *você* deva se sentar, sr. Marlowe.

— Eu não compreendo — disse eu.

— Não, claro que não. — Ela virou-se de lado e colocou a mão no copo do qual seu marido havia bebido, moveu-o alguns centímetros para o lado e, em seguida, o devolveu ao local onde estava antes, em seu próprio anel de umidade. — Desculpe-me. Eu deveria ter lhe contado.

Peguei meus cigarros — o ar ali dentro parara repentinamente de parecer santificado.

— Se já sabia que ele estava morto, por que me procurou?

Ela virou-se novamente e olhou para mim em silêncio por um momento, decidindo o que iria dizer, como deveria dizê-lo.

— A questão, sr. Marlowe, é que eu o vi no outro dia, na rua. Ele não parecia nem um pouco morto.

5

Eu gostava da ideia de ar livre. Quero dizer, gostava de pensar que ele estava lá: as árvores, a grama, os pássaros nos arbustos, tudo isso. Eu até mesmo gostava de olhar para a natureza, de vez em quando, mas da autoestrada, por exemplo, através do para-brisa de um carro. O que eu não gostava muito era de estar lá fora, ao ar livre, desprotegido. Havia qualquer coisa sobre a sensação do sol na minha nuca que me deixava inquieto — eu não ficava apenas quente, ficava preocupado, com os nervos à flor da pele. Havia ainda a sensação de estar sendo observado por muitos olhos, focalizados em mim pelo meio das folhagens, entre uma cerca e outra, da boca das tocas. Quando eu era garoto, não tinha muito interesse na natureza. Era nas ruas que eu perambulava na minha infância e onde vivi as epifanias da minha juventude; não creio que fosse capaz de reconhecer um dente-de-leão se visse algum. Assim, quando Clare Cavendish sugeriu uma caminhada pelo jardim, eu tive que me esforçar para não demonstrar que a perspectiva não me empolgava nem um pouco. Mas é claro que eu disse que sim. Se ela tivesse me pedido para fazer uma caminhada no Himalaia, eu teria calçado um par de botas de montanhismo e ido atrás dela.

Depois que ela puxou o pino e me atirou aquela granada a respeito de ter visto o supostamente falecido Peterson, saiu para trocar de roupa, deixando-me parado junto a uma daquelas paredes de vidro curvo, olhando para os pequenos tufos de nuvem branca vindos do oceano. Quando estava se desculpando, ela havia colocado três dedos rapidamente em meu pulso, onde eu ainda podia senti-los. Se eu havia pensado antes que algo fedia a peixe em todo aquele assunto, agora eu tinha um marlim de cinquenta quilos com que me atracar.

Após aproximadamente quinze minutos e mais dois cigarros, ela voltou em um costume de linho branco, com ombros estruturados e saia abaixo do joelho.

Ela podia ter sido irlandesa, mas possuía todo o aprumo e serena graciosidade de uma rosa inglesa. Calçava sapatilhas, o que me deixava uns cinco centímetros mais alto do que ela, mas eu ainda tinha a sensação de olhar para cima quando olhava para ela. Não usava nenhuma joia, nem mesmo uma aliança de casamento.

Ela veio por trás de mim silenciosamente e disse:

— Você provavelmente não tem vontade de andar a pé, não é? Mas eu tenho que sair, minha mente funciona melhor ao ar livre.

Eu poderia ter perguntado por que ela precisava ter seu aparato de pensar na condição máxima de funcionamento, mas não o fiz.

Uma coisa tinha que ser dita em favor dos jardins de Langrishe Lodge: estavam o mais distante que se pudesse imaginar da natureza selvagem e ainda assim estavam cobertos de verde, ou o que teria sido verde se o verão não tivesse tornado a maior parte marrom. Partimos por um caminho de cascalho que se afastava da casa em ângulo reto e seguia sem curvas, como um trecho de ferrovia, em direção àquele agrupamento de árvores que eu vira da estrada e, mais longe, alguns lampejos de anil que eu sabia que devia ser o oceano.

— Está bem, sra. Cavendish — disse eu. — Vamos ouvir a sua história.

Eu colocara uma nota mais áspera do que pretendia no que dissera, e ela me lançou um rápido olhar de esguelha, as faces se ruborizando um pouco daquela forma a que eu já estava me acostumando. Franzi o cenho e limpei a garganta. Sentia-me como um garoto em seu primeiro encontro, tudo o que eu fazia parecia um movimento em falso.

Já havíamos dado uma dúzia de passos quando ela falou.

— Não é estranho — disse — o modo como você pode reconhecer as pessoas instantaneamente, não importa onde você esteja ou quais sejam as circunstâncias? Você está andando pela Union Station em meio à multidão da hora do rush e vislumbra um rosto, uma face, a cem metros à frente, ou talvez nem mesmo um rosto, apenas os ombros de alguém, a inclinação da cabeça, e imediatamente você sabe quem é, mesmo que seja uma pessoa que não vê há anos. Como é possível?

— Evolução, eu acho — disse eu.

— Evolução?

— A necessidade de distinguir amigo de inimigo, mesmo nas profundezas da floresta. Somos apenas instinto, sra. Cavendish. Nós achamos que somos sofisticados, mas não somos, somos primitivos.

Ela deu uma leve risada.

— Bem, talvez a evolução faça alguma coisa de nós um dia.

— Talvez. Mas nós não estaremos por perto para ver.

Por um instante, o sol pareceu se encobrir e continuamos a andar em sombrio silêncio.

— Bonitos, os carvalhos — disse eu, acenando com a cabeça na direção da linha de árvores à nossa frente.

— Faias.

— Oh. Faias, então.

— Enviadas da Irlanda, acredite ou não, há vinte anos. No que se refere a nostalgia, minha mãe não poupa gastos. Eram mudas, na época, e olhe para elas agora.

— Sim, olhe para elas agora. — Eu precisava de outro cigarro, porém mais uma vez o ambiente parecia desaprovar a ideia. — Onde a senhora viu Nico Peterson? — perguntei.

Ela não respondeu imediatamente. Conforme andava, ela olhava para a ponta de seus sensatos sapatos.

— Em San Francisco — disse ela. — Eu estava lá a negócios, para a firma, você sabe. Foi na Market Street, eu estava em um táxi, e lá estava ele, andando pela calçada daquele seu jeito apressado, a caminho — ela deu outra leve risada —, a caminho de ver alguém, sem dúvida.

— Quando é que foi isso?

— Deixe-me ver. — Pensou um pouco. — Sexta-feira, na semana passada.

— Antes de ir me ver, então.

— Certamente.

— Tem certeza de que era ele?

— Oh, sim, tenho certeza.

— Não tentou conversar com ele?

— Ele se foi antes que eu pudesse pensar no que fazer. Suponho que eu podia ter dito ao motorista para dar meia-volta no táxi, mas a rua estava lotada, você sabe como San Francisco é, e eu não achava que haveria muita esperança de encontrá-lo. Além disso, fiquei meio entorpecida e me senti paralisada.

— Com o choque?

— Não, com a surpresa. Nada do que Nico fizesse poderia me chocar, na verdade.

— Mesmo voltar dos mortos?

— Mesmo voltar dos mortos.

A distância, do outro lado do gramado, surgiu um cavaleiro, em ritmo rápido. Ele correu ao longo de um trecho do caminho, então reduziu a marcha e desapareceu sob as árvores.

— Era Dick — disse ela — montando o Spitfire, seu favorito.

— Quantos cavalos ele tem?

— Eu realmente não sei. Muitos. Eles o mantêm ocupado. — Olhei para ela e vi sua boca apertar-se no canto. — Ele faz o melhor que pode, você sabe — disse, em um tom de cansada candura. — Não é fácil ser casado com o dinheiro, embora naturalmente todos pensem o contrário.

— Ele sabia sobre a senhora e Peterson? — perguntei.

— Eu lhe disse, não sei. Dick guarda as coisas para si mesmo. Eu quase nunca sei o que ele está pensando, do que ele está consciente.

Tínhamos chegado às árvores. O caminho desviava-se para a esquerda, mas, em vez de segui-lo, Clare tomou-me pelo cotovelo e conduziu-me para frente, para dentro do bosque, acho que se podia chamá-lo assim. Era preciso um lugar como Langrishe Lodge para me arrastar pelo meu vocabulário em busca das palavras certas para as coisas. O solo sob os nossos pés era seco e poeirento. Acima de nós, as árvores produziam um murmúrio ressecado, resmungando, pensando em sua terra natal, imagino, onde o ar, dizem, é sempre úmido e a chuva cai com a leveza de algo sendo lembrado.

— Fale-me da senhora e Peterson — disse eu.

Ela estava atenta ao terreno irregular, pisando com cuidado.

— Há muito pouco a dizer. O fato é que eu já tinha quase me esquecido dele. Quer dizer, eu tinha quase deixado de me lembrar dele ou de sentir sua falta. Não havia muita coisa entre nós quando ele estava vivo... quer dizer, quando estávamos juntos.

— Onde se conheceram?

— Eu lhe disse, no Cahuilla Club. Em seguida, eu o encontrei novamente, poucas semanas mais tarde, em Acapulco. Foi quando... — uma vez mais, aquele ligeiro rubor em suas faces — bem, você sabe.

Eu não sabia, mas podia imaginar.

— Por que Acapulco?

— Por que não? É um desses lugares para onde se vai. O tipo de lugar de Nico.

— Não o seu?

Ela encolheu os ombros.

— Poucos lugares são o meu tipo de lugar, sr. Marlowe. Eu logo fico entediada.

— Ainda assim, vai lá. — Eu tentei manter o azedume fora de minha voz, mas não fui bem-sucedido.

— Mas você não deve me desprezar, sabe — disse ela, tentando parecer brincalhona.

Por um momento, senti-me um pouco zonzo, como acontece quando você é jovem e uma garota diz algo que faz com que você pense que ela está interessada em você. Eu a imaginei lá, no México, na praia, de maiô, reclinada em uma espreguiçadeira, sob um guarda-sol, com um livro, e Peterson passando e parando, fingindo que está surpreso de vê-la e oferecendo-se para ir buscar algo gelado, em um copo alto, do sujeito de sombrero que vende bebidas em um barraco sob as palmeiras, lá em cima, atrás da praia. E nesse momento, quando saímos da outra extremidade do bosque, como se meus pensamentos o tivessem evocado, lá estava o oceano, com ondas longas e preguiçosas desfazendo-se na praia, maçaricos correndo de um lado para outro e uma chaminé no horizonte ao longe, arrastando atrás de si uma plumagem imóvel de vapor branco. Clare Cavendish suspirou e, mal parecendo ter consciência do que estava fazendo, passou seu braço pelo meu.

— Ó meu Deus — disse ela, com um súbito fervor em sua voz —, como eu amo isso aqui.

Nós tínhamos saído das árvores para a praia. A areia era compacta e caminhar por ela não era difícil. Eu sabia o quanto devia parecer deslocado, de terno escuro e chapéu. Clare me fez parar e continuou segurando meu antebraço com uma das mãos, enquanto se inclinava para tirar os sapatos. Pensei no que aconteceria se ela perdesse o equilíbrio e caísse sobre mim, de modo que eu tivesse que pegá-la na curva do meu braço. Era o tipo de pensamento tolo e insensato que entrava na cabeça de um homem em tais ocasiões. Continuamos andando. Ela entrelaçou seu braço no meu outra vez. Ela carregava os sapatos na outra mão, pendurados na ponta de dois dedos. Devia haver uma música, um zunido forte e denso de violinos, e um sujeito com uma vogal no final de seu nome cantando sobre o mar, a areia e o vento de verão e *você*...

— Quem foi que lhe falou sobre mim? — perguntei. Eu não estava realmente tão interessado, mas queria falar sobre alguma coisa além de Nico Peterson por algum tempo.

— Uma amiga.

— Sim, a senhora disse... mas que amiga?

Ela mordeu o lábio novamente.

— Alguém que você conhece muito bem, na verdade.

— Ah, é?

— Linda Loring.

Aquilo veio como uma bofetada no maxilar.

— Conhece Linda Loring? — perguntei, tentando não soar muito surpreso, tentando não soar nada. — Como?

— Oh, daqui e dali. O nosso é um mundo muito pequeno, sr. Marlowe.

— Quer dizer o mundo dos ricos?

Ela estava corando novamente? Estava.

— Sim — disse ela —, acho que foi isso que eu quis dizer. — Fez uma pausa. — Não é minha culpa se eu tenho dinheiro, sabe.

— Não cabe a mim culpar ninguém por nada — disse eu, muito rapidamente.

Ela sorriu e olhou de lado, nos meus olhos.

— Achei que isso era exatamente o que você fazia — disse ela.

Minha mente ainda estava em Linda Loring. Uma borboleta do tamanho de uma galinha batia as asas em algum lugar na região do meu diafragma.

— Achei que Linda estivesse em Paris — disse eu.

— E está. Falei com ela por telefone. Nós ligamos uma para a outra de vez em quando.

— Para conferir os últimos mexericos da alta sociedade internacional, suponho.

Ela sorriu e apertou meu braço contra o lado do seu corpo, com ar de reprovação.

— Mais ou menos isso.

Chegamos a uma espécie de telheiro de meia-água, como um abrigo de ponto de ônibus, erguido na borda da areia fofa, onde a praia se encontrava com as dunas baixas. No abrigo, havia um banco rústico de tábuas, castigado pela maresia.

— Vamos nos sentar por um instante — disse Clare.

Era agradável ali, na sombra, com uma brisa fresca vinda da água.

— Esta deve ser uma praia privada — disse eu.

— Sim, é. Como você sabe?

Eu sabia porque, se tivesse sido pública, um refúgio como aquele estaria tão sujo e cheio de lixo que nem sonharíamos em sentar ali. Clare Cavendish, eu disse a mim mesmo, era uma dessas pessoas que o mundo protege da feiura dele.

— Assim, contou a Linda sobre o desaparecimento de Nico e sua súbita ressurreição, certo? — disse eu.

— Não contei a ela tanto quanto lhe contei.

— A senhora não me contou muita coisa.

— Eu admiti para você que Nico e eu éramos amantes.

— Acha que uma garota como Linda não teria adivinhado? Ora, vamos, sra. Cavendish.

— Gostaria que me chamasse de Clare.

— Desculpe, mas não acho que eu possa fazer isso.

— Por que não?

Eu desvencilhei meu braço e me levantei.

— Porque a senhora é minha cliente, sra. Cavendish. Tudo isso — abanei a mão, açambarcando o abrigo, a praia, aqueles pequenos pássaros na beira d'água, onde os seixos sibilavam na espuma da arrebentação, como se estivessem sendo fervidos —, tudo isso é muito bom, bonito e agradável. Mas o fato é que a senhora me procurou com uma história sobre o seu namorado ter desaparecido e estar ansiosa para rastreá-lo, embora ele não fosse grande coisa. Em seguida, verifica que o sr. Peterson tinha feito o maior truque de desaparecimento de todos, que a senhora, por alguma razão própria, deixou de me informar. Em seguida, a senhora me apresenta ao seu marido e dá a entender o quanto ele a faz infeliz...

— Eu...

— Deixe-me terminar, sra. Cavendish, então terá a palavra. Eu venho à sua encantadora casa...

— Eu não o convidei a vir aqui. Você poderia ter telefonado e me pedido para ir ao seu escritório outra vez.

— Isso é verdade, é a pura verdade. Mas aqui eu vim, o portador de más notícias, notícias que seriam um choque para a senhora, eu pensava, mas apenas para descobrir que a senhora já sabia o que eu tinha a dizer. Em seguida, a senhora me leva para um passeio agradável no seu jardim encantador, entrelaça o braço no meu e me conduz à sua praia particular, então me diz que conhece minha amiga sra. Loring, que recomendou meus serviços à senhora, depois de *não* ter lhe contado por que precisava deles...

— Eu contei a ela, sim!

— A senhora contou-lhe a metade da história. — Ela tentou falar novamente, mas eu estendi a mão em frente ao seu rosto. Ela agarrava o banco em ambos os lados, olhando para mim com uma expressão de desespero, em que eu não sabia se acreditava ou não. — De qualquer modo — eu disse, sentindo-me repentinamente cansado —, nada disso importa. O que realmente importa é: o que exatamente a senhora quer de mim? O que acha que eu posso fazer pela senhora, e por que acha que tem de fingir que está prestes a se apaixonar por mim para que eu faça isso? Eu trabalho por dinheiro, sra. Cavendish. A senhora vai ao meu escritório, me conta qual é seu problema, me paga algum dinheiro, eu saio e vou tentar resolver o seu problema. É assim que funciona. Não é complicado. Não é *E o vento levou*, a senhora não é Scarlett O'Hara e eu não sou, como é mesmo o nome dele, não-sei-o-quê Butler.

— Rhett — disse ela.

— O quê?

Ela havia perdido o ar chocado, desviara os olhos dos meus e olhava para a extensão da praia, na direção das ondas. Ela possuía um jeito de pôr de lado o que não lhe agradava, o que ela não gostava ou com o qual não queria lidar, que sempre me deixava perdido. É o tipo de habilidade que somente uma vida inteira mergulhado em dinheiro pode lhe ensinar.

— Rhett Butler. É o personagem de quem você está falando — disse ela. — É também, por coincidência, o apelido do meu irmão.

— Quer dizer Everett Terceiro?

Ela balançou a cabeça.

— Sim — disse —, nós o chamamos de Rett, sem o *h*. — Sorriu consigo mesma. — Não posso imaginar ninguém menos parecido com Clark Gable. — Então, ela me olhou outra vez, com uma expressão de perplexidade. — Como você conhece Everett?

— Não conheço. Ele estava vagando pelo gramado quando cheguei. Trocamos alguns insultos amistosos e ele me indicou onde a senhora estava.

— Ah, sei. — Ela balançou a cabeça, ainda com o cenho franzido. Mais uma vez olhou na direção do oceano. — Eu costumava trazê-lo aqui para brincar quando era pequeno — disse ela. — Passávamos tardes inteiras, patinhando na beira d'água, construindo castelos de areia.

— Ele me disse que o nome dele é Edwards, não Langrishe.

— Sim. Temos pais diferentes. Minha mãe se casou novamente, quando veio da Irlanda para cá. — Ela puxou para baixo os cantos da boca, em um sorriso amargo. — Não foi um sucesso o casamento. O sr. Edwards acabou sendo o que os romancistas costumavam chamar de caçador de dotes.

— Não apenas os romancistas — disse eu.

Ela inclinou ligeiramente a cabeça, em um sinal irônico de concordância, sorrindo.

— Bem, de qualquer maneira, por fim o sr. Edwards foi embora, desgastado, suponho, pelo esforço de pretender ser o que não era.

— E o que ele era? Quer dizer, além de caçador de dotes.

— O que ele *não era* era justo e honesto. O que ele era, bem, acho que ninguém sabia o que ele realmente era, inclusive ele próprio.

— Assim, ele foi embora.

— Foi embora. E foi então que minha mãe me levou para a firma, apesar de jovem como eu era. Viu-se, então, que eu tenho um talento especial para vender perfume, para surpresa de todos, especialmente minha.

Suspirei e sentei-me ao lado dela.

— Importa-se se eu fumar? — perguntei.

— Por favor, vá em frente.

Tirei minha cigarreira de prata com monograma. Nunca descobri de quem era o monograma; comprei a cigarreira em uma loja de penhores. Eu a abri e lhe ofereci um cigarro. Ela sacudiu a cabeça. Eu o acendi. É agradável fumar junto ao mar. O ar salgado dá um novo travo ao tabaco. Hoje, por algum motivo, isso me fez lembrar de quando eu era jovem, o que era estranho, já que eu não tinha crescido perto do mar.

Mais uma vez, estranhamente, ela pareceu ler meus pensamentos.

— De onde você é, sr. Marlowe? — perguntou. — Onde nasceu?

— Santa Rosa. Uma cidadezinha perdida ao norte de San Francisco. Por que pergunta?

— Oh, não sei. De algum modo, sempre me parece importante de onde alguém vem, não acha?

Recostei-me contra a parede de madeira rústica do abrigo e descansei o cotovelo do braço com que estava fumando na palma da minha mão esquerda.

— Sra. Cavendish — disse eu —, a senhora me deixa perplexo.

— É mesmo? — Ela pareceu achar aquilo divertido. — Por que diz isso?

— Eu já disse. Eu sou o empregado, mas a senhora está conversando comigo como alguém que conheceu toda a sua vida, ou alguém que gostaria de conhecer pelo resto de sua vida. O que está acontecendo?

Ela ponderou sobre isso por algum tempo, os olhos baixos; em seguida, me olhou por debaixo dos cílios.

— Suponho que seja porque você não é absolutamente o que eu esperava.

— O que esperava?

— Alguém durão e falastrão, como Nico. Mas você não é absolutamente assim.

— Como sabe? Talvez eu esteja apenas representando para a senhora, fingindo ser um gato, quando na verdade sou um gambá.

Ela sacudiu a cabeça, fechando os olhos por um rápido instante.

— Eu não sou tão ruim em julgar os homens, apesar das evidências em contrário.

Ela não se moveu, não que eu tivesse notado, mas de alguma forma seu rosto estava mais perto do meu do que antes. Não parecia haver nada a fazer senão beijá-la. Ela não resistiu, mas também não correspondeu. Apenas ficou ali sentada e recebeu o beijo, e, quando eu me afastei, ela sorriu um pouco, com um ar sonhador. De repente, eu estava muito ciente do barulho das ondas, do chiado dos seixos e dos gritos das gaivotas.

— Desculpe-me — disse eu. — Eu não devia ter feito isso.

— Por que não? — Ela falou muito suavemente, quase em um sussurro.

Eu me levantei, joguei o cigarro na areia e pisei-o com o calcanhar.

— Acho que deveríamos voltar — disse eu.

Quando voltamos pelo meio das árvores, ela tomou meu braço novamente. Parecia estar bem à vontade, e eu tive que me perguntar se aquele beijo havia realmente acontecido. Saímos no gramado e lá estava a casa diante de nós em toda a sua medonha grandiosidade.

— Horrenda, não é? — disse Clare, lendo os meus pensamentos mais uma vez. — É a casa de minha mãe, você sabe, não minha e de Richard. Esse é outro motivo para a irritação de Richard.

— Porque ele tem que viver com a sogra?

— Não pode ser agradável para um homem, ou para um homem como Richard, de qualquer modo.

Eu parei e a fiz parar comigo. Eu tinha areia nos meus sapatos e sal nos meus olhos.

— Sra. Cavendish, por que está me dizendo essas coisas? Por que está me tratando como se fôssemos íntimos?

— Por que eu deixei você me beijar, quer dizer? — Seus olhos cintilavam; ela ria de mim, embora não com maldade.

— Muito bem, então — disse eu. — Por que me deixou beijá-la?

— Acho que eu queria ver como seria.

— E como foi?

Ela pensou por um momento.

— Bom. Eu gostei. Gostaria que fizesse isso de novo, em algum momento.

— Tenho certeza que isso poderia ser arranjado.

Continuamos andando, de braços dados. Ela cantarolava baixinho consigo mesma. Parecia feliz. Esta, eu pensei, não é a mulher que entrou no meu escritório ontem e examinou-me friamente por trás do seu véu, avaliando-me; esta é outra pessoa.

— Um dos grandes do cinema a construiu — disse ela. Falava da casa novamente. — Irving Thalberg, Louis B. Mayer, um desses magnatas, não me lembro qual. Mandaram trazer as pedras da Itália, de algum lugar dos Apeninos. Ainda bem que os italianos não podem ver o que foi feito com elas.

— Por que mora aqui? — perguntei. — A senhora me disse que é rica, podia se mudar para outro lugar.

Olhei para ela. Uma pequena sombra se assentara em sua fronte lisa.

— Não sei — disse. Ela ficou calada por mais alguns passos, em seguida, voltou a falar. — Talvez eu não consiga enfrentar a perspectiva de ficar sozinha com o meu marido. Ele não é particularmente uma boa companhia.

Não cabia a mim comentar, por isso não o fiz.

Estávamos perto do jardim de inverno. Ela perguntou se eu iria entrar.

— Talvez aceite uma bebida agora?

— Acho que não — disse eu. — Sou um trabalhador, com uma tarefa a cumprir. Há mais alguma coisa que queira me dizer sobre Nico Peterson antes de eu aplicar o meu nariz de cão de caça em seu rastro?

— Não me lembro de nada. — Ela pegou um fragmento de folha da manga de seu casaco de linho. — Eu só gostaria que você o achasse para mim — disse ela. — Eu não o quero de volta. Não tenho certeza se o queria desde o começo.

— Por que o aceitou, então?

Ela fez uma careta lúgubre de palhaço. Gostei da forma como o fez, rindo de si mesma.

— Ele representava o perigo, suponho. Como eu lhe disse, eu me entedio facilmente. Ele me fez sentir viva por algum tempo, de uma maneira ligeiramente suja. — Ela me olhou diretamente nos olhos. — Pode compreender isso?

— Sim, posso entender.

Ela riu.

— Mas você não aprova.

— Não cabe a mim aprovar ou não, sra. Cavendish.

— Clare — disse ela, mais uma vez, naquele suspiro ofegante. Eu simplesmente fiquei ali parado, sentindo-me frio e severo, como a figura do índio americano em madeira que se vê diante de algumas tabacarias. Ela estremeceu ligeiramente, com um ar melancólico, em seguida enfiou as mãos nos bolsos do casaco e contraiu os ombros.

— Gostaria que descobrisse onde o Nico está — disse ela —, o que está fazendo, por que fingiu estar morto. — Ela estendeu o olhar pelo amplo gramado verde, em direção às árvores. Por trás dela, havia outra versão, fantasmagórica, de nós dois, refletida no vidro do jardim de inverno. Ela continuou: — É estranho pensar nele, sabe, em algum lugar exatamente agora, fazendo alguma coisa. Eu me acostumei à ideia de que ele estava morto e estou achando difícil me ajustar.

— Farei o que for possível — disse eu. — Não deve ser muito difícil rastreá-lo. Ele não parece um profissional e tenho minhas dúvidas de que tenha coberto muito bem as suas pegadas, especialmente porque não estará esperando que alguém procure por ele, estando morto, supostamente.

— O que vai fazer? Como vai atrás dele?

— Eu vou ter que olhar o relatório do médico-legista. Em seguida, vou falar com algumas pessoas.

— Que tipo de pessoas? A polícia?

— Os policiais tendem a não ser muito prestativos com alguém que não seja um dos seus. Mas eu conheço um ou dois rapazes lá na sede do comando.

— Eu não gostaria de pensar que, de uma forma geral, se saiba que sou eu quem está procurando por ele.

— Quer dizer, não quer que sua mãe descubra.

Sua expressão endureceu, o que não era algo fácil para aquele rosto fazer.

— Estou pensando mais nos negócios — disse ela. — Qualquer tipo de escândalo seria muito ruim para nós, para a Fragrâncias Langrishe. Espero que compreenda.

— Oh, compreendo, sim, sra. Cavendish.

De algum lugar próximo, veio um grito, assustadoramente agudo e estridente. Olhei para Clare.

— Um pavão — disse ela. É claro: tinha que haver um pavão. — Nós o chamamos de Liberace.

— Ele faz isso muitas vezes? Gritar assim?

— Só quando está entediado.

Virei-me para ir embora, depois parei. Como era bonita, parada sob o sol em seu fresco traje de linho branco, com todos aqueles vidros brilhantes e pedra cor-de-rosa por trás. Eu ainda podia sentir a maciez da sua boca na minha.

— Diga-me. Como soube da morte de Peterson?

— Oh — disse ela, perfeitamente à vontade —, eu estava lá quando isso aconteceu.

6

Eu estava quase chegando ao portão quando encontrei Richard Cavendish a pé, trazendo um enorme garanhão de cor castanha pelo caminho de entrada. Parei o carro e abaixei o vidro da janela.

— Olá, rapaz — disse Cavendish. — Já vai nos deixar? — Não parecia um homem que passara a última hora praticando equitação. Seus cabelos castanhos continuavam impecáveis e sua calça de montaria estava tão imaculada quanto da primeira vez em que entrou no jardim de inverno. Ele nem sequer estava suando, não que desse para notar. O cavalo é que parecia exausto; revirava os olhos sem cessar, atirando a cabeça de um lado para outro e puxando as rédeas, que descansavam nas mãos de seu dono com a mesma leveza de uma corda de pular de criança. Criaturas de temperamento quente, os cavalos.

Cavendish inclinou-se na direção da janela, descansou um antebraço no caixilho da porta e sorriu largamente para mim, mostrando duas fileiras regulares de dentes pequenos e brancos. Foi um dos sorrisos mais vazios que alguém já me exibiu.

— Pérolas, hein? — disse ele.

— Foi o que a senhora disse.

— Foi o que ela disse, sim, eu a ouvi. — O cavalo esfregava o focinho em seu ombro agora, mas ele não dava atenção. — Não são tão valiosas quanto ela acha que são. Ainda assim, imagino que ela seja muito ligada às suas pérolas. Você sabe como são as mulheres.

— Não tenho certeza se sei, no que diz respeito a pérolas.

Ele ainda estava sorrindo. Não havia acreditado na história do colar perdido nem por um segundo. Eu não me importava. Conhecia Cavendish — era um tipo com o qual eu estava familiarizado: o belo conquistador, jogador de polo, que se casa com uma garota rica e, em seguida, passa a tornar a vida dela um inferno, lamuriando-se sobre como é difícil para ele gastar o dinheiro dela e o quanto isso fere o seu orgulho.

— Belo cavalo — disse eu, e, como se tivesse me ouvido, o animal revirou os olhos para mim.

Cavendish balançou a cabeça, concordando.

— Spitfire — disse ele. — Dezessete mãos, forte como um tanque.

Afunilei os lábios como se fosse assobiar, mas não o fiz.

— Impressionante — disse eu. — Você joga polo com ele?

Ele deu uma pequena risada.

— Polo é jogado sobre pôneis — disse ele. — Pode imaginar tentar alcançar uma bola no chão do dorso deste animal aqui? — Ele esfregou o queixo com o dedo indicador. — Você não joga, pelo que estou vendo.

— O que quer dizer? — perguntei. — De onde eu venho, o bastão de polo nunca está fora de nossas mãos.

Ele me analisou, deixando o sorriso se desfazer em lentos estágios.

— Você é um grande brincalhão, não é, Marlowe.

— Eu? O que foi que eu disse?

Ele continuou olhando para mim por algum tempo. Quando estreitou os olhos, um leque de rugas finas abriu-se no canto externo de cada lado. Então, ele empertigou-se, bateu com a palma da mão aberta no caixilho da porta do carro e recuou um passo.

— Boa sorte com as pérolas — disse ele. — Espero que as encontre.

O cavalo arremessou a cabeça para trás e fez tremular os lábios naquela maneira engraçada que os cavalos costumam fazer. O som

que ele produziu foi muito parecido a uma risada sarcástica. Engatei a marcha do carro e soltei a embreagem.
— Tchau! — disse eu, e parti.

Meia hora mais tarde, eu estava em Boyle Heights, estacionando à porta do escritório do médico-legista do condado de Los Angeles. Perguntei-me quantas vezes eu já havia subido penosamente aquela escada. O edifício era um extravagante exemplo de arquitetura *art nouveau* e se parecia mais a um enorme e pomposo bar vitoriano do que a um edifício do governo. Entretanto, era fresco no interior, e tranquilamente silencioso. Praticamente o único som a ser ouvido era o clicar dos saltos altos de uma funcionária invisível, conforme ela descia um corredor em algum lugar nos andares acima de mim.

O balcão de recepção ao público era operado por uma animada moreninha em um suéter apertado impossível de ser ignorado. Passei minha licença de detetive diante dela como um mágico mostrando a carta de baralho que ele está prestes a escamotear. Na maior parte das vezes, as pessoas não se dão ao trabalho de examinar o documento e presumem que eu sou da polícia, o que para mim está muito bem. Ela disse que iria demorar uma hora para obter o arquivo sobre Nico Peterson. Eu disse que, em uma hora, eu estaria regando os meus cactos. Ela me deu um sorriso incerto e disse que iria ver se o processo poderia ser acelerado.

Andei de um lado para outro do corredor por algum tempo, fumei um cigarro, depois fiquei parado em uma janela com as mãos nos bolsos, observando o tráfego na Mission Road. É uma profissão empolgante ser detetive particular.

A garota do suéter era uma jovem de palavra e voltou em menos de quinze minutos com o arquivo. Levei a pasta a um banco junto a uma janela e folheei os papéis. Eu não esperava que me dissessem grande coisa, e não estava errado, mas é preciso começar de algum lugar. O falecido tinha sido atingido por um veículo, motorista desconhecido, na Latimer Road, em Pacific Palisades, no condado de Los Angeles, em algum momento entre as vinte e três horas e meia-noite, em 19 de abril. Sofrera inúmeras lesões com longos nomes, inclusive "uma brutal fratura cominutiva do lado direito do crânio" e múltiplas lacerações do rosto. A causa da morte foi o nosso velho conhecido traumatismo craniano — os patologistas adoram traumatismo craniano; só de ouvir falar eles já começam a esfregar as mãos. Havia uma foto tirada no local do acidente. Como o sangue fica preto e brilhoso à luz de um flash. O Motorista Desconhecido fizera um baita trabalho em Nico Peterson. Ele parecia um grande pedaço de carne enfeixado em um terno. Eu me ouvi soltando um pequeno suspiro. *Morte, não seja orgulhosa*, disse o poeta, mas não vejo por que o anjo da morte não deva sentir certa sensação de realização, considerando-se a eficácia do seu trabalho e do seu incontestável registro de sucessos.

Devolvi o arquivo à jovem do suéter e agradeci penhoradamente, embora tudo que tenha recebido em troca tenha sido um sorriso distraído; a jovem tinha outras coisas em que pensar. Passou pela minha cabeça perguntar-lhe se tinha planos para o almoço, mas, tão logo a ideia se formou, eu a descartei. Os pensamentos sobre Clare Cavendish não iriam ser neutralizados tão facilmente.

Na rua, entrei em uma cabine telefônica e liguei para Joe Green na Central de Homicídios. Ele atendeu ao primeiro toque.

— Joe — perguntei —, eles *nunca* lhe dão folga?

Ele deixou escapar seu suspiro barulhento. Joe me faz lembrar um dos grandes mamíferos marinhos — um golfinho, talvez, ou um grande e velho elefante-marinho. Depois de vinte anos na força policial, lidando todos os dias com assassinos, traficantes de drogas, estupradores e não sei mais o que, ele se tornou um chumaço amorfo de cansaço e melancolia, e ocasionalmente de fúria repentina. Perguntei-lhe se eu poderia pagar-lhe uma cerveja. Eu pude perceber a desconfiança em sua voz.

— Por quê? — rosnou ele.

— Não sei, Joe — disse eu. Uma mulher jovem com ar irritado, usando calça de esqui e um colete vermelho, com uma criança em um carrinho, esperava fora da cabine, olhando furiosamente para mim para que eu terminasse minha chamada e a deixasse usar o telefone.

— Porque é verão — disse eu — e é hora do almoço, porque está mais quente que o inferno e, além do mais, há uma coisa sobre a qual eu queria falar com você.

— Mais informações sobre o presunto Peterson?

— Isso mesmo.

Ele esperou um momento, então disse:

— Sim, por que não? Encontre comigo no Lanigan's.

Quando abri a porta da cabine, o ar do interior chocou-se com o calor externo com um baque surdo. Quando pisei do lado de fora, a jovem mãe me xingou, passou por mim com um empurrão e agarrou o receptor.

— Não há de quê — disse eu. Ela estava ocupada demais discando para me xingar novamente.

O Lanigan's era um desses lugares falsamente irlandeses, com trevos pintados no espelho atrás do bar e fotografias de John Wayne e Maureen O'Hara em resplandecente tecnicolor, emolduradas nas paredes. Entre as garrafas de uma prateleira, havia uma de Bushmills com um *tam-o'-shanter* — o chapéu escocês com um pompom em cima. Escócia, Irlanda — qual a diferença? O barman, no entanto, parecia um artigo genuíno, baixo e troncudo, com uma cabeça parecendo uma batata grande e pelos que já tinham sido ruivos.

— O que vão querer, meninos? — perguntou ele.

Joe Green usava um terno gasto e amarrotado de linho cinza, que em algum momento do passado provavelmente já tinha sido branco. Quando tirou seu chapéu panamá, viu-se que o aro havia deixado um sulco lívido de um lado ao outro de sua testa. Ele puxou um grande lenço vermelho do bolso do peito de seu casaco e enxugou a testa. Esta agora havia se estendido até o alto do crânio, de tal forma que ele, muito em breve, seria oficialmente careca.

Sentamo-nos, desmoronados, em frente às nossas cervejas, com os nossos cotovelos sobre o bar.

— Santo Deus — disse Joe —, como eu odeio o verão nesta cidade.

— Sim — concordei —, é ruim.

— Sabe o que me enfurece? — Ele baixou a voz. — Sabe como a sua cueca se amontoa entre as pernas, quente e úmida, como um maldito cataplasma?

— Talvez você esteja usando o tipo errado — disse eu. — Consulte a sra. Green. As mulheres entendem dessas coisas.

Ele me lançou um olhar enviesado.

— Ah, é?

Ele tinha os olhos de um sabujo, as pálpebras caídas, um ar pesaroso e ilusoriamente idiota.

— Assim me disseram, Joe. Assim me disseram.

Bebemos as cervejas em silêncio por um tempo, evitando os nossos próprios olhos no espelho à frente. Pat, o barman, assoviava a melodia do filme *Mother Machree* — era verdade, eu mal podia acreditar. Talvez ele fosse pago para fazer isso, levando o verdadeiro ritmo da terra natal para a Cidade dos Anjos.

— O que você escavou sobre o nosso defunto? — perguntou Joe.

— Não muita coisa. Eu dei uma olhada no relatório do médico-legista. O sr. P. foi estraçalhado naquela noite. Conseguiu alguma pista sobre quem o atropelou?

Joe riu. A sua risada soava como um desentupidor sendo puxado para fora de uma privada.

— O que você acha? — disse ele.

— A Latimer Road não podia estar movimentada àquela hora.

— Era uma noite de sábado — disse Joe. — Eles entram e saem daquele clube que tem lá como ratos nos fundos de um restaurante.

— O Cahuilla?

— Sim, acho que é esse o nome. Poderia ter sido um de cem carros que o achatou. E é evidente que ninguém viu nada. Já foi a esse lugar?

— O Cahuilla Club não é o meu tipo de lugar, Joe.

— Acho que não. — Deu uma risadinha. Dessa vez, foi um desentupidor menor saindo de um vaso sanitário menor. — Essa garota misteriosa para quem você está trabalhando... ela frequenta o clube?

— Provavelmente. — Cerrei e rangi os dentes. É um mau hábito que eu tenho quando estou criando coragem para fazer algo que acho que não deveria fazer. Mas chega um momento em que você tem de ser franco com um policial, se ele vai ser de alguma utilidade para você. Mais ou menos franco, de qualquer maneira. — Ela acha que ele ainda está vivo — disse eu.

— Quem, Peterson?

— Sim. Ela acha que ele não morreu, que não foi ele que virou purê na Latimer Road naquela noite.

Isso o fez sentar-se direito. Ele girou sua grande cabeça rosada e olhou fixamente para mim.

— Credo — exclamou. — O que lhe dá essa ideia?

— Ela o viu, no outro dia, segundo ela.

— Ela o *viu*? Onde?

— Em San Francisco. Ela estava em um táxi na Market Street e lá estava ele, em tamanho natural.

— Ela conversou com ele?

— Eles estavam indo em direções opostas. Quando ela se recuperou da surpresa, o táxi já ia longe.

— Credo — disse Joe novamente, em tom admirado. Tiras adoram quando um caso dá uma reviravolta. Isso acrescenta uma pitada de tempero ao seu tedioso dia de trabalho.

— Você sabe o que isso significa — disse eu.

— O que isso significa?

— Você pode ter um homicídio nas mãos.
— Você acha?

O rapaz da sra. Machree estava parado diante da caixa registradora com um ar sonhador, cutucando um dos ouvidos com um fósforo. Fiz sinal para que ele trouxesse mais duas cervejas.

— Pense nisso — disse eu a Joe. — Se Peterson não morreu, quem morreu? E foi realmente um acidente?

Joe remoeu a ideia por alguns instantes, prestando atenção especial para a sujeira que havia na parte de baixo.

— Você acha que Peterson armou tudo para poder desaparecer?
— Não sei o que pensar — disse eu.

Nossas cervejas frescas chegaram. Joe ainda estava pensando.

— O que você quer que eu faça?
— Também não sei — disse eu.
— Não posso não fazer nada. Posso?
— Você poderia talvez pedir a exumação do corpo.
— Desencavar? — Sacudiu a cabeça. — Ele foi cremado.

Eu não havia pensado nisso, mas deveria ter pensado, é claro.

— Quem identificou Peterson? — perguntei.
— Não sei. Posso verificar. — Ele pegou o seu copo, em seguida, colocou-o de volta no balcão. — Credo, Marlowe — disse ele, mais pesaroso do que indignado —, toda vez que eu falo com você, lá vem problema.

— Problema é o meu nome do meio.
— Ha, ha, ha.

Afastei o meu copo alguns centímetros para o lado e, em seguida, o voltei para onde estava antes, no meio do seu próprio anel de espuma. Pensei em Clare Cavendish fazendo a mesma coisa há umas duas horas. Quando uma mulher entra na sua cabeça, não há nada que não o faça se lembrar dela.

— Olhe, Joe, desculpe-me — disse eu. — Talvez nada disso seja real. Talvez a minha cliente só tenha imaginado que foi Peterson quem ela viu. Talvez tenha sido um truque da luz ou ela já tivesse tomado martínis demais.

— Vai me dizer quem ela é?

— Você sabe que não.

— Se ela estiver certa e esse sujeito não estiver morto, você vai ter que dar o nome dela.

— Pode ser. Mas por enquanto não há nenhum caso, por isso não preciso lhe dizer o que quer que seja.

Joe inclinou-se para trás em seu banquinho e deu-me um longo olhar.

— Ouça, Marlowe, foi *você* quem me chamou, lembra-se? Eu estava tendo uma manhã boa e tranquila, nada sobre a minha escrivaninha, exceto uma estudante que foi dada como desaparecida há três dias, um assalto à mão armada em um posto de gasolina e um duplo homicídio em Bay City. Ia ser moleza. Agora, tenho que me preocupar se esse sujeito Peterson arranjou que algum pobre-diabo fosse atropelado para que ele pudesse fugir.

— Você poderia esquecer que eu lhe disse alguma coisa. Como já falei, pode não haver nada nisso.

— Sim, como essa estudante pode estar visitando a avó em Poughkeepsie e pode ter sido acidentalmente que esses dois carcamanos em Bay City levaram cada um uma bala na cachola. Claro. O mundo está cheio de coisas que só parecem graves na superfície.

Ele deslizou para fora do banquinho e pegou seu chapéu panamá de onde o havia deixado, sobre o balcão. O rosto de Joe fica da cor do fígado quando ele está irritado.

— Vou fazer mais algumas verificações sobre a morte de Peterson, ou de quem quer que tenha morrido, e depois o informo. Enquanto isso, vá segurar a mão de sua cliente e diga-lhe para não se preocupar sobre seu namorado Lázaro, que se ele estiver vivo você vai encontrá-lo ou seu nome não é Doghouse Reilly.

Ele virou-se e saiu a passos largos, batendo o chapéu contra a coxa. Tudo correu bem, Marlowe, eu disse a mim mesmo. Bom trabalho. O barman veio e perguntou discretamente se estava tudo certo. Oh, claro, eu disse, tudo está muito bem.

Voltei para o meu escritório, comprei um cachorro-quente em uma barraquinha na esquina da Vine e o comi na minha mesa, com uma garrafa de refrigerante. Em seguida, fiquei sentado por um longo tempo com os pés para cima e o meu chapéu na parte de trás da cabeça, fumando. Qualquer um que me visse ali teria dito que eu estava mergulhado em profundos pensamentos, mas eu não estava. Na verdade, estava tentando não pensar. Até onde eu errara em chamar Joe Green eu não poderia dizer, principalmente porque não queria dizer. Eu teria traído a confiança de Clare Cavendish em mim ao contar a Joe sobre ela ter visto Peterson quando ele supostamente deveria estar morto? Era difícil ver isso de outra forma. Mas, às vezes, quando você não está chegando a lugar algum, precisa dar uma pancada no ninho de vespas. Mas eu não deveria ter esperado, não deveria ter seguido mais a trilha de Peterson antes de trazer Joe para o caso?

Coloquei a mão na testa e dei um pequeno gemido. Em seguida, abri a gaveta da minha escrivaninha onde deveriam ficar pastas de documentos, tirei a garrafa do escritório e servi a mim mesmo uma dose de uísque puro em um copo de papel. Quando você sabe que deu uma mancada, não resta nada a fazer senão destruir alguns milhões de células do cérebro.

Eu estava contemplando a ideia de despejar mais uma dose da garrafa quando o telefone tocou. Como é possível que, depois de todos esses anos, o maldito aparelho ainda me faça dar um salto? Eu esperava que fosse Joe, e estava certo.

— O presunto tinha a carteira do Peterson no bolso — disse ele. — Além disso, também foi identificado no local pelo gerente do... como você disse que o clube é chamado?

— Cahuilla.

— Não sei por que eu sempre esqueço. O gerente é um tal de Floyd Hanson.
— O que você sabe sobre ele?
— Se você quer dizer se temos algo contra ele, não temos. O Cahuilla é um negócio pretensioso e não contrataria alguém com ficha criminal para comandá-lo. Você sabe que o delegado é membro do clube, além de alguns juízes e metade dos figurões da cidade. Você mete o dedo lá e é capaz de ficar sem ele.
— Alguma coisa no arquivo sobre uma perturbação da ordem lá na noite em que Peterson, ou quem quer que seja, foi atropelado?
— Não. Por quê? — Eu podia ouvir Joe ficando desconfiado outra vez.
— Ouvi dizer que Peterson estava bêbado naquela noite e iniciou uma confusão no bar — disse eu. — A coisa ficou tão preta que o colocaram para fora. Pouco depois, alguém o encontra ao lado da estrada, mortinho da silva.
— Esse alguém sendo uma das garotas que trabalham na chapelaria, a caminho de casa com o namorado. O namorado foi apanhá-la ao final do seu turno.
— Alguma coisa aí? — perguntei.
— Não. Duas crianças. Eles voltaram e chamaram Hanson, o gerente. Ele nos chamou.
Pensei sobre isso por um tempo.
— Você está aí? — disse Joe.
— Estou aqui. Estou pensando.
— Está pensando que está desperdiçando seu tempo com isso, não é?
— Vou ligar para a minha cliente.
— Faça isso. — Ele estava dando uma risadinha quando desligou.
Tomei mais um pouco da bebida da minha fiel garrafa, mas não caiu bem. Estava quente demais para bourbon. Peguei meu chapéu, deixei o escritório, desci pelo elevador e saí para a rua. A ideia era perfeitamente clara em minha cabeça, mas como é que se faz

isso quando o ar está tão quente quanto o interior de uma fornalha e tem gosto de limalhas de ferro? Andei uma boa distância pela calçada, mantendo-me na sombra, em seguida voltei pelo mesmo caminho. O uísque estava fazendo a minha cabeça se sentir como se estivesse cheia de massa pastosa. Subi para o escritório novamente, acendi um cigarro e fiquei sentado, olhando para o telefone. Então, chamei Joe Green outra vez e disse-lhe que tinha falado com minha cliente e a tinha convencido de que ela estava enganada sobre o fato de ter visto Peterson.

Joe riu.

— Elas são assim mesmo — disse ele. — Colocam uma ideia em suas lindas cabecinhas e o fazem correr em círculos por algum tempo, depois dizem: *Oh, sinto muuuito, sr. Marlowe, eu devo ter me enganado.*

— Sim, acho que é isso — disse eu.

Eu podia ouvir Joe não acreditando em nenhuma palavra do que eu estava lhe dizendo. Ele não se importava. Tudo o que ele queria era fechar a pasta sobre Nico Peterson e colocá-la de volta na prateleira empoeirada de onde a tirara.

— Ela lhe pagou, mesmo assim? — perguntou ele.

— Claro — menti.

— Então, todo mundo está feliz.

— Não sei se essa é a palavra, Joe.

Ele riu novamente.

— Fique longe de encrencas, Marlowe — disse ele, e desligou. Joe é um bom sujeito, apesar do seu temperamento.

7

Eu poderia ter deixado o caso morrer ali. Poderia ter feito o que disse a Joe que tinha feito, eu poderia ter telefonado para Clare Cavendish e dito a ela que ela devia ter se enganado, que não poderia ter sido Nico Peterson quem ela viu em San Francisco naquele dia. Mas por que isso a convenceria? Eu não tinha nada novo para lhe dar. Ela já sabia que o homem morto na Latimer Road usava as roupas do Peterson e tinha a carteira dele no bolso interno do paletó. Ela sabia, também, como havia me dito antes de eu deixá-la na sombra frondosa de Langrishe Lodge, que esse sujeito, Floyd Hanson, havia identificado o corpo. Ela estava no Cahuilla naquela noite, ela vira Peterson, bêbado e barulhento, sendo escoltado para fora das dependências do clube por uma dupla de valentões de Hanson, e ela ainda estava lá uma hora mais tarde, quando a garota da chapelaria e seu namorado foram informar a todos que haviam encontrado Peterson morto ao lado da estrada. Apesar de tudo isso, tinha certeza de que era Peterson que ela vira na Market Street dois meses depois de supostamente ter morrido. O que eu poderia dizer que a fizesse mudar de ideia?

Eu ainda tinha a sensação de que havia algo errado em tudo aquilo, que havia alguma coisa que não estavam me contando. Desconfiar se torna um hábito, como tudo o mais.

Fiquei praticamente à toa o resto do dia, mas não consegui tirar o assunto Peterson da minha cabeça. Na manhã seguinte, fui para o escritório e dei alguns telefonemas, verificando os Langrishe e os Cavendish. Não consegui muita coisa. O fato mais interessante que descobri sobre eles foi que, apesar de todo o dinheiro, não havia esqueletos em seus armários, pelo menos nenhum que qualquer pessoa já tivesse ouvido chocalhar. Mas não podia ser assim tão simples, não é?

Desci pelo elevador e atravessei a rua para onde havia estacionado o Olds. Eu o havia deixado na sombra, mas o sol me enganou e virou a esquina do prédio da Permanent Insurance Company, e agora brilhava em cheio sobre o para-brisa e, é claro, o volante. Abri as quatro janelas e parti a toda velocidade para fazer a brisa circular, mas não ajudou muito. O que teria acontecido, eu me perguntei, se de algum modo os peregrinos ingleses, e não os espanhóis, tivessem desembarcado primeiro nesta costa? Acho que teriam rezado por chuva e baixas temperaturas, e o Senhor os teria ouvido.

Estava mais fresco em Palisades, onde o oceano ficava perto. Tive que pedir informações duas vezes antes de encontrar o Cahuilla Club. A entrada ficava no alto de uma subida arborizada, no final de um muro comprido e alto, com buganvílias floridas derramando-se sobre ele. Os portões não eram eletrificados, como eu esperava que fossem. Eram altos, ornamentados e dourados. E estavam abertos, também, mas logo depois deles uma barra de madeira pintada com listras bloqueava o caminho. O porteiro saiu de sua casinhola e me lançou um olhar nada sutil. Era um jovem em um uniforme bege bem-apresentado e um quepe com um adorno no alto. Tinha uma cabeça de alfinete em cima de um pescoço comprido e um pomo de adão que saltava para cima e para baixo como uma bola de pingue-pongue quando ele engolia.

Eu disse que estava lá para ver o gerente.

— Tem hora marcada?

Eu disse que não, e ele torceu a boca de uma maneira estranha e perguntou o meu nome. Mostrei-lhe meu cartão. Ele franziu o cenho e ficou olhando para o cartão por um longo tempo, como se as informações nele contidas estivessem escritas com hieróglifos. Ele fez aquele trejeito com a boca mais uma vez — era uma espécie de engasgo surdo —, entrou na casinhola e falou rapidamente pelo interfone, lendo o meu cartão, em seguida voltou, pressionou um botão e a barreira subiu.

— Mantenha-se à esquerda, onde diz "Recepção" — instruiu. — O sr. Hanson estará esperando pelo senhor.

O caminho de entrada serpenteava ao lado de um muro alto e comprido com densas buganvílias suspensas. As flores vinham em uma grande variedade de tons, cor-de-rosa, vermelho, uma delicada cor de malva. Alguém sem dúvida gostava da planta. Havia outras, também. Gardênias e madressilvas, um jacarandá e laranjeiras, que enchiam o ar com sua fragrância forte e doce.

A área da recepção era uma cabana de toras de madeira com inúmeras janelinhas estreitas e um tapete vermelho na frente da porta. Entrei. O ar tinha um cheiro penetrante de pinho, e alto-falantes escondidos no teto deixavam fluir uma suave música de flauta. Não havia ninguém na mesa da recepção, um móvel grande e venerável, com pilhas de gavetas com puxadores de bronze e um retângulo de couro verde embutido no topo, o tipo de mesa em que um chefe indígena pode ter assinado a concessão de suas terras tribais. Vários itens da cultura norte-americana espalhavam-se ao redor: um cocar indígena da altura de um homem, em um suporte especial, um antiga escarradeira de prata, uma sela ornamentada em outro suporte. Nas paredes, arcos e flechas montados, de vários modelos e tamanhos, um par de pistolas de cabo de marfim e fotos tiradas por Edward Curtis, emolduradas, de índios guerreiros de ar nobre e suas esposas de olhar sonhador. Eu estava conferindo de perto um desses estudos — tendas, fogueira de acampamento, um círculo de mulheres carregando bebês presos às costas — quando ouvi um passo macio atrás de mim.

— Sr. Marlowe?

Floyd Hanson era alto e magro, com uma cabeça comprida e estreita, cabelos pretos e untuosos impecavelmente penteados para trás, e uma atraente mecha grisalha em cada têmpora. Ele usava calça branca de cintura alta, com um vinco em que se poderia cortar o dedo, mocassins com franja, uma camisa branca com o colarinho descontraidamente aberto e um suéter sem mangas, em grandes losangos cinzentos. Ele ficou parado com a mão esquerda no bolso lateral da calça, olhando-me com um ar inquisitivo, como se houvesse algo ligeiramente cômico sobre mim do qual ele era educado demais para rir. Eu suspeitava que não era pessoal, que era assim que ele olhava para a maior parte das coisas que recaíam sob o seu cuidadoso escrutínio.

— Sou eu — disse eu. — Philip Marlowe.

— Como posso ajudá-lo, sr. Marlowe? Marvin, o nosso porteiro, me disse que o senhor é um detetive particular, é isso mesmo?

— Sim — disse eu. — Trabalhei no escritório da promotoria, muito tempo atrás. Agora sou freelancer.

— É mesmo? Compreendo.

Ele esperou mais um instante, olhando-me calmamente, em seguida estendeu a mão direita para eu apertar. Foi como se tivessem me dado um animal de pele fria, escorregadia, para eu segurar por alguns instantes. O mais impressionante em relação a ele era a sua imobilidade. Quando ele não estava se mexendo ou falando, alguma coisa dentro dele parecia se desligar automaticamente, como se fosse para poupar energia. Eu tinha a sensação de que nada deste mundo poderia surpreendê-lo ou impressioná-lo. Enquanto ele permanecia ali, olhando para mim, achei difícil não me remexer nervosamente.

— É sobre um acidente que ocorreu aqui perto há alguns meses — disse eu. — Um acidente fatal.

— Oh? — Ele esperou.

— Um sujeito chamado Peterson foi atropelado por um motorista, que fugiu sem prestar socorro.

Ele balançou a cabeça.

— Isso mesmo. Nico Peterson.

— Ele era membro do clube?

Isso provocou um sorriso frio.

— Não. O sr. Peterson não era um membro.

— Mas você o conhecia, quero dizer, o suficiente para identificá-lo.

— Ele veio aqui muitas vezes, com amigos. O sr. Peterson era do tipo gregário.

— Deve ter sido um choque para você, vendo-o na estrada assim, todo esmagado.

— Sim, foi mesmo. — Seu olhar parecia passear pelo meu rosto; eu quase podia senti-lo, como o toque dos dedos de um cego explorando minhas feições, fixando-me na mente. Comecei a dizer alguma coisa, mas ele me interrompeu.

— Vamos dar um passeio, sr. Marlowe — disse ele. — É uma agradável manhã.

Ele dirigiu-se à porta e pôs-se ao lado dela, dando passagem para mim com a palma da mão virada para cima. Ao passar por ele, achei tê-lo visto dando-me outro leve sorriso, desdenhoso e zombeteiro.

Ele estava certo sobre a manhã. O céu era uma abóbada azul límpida com um sombreamento púrpura no zênite. O ar estava carregado da mistura de fragrâncias de árvores, arbustos e flores. Um rouxinol em algum lugar repassava seu repertório, e entre os arbustos havia o sibilar abafado de borrifadores de água em funcionamento. Los Angeles tem seus momentos, se você for suficientemente rico e privilegiado para estar nos lugares onde eles acontecem.

Da sede do clube andamos por um caminho liso e curvo que passava por mais outras pencas de buganvílias. Aqui a profusão de cores era deslumbrante, e, embora não parecessem ter muito perfume, o ar estava denso com a presença úmida das flores.

— Essas flores — disse eu — parecem ser a assinatura do lugar.

Hanson deu a esse comentário um ou dois momentos de criteriosa análise.

— Sim, creio que você poderia dizer isso. Trata-se de uma planta muito popular, como tenho certeza que sabe. Na verdade, é o símbolo de São Clemente, e de Laguna Niguel, também.

— Não diga.

Eu podia vê-lo decidindo ignorar o sarcasmo.

— As buganvílias têm uma história interessante — disse ele. — Você a conhece?

— Se eu conhecia, já me esqueci.

— É nativa da América do Sul. Foi descrita pela primeira vez por um tal de Philibert Commerçon, um botânico que acompanhava o almirante francês Louis-Antoine de Bougainville em uma viagem de exploração ao redor do mundo. No entanto, pensa-se que o primeiro europeu a vê-la tenha sido a amante de Commerçon, Jeanne Baret. Ele a tinha levado clandestinamente a bordo, vestida como um homem.

— Eu pensei que esse tipo de coisa só acontecesse em romances de capa e espada.

— Não, era muito comum naquela época, quando os marinheiros e os passageiros podiam ficar longe de casa por anos a fio.

— Então, essa Jeanne, qual era mesmo o sobrenome dela?

— Baret. Com um "t".

— Certo. — Eu não podia esperar igualar sua pronúncia em francês e, portanto, não tentei. — Essa jovem descobre a planta, o namorado a registra, mas ela recebe o nome do almirante. Parece menos do que justo.

— Acho que você está certo. O mundo em geral tende a ser um pouco injusto, não acha?

Eu não disse nada. Seu falso e afetado sotaque britânico estava começando a me dar nos nervos.

Chegamos a uma clareira sombreada por eucaliptos. Por acaso, eu conhecia um pouco sobre eucaliptos — angiospermas não classificados, espécie de murta, nativos da Austrália —, mas não achei que valia a pena desfilar meu conhecimento diante desse indivíduo indiferente. Ele provavelmente iria apenas esboçar mais um de seus sorrisinhos desdenhosos. Ele apontou para além das árvores.

— O campo de polo fica para lá. Você não pode vê-lo daqui.

Eu tentei parecer impressionado.

— Sobre Peterson — disse eu. — Pode me dizer alguma coisa do que aconteceu naquela noite?

Ele continuou a caminhar ao meu lado, sem dizer nada ou mesmo registrar que tinha ouvido a pergunta, olhando para o chão à sua frente, da forma que Clare Cavendish fez quando estávamos passeando juntos pelo gramado em Langrishe Lodge. O seu silêncio deixou-me com o dilema de fazer a pergunta de novo ou provavelmente fazer papel de tolo. Há pessoas que conseguem fazer isso, que podem deixá-lo nervoso apenas ficando em silêncio.

Finalmente, ele falou.

— Não sei bem o que quer que eu lhe diga, sr. Marlowe. — Ele parou e virou-se para mim. — Na verdade, estou me perguntando qual é exatamente o seu interesse nesse infeliz negócio.

Eu também parei e raspei a terra do caminho com a ponta do meu sapato. Hanson e eu estávamos de frente um para o outro agora, mas sem qualquer animosidade. De um modo geral, ele não parecia ser do tipo confrontador; nem eu, aliás, a menos que eu seja provocado.

— Digamos que são partes interessadas que me pediram para examinar o caso — disse eu.

— A polícia já fez isso minuciosamente.

— Sim, eu sei. O problema, sr. Hanson, é que as pessoas tendem a ter uma ideia errada da polícia. Elas vão ao cinema e veem esses tiras com chapéus desabados e armas nas mãos perseguindo os bandidos incansavelmente. Mas o fato é que a polícia quer uma vida tranquila exatamente como todos nós. Na maioria das vezes, seu objetivo é elucidar e colocar os fatos em ordem, a fim de escrever um bom relatório e arquivá-lo junto com pilhas e pilhas de outros bons relatórios e esquecer tudo sobre o caso. Os bandidos sabem disso e tomam as medidas necessárias em conformidade.

Hanson olhou para mim, balançando um pouco a cabeça, como se estivesse no compasso de seus pensamentos.

— E quem, nessas circunstâncias, seriam os bandidos? — perguntou ele.

— Bem, o motorista do carro, para começar.

— Apenas para começar?

— Não sei. Há aspectos na morte de Nico Peterson que levantam algumas questões.

— Que questões?

Desviei-me dele e continuei andando. Depois de alguns passos, no entanto, percebi que ele não estava me seguindo, então parei e olhei para trás. Ele estava parado no caminho com as mãos nos bolsos da calça, olhando na direção da linha de eucaliptos com os olhos estreitados. Eu estava começando a ver que ele era um homem que pensava muito. Andei de volta até ele.

— Você identificou o corpo — disse eu.

— Na verdade, não. Não oficialmente, de qualquer modo. Acho que a irmã dele fez isso, no dia seguinte, no necrotério no centro da cidade.

— Mas você estava na cena do atropelamento. Você chamou a polícia.

— Sim, é verdade. Eu vi o corpo. Não foi uma visão agradável.

Então, continuamos a andar, juntos. Agora, o sol já havia eliminado qualquer vestígio da névoa matinal, a luz do dia era forte e o ar tão límpido que sons distantes viajavam através dele com a leveza de dardos. De algum lugar nas proximidades eu podia ouvir o resvalar e o triturar de uma pá de jardineiro escavando no que parecia ser barro ressecado. Ocorreu-me que Hanson tinha sorte de ter um trabalho que o colocava todos os dias naquele ambiente, em meio às árvores, plantas floridas e relva molhada, sob um céu tão azul, limpo e brilhante como os olhos de um bebê. Sim, havia pessoas que tinham toda a sorte, e depois havia o resto de nós. Não que eu pudesse trabalhar ali: muita natureza bruta por toda parte.

— Alguém teve acesso ao corpo antes — disse eu —, não é mesmo?

— Sim, uma jovem chamada Mary Stover. Ela trabalhava na chapelaria aqui no clube. O namorado tinha vindo pegá-la no final do seu turno e ia levá-la para casa. Assim que viraram na Latimer Road, eles viram o corpo do sr. Peterson. Voltaram e me contaram sobre sua lúgubre descoberta.

Engraçado como é fácil até mesmo para pessoas tão sofisticadas quanto Hanson cair no jargão dos romances baratos. "Sua lúgubre descoberta", francamente.

— Posso falar com a srta. Stover? — perguntei.

Ele franziu a testa.

— Não tenho certeza. Ela se casou com o seu rapaz logo depois e se mudaram para a Costa Leste. Nova York, não. Boston, talvez? Receio que eu não me lembre.

— Qual é o seu nome de casada?

— Ah. Aí você me pegou. Só vi essa jovem naquela única vez. As apresentações foram superficiais, tendo em vista as circunstâncias.

Agora foi a minha vez de fazer algumas reflexões. Ele me observava com um lampejo de divertimento. Parecia estar se divertindo muito com nosso encontro.

— Bem — disse eu. — Acho que não vai ser muito difícil rastreá-la. — Eu podia ver que ele sabia que isso era apenas conversa, e ele sabia que eu também sabia disso.

Continuamos nossa caminhada. Depois de uma curva no caminho, nos deparamos com um negro idoso revolvendo o barro em um canteiro de rosas — era dele a pá que eu tinha ouvido no trabalho um minuto atrás. Usava um macacão de jeans desbotado e seus cabelos pareciam um capacete de molinhas apertadas e grisalhas. Ele nos lançou um olhar rápido e furtivo, no qual sobressaía o branco de seus olhos, e eu pensei de repente no cavalo nervoso de Richard Cavendish olhando para mim através da janela do meu carro.

— Bom-dia, Jacob — disse Hanson. O velho jardineiro não respondeu, apenas lhe deu outro olhar nervoso e continuou com seu trabalho. Quando já tínhamos passado, Hanson disse calmamente:
— Jacob não é de falar muito. Ele simplesmente apareceu no portão um dia, assustado e faminto. Nunca conseguimos fazer com que nos contasse de onde veio ou o que tinha acontecido com ele. O sr. Canning ordenou que ele fosse acolhido, é claro, e que lhe dessem alguma coisa para fazer.

— Sr. Canning? — perguntei. — Quem é ele?

— Oh, você não sabe? Achei que você já teria descoberto tudo sobre o clube, sendo um investigador. Wilber Canning é o fundador do nosso clube. É Wilber com *e*. Na verdade, seu nome é Wilberforce, seus pais deram-lhe o nome de William Wilberforce, o grande parlamentar inglês e líder da causa abolicionista.

— Sim — disse eu, no tom mais seco que consegui emitir —, acho que já ouvi falar dele, sim.

— Tenho certeza que sim.

— William Wilberforce, eu quero dizer.

— O sr. Canning é um humanitário dedicado, como eram seus pais antes dele. O pai dele fundou o clube, sabe. O nosso objetivo é o de ajudar, na medida do possível, os membros menos favorecidos da sociedade. A política de emprego do sr. Canning pai, que ainda vigora, mandava que certo número de cargos fossem reservados para... bem, aqueles que necessitam de ajuda e proteção. Você já conheceu Jacob e Marvin, nosso porteiro. Se ficar por aqui tempo suficiente, vai se deparar com outros indivíduos merecedores que encontraram refúgio aqui. O Cahuilla Club possui uma excelente reputação entre a comunidade de imigrantes.

— É muito impressionante, sr. Hanson — disse eu. — Você faz esse lugar soar como um cruzamento entre uma casa de repouso e um centro de reabilitação. Mas, de algum modo, essa não era a impressão que eu tinha. Mas sem dúvida pessoas como Nico Peterson realmente apreciam o espírito filantrópico do lugar.

Hanson sorriu de maneira condescendente.

— Nem todo mundo concorda com os princípios caridosos do sr. Canning, naturalmente. Além disso, como eu já disse, o sr. Peterson não era um membro.

Sem que eu percebesse, havíamos feito o circuito completo e agora, repentinamente, estávamos de volta à sede do clube. Mas não estávamos à porta da frente, aquela por onde eu havia entrado, mas em algum lugar ao longo da lateral do prédio. Hanson abriu a porta com um painel de vidro em toda a sua altura e entramos em um aposento baixo e amplo, com poltronas de chintz espalhadas estrategicamente e mesinhas onde se viam pilhas de revistas perfeitamente arrumadas, como telhas em um telhado, e uma lareira tão espaçosa quanto a sala de estar em minha casa, em Yucca Avenue. Uma lareira como aquela sem dúvida era de muita utilidade em Pacific Palisades. Havia um leve resquício de cheiro de charutos e de um bom conhaque envelhecido. Eu podia ver Wilberforce Canning e seus nobres conterrâneos reunidos ali à noite, após o jantar, discutindo o lamentável declínio da moralidade pública e planejando obras beneficentes. Em minha imaginação, eles usavam fraque, calça até os joelhos e perucas cheias de talco. Eu me torno fantasioso, às vezes. Não consigo me conter.

— Sente-se, sr. Marlowe — disse Hanson. — Aceita chá? Eu geralmente tomo uma chávena a esta hora da manhã.

— Claro — disse eu —, chá está ótimo.
— Indiano ou chinês?
— Indiano, eu acho.
— Darjeeling está bom?

A essa altura, eu não teria ficado surpreso se algum tipo efeminado, de short branco e paletó esportivo, entrasse saltitante pela porta, perguntando com um cicio se alguém estava a fim de jogar tênis.

— Darjeeling está ótimo — disse eu.

Ele pressionou um botão de campainha ao lado da lareira — de fato, exatamente como em um palco — enquanto eu me deixava afundar em uma das poltronas. Era tão funda que meus joelhos quase me deram um soco no queixo. Hanson acendeu um cigarro com um isqueiro de prata e, em seguida, posicionou-se com um cotovelo sobre o console da lareira, os tornozelos cruzados, e olhou de cima para mim, bem abaixo dele. Sua expressão, um pouco pesarosa, mas indulgente, era a de um pai zeloso, obrigado a ter uma conversa séria com um filho rebelde.

— Sr. Marlowe, alguém o contratou para vir aqui? — perguntou ele.

— Alguém como quem?

Ele pareceu estremecer, provavelmente por causa da minha gramática. Antes que ele pudesse responder, uma porta se abriu e um indivíduo de aparência antiga, em um colete listrado, insinuou-se no aposento. Ele parecia tão exangue que era difícil acreditar que estivesse vivo. Era baixo e atarracado, com faces e lábios acinzentados, e uma careca cinza, sobre a qual alguns longos fios de cabelo oleoso e grisalho haviam sido cuidadosamente emplastrados.

— Me chamou, senhor? — disse ele com voz trêmula; seu sotaque britânico era autêntico.

O Cahuilla Club estava demonstrando ser um lugar e tanto, um museu indígena com uma pitada da antiga e idílica Inglaterra.

— Um bule de chá, Bartlett — disse Hanson bem alto, o idoso sujeito sendo, evidentemente, surdo. — O habitual. — Ele virou-se para mim. — Creme? Açúcar? Ou prefere limão?

— Apenas chá, obrigado — disse eu.

Bartlett assentiu, engoliu em seco, lançou-me um olhar lacrimoso e saiu arrastando os pés.

— O que estávamos dizendo? — perguntou Hanson.

— Você queria saber se alguém tinha me contratado para vir falar com você. Eu perguntei quem você achava que essa pessoa deveria ser.

— Sim — disse ele —, isso mesmo. — Ele bateu a cinza da ponta de seu cigarro na borda de um cinzeiro de vidro ao lado do seu cotovelo, sobre o console da lareira. — O que eu quis dizer foi que não consigo imaginar quem poderia estar suficientemente interessado no caso do sr. Peterson e seu triste final para se dar ao trabalho de contratar um investigador particular para abrir o caso novamente. Sobretudo porque, como eu disse, a polícia já examinou tudo com um pente-fino.

Dei uma risadinha. Eu sei dar uma risadinha bem irônica quando me esforço.

— Os pentes que os tiras usam tendem a estar desdentados e entupidos de coisas que ninguém iria querer investigar muito de perto.

— De todo modo, eu não consigo imaginar por que você está aqui.

— Veja bem, sr. Hanson — eu lhe disse, remexendo-me nas profundezas da poltrona no esforço de manobrar meu corpo a uma posição mais digna —, uma morte violenta sempre deixa pontas soltas. É uma coisa que eu tenho notado.

Ele me observava outra vez através daquele silêncio de lagarto.

— Que tipo de pontas soltas?

— Quer dizer, no caso do sr. Peterson? Como eu digo, há aspectos de sua morte que levantam certas questões.

— E eu perguntei que tipo de questões?

Não há nada como uma silenciosa inexorabilidade; o tipo barulhento nunca funciona tão bem.

— Bem, por exemplo, a questão da identidade do sr. Peterson.

— A identidade dele. — Não era uma pergunta. Sua voz havia se tornado suave como uma brisa em um campo de batalha, após um confronto particularmente sangrento. — Que questão sobre sua identidade poderia haver? Eu o vi lá, ao lado da estrada, naquela noite. Não havia dúvida de quem era. Além disso, a irmã dele viu o cadáver no dia seguinte e não manifestou nenhuma dúvida.

— Eu sei, mas o ponto é, e aqui estamos na essência do caso, alguém o viu recentemente na rua, e ele absolutamente não estava morto.

Há silêncios e silêncios. Alguns você pode decifrar, outros não. Se Hanson ficou surpreso com o que eu acabara de dizer, se ficou perplexo ou se não falou nada para poder pensar melhor, eu não saberia dizer. Eu o observei — um falcão não teria feito isso de maneira mais intensa —, mas ainda assim não consegui decidir.

— Deixe-me entender direito — começou ele, mas neste exato momento a porta se abriu e Barlett, o mordomo, entrou de costas, inclinado, os braços como os de um macaco, carregando uma grande bandeja com xícaras e pires, um bule de chá de prata, pequenas jarrinhas de prata e guardanapos de linho branco e não sei mais o quê. Ele aproximou-se e pousou a bandeja em uma das mesinhas, fungou e saiu silenciosamente. Hanson inclinou-se, serviu o chá em duas xícaras — com um coador de prata, ainda por cima — e entregou uma para mim. Eu a equilibrei no braço da poltrona. Tive uma visão de mim mesmo derrubando-a acidentalmente com o cotovelo e derramando a bebida escaldante no meu colo. Eu deveria ter tido uma tia quando era pequeno, uma dessas ferozes, em um costume severo de lã, óculos pincenê e bigode, que teria me treinado em como me comportar em situações sociais como essa.

Eu podia ver Hanson preparando-se para alegar mais uma vez, naquele seu modo estudado, enfastiado, que ele havia se esquecido do que estávamos falando.

— Você queria entender direito — disse eu, ajudando-o. Ele havia tomado posição junto à lareira novamente e mexia uma colher de prata pelo seu chá, devagar, sempre mexendo e mexendo.

— Sim — disse ele, então parou para pensar mais. — Você diz que alguém viu o sr. Peterson na rua recentemente.

— Certo.

— Alegou tê-lo visto, quer dizer.

— A pessoa estava muito segura.

— E essa pessoa é...?

— Alguém que conhecia o sr. Peterson. Alguém que o conhecia bem.

Com isso, seus olhos assumiram uma agudeza maliciosa e eu me perguntei se teria falado demais.

— Alguém que o conhecia bem — repetiu. — Essa pessoa seria uma mulher?

— Por que pergunta?

— As mulheres tendem a ser mais propensas do que os homens a esse tipo de coisa.

— Que tipo de coisa?

— Ver um homem morto andando na rua. Imaginar que viram.

— Digamos apenas que essa pessoa era um colega do sr. Peterson — disse eu — e vamos deixar por isso mesmo.

— E essa é a pessoa que contratou você para vir aqui e fazer perguntas?

— Eu não disse isso. Não digo isso.

— Isso significa que você está agindo com base em um relato de segunda mão? Em boatos?

— Foi dito, e eu ouvi.

— E acreditou?

— Acreditar não faz parte do meu programa. Eu não tomo posição. Só faço a investigação.

— Certo. — Ele arrastou a palavra, transformando-a em uma espécie de suspiro. E sorriu. — Ainda não tocou em seu chá, sr. Marlowe.

Tomei um gole, para ser educado. Já estava quase frio. Eu não me lembrava da última vez em que tomei chá.

Uma sombra se moveu pelo painel de vidro da porta pela qual havíamos entrado e, olhando para cima, vi ali o que me pareceu ser um menino, magro, rosto anguloso, espreitando-nos. Ao perceber que eu o tinha visto, ele virou-se rapidamente e desapareceu. Virei-me para Hanson. Ele não parecia ter notado a figura à porta.

— Para quem você telefonou naquela noite — perguntei —, depois de ter visto o corpo?

— A polícia.

— Sim, mas qual polícia? No centro da cidade ou o escritório do delegado?

Ele coçou a orelha.

— Acho que não sei — disse ele. — Só liguei para a telefonista e pedi a polícia. Um carro da radiopatrulha veio e um policial de motocicleta. Acho que eram de Bay City.

— Lembra-se do nome de algum deles?

— Receio que não. Havia dois policiais à paisana e o motociclista de uniforme. Eles devem ter me dito os seus nomes, imagino, mas, se o fizeram, eu os esqueci. Eu não estava em condições de registrar essas coisas com muita clareza. Não tinha visto um morto desde o meu tempo na França.

— Você esteve na guerra?

Ele balançou a cabeça.

— Na região das Ardenas, Batalha do Bulge.

Isso provocou um silêncio e quase pareceu que um sopro do gélido ar de montanha percorria a sala. Sentei-me para a frente na poltrona e limpei a garganta.

— Não quero tomar muito do seu tempo, sr. Hanson — disse eu. — Mas posso lhe perguntar novamente se você tem certeza, se tem absoluta certeza, de que o homem que viu estendido, morto, na estrada, naquela noite era Nico Peterson?

— Quem mais teria sido?

— Não faço a menor ideia. Mas você pode dizer que tem certeza? Ele fixou aqueles olhos frios e escuros em mim.

— Sim, sr. Marlowe, tenho certeza. Não sei quem que o seu empregador viu na rua posteriormente, mas não era Nico Peterson.

Levantei a xícara e o pires com cuidado do braço da poltrona e os coloquei de volta na bandeja, em seguida levantei-me, as rótulas dos meus joelhos estalando. Ficar sentado naquela poltrona foi como ficar agachado em uma banheira muito pequena e muito funda.

— Obrigado por me receber — disse eu.

— O que você vai fazer agora? — perguntou ele. Ele parecia genuinamente curioso.

— Não sei — disse eu. — Poderia tentar encontrar aquela moça da chapelaria. Stover, não é?

— Mary Stover, sim. Para falar com franqueza, eu acho que você estaria desperdiçando seu tempo.

— Você provavelmente tem razão.

Ele também colocou sua xícara na bandeja, e juntos nos dirigimos à porta por onde o mordomo saíra. Mais uma vez, Hanson manteve-se recuado e gesticulou para que eu passasse à sua frente. Caminhamos ao longo de um corredor com luzes nas paredes em suportes de ferro forjado e um tapete cinza-claro tão espesso que eu juro que podia sentir os pelos macios fazendo cócegas nos meus tornozelos. Passamos por outro salão de fumantes, onde se viam mais artefatos indígenas nas paredes e mais fotografias de Curtis. Em seguida, passamos a outro corredor, onde o ar era quente e abafado, e cheirava a óleo para a pele.

— A piscina é por ali — disse Hanson, indicando uma porta branca sem identificação — e, em seguida, fica o ginásio.

Quando passávamos pela porta, ela se abriu e uma mulher em um roupão branco atoalhado saiu. Ela usava calçados de borracha para praia e uma grande toalha branca envolvia sua cabeça como um turbante. Registrei um rosto largo e olhos verdes. Senti Hanson ao meu lado hesitar um instante, mas ele logo apressou o passo, tocando meu cotovelo com sua mão e levando-me com ele.

Desta vez, a jovem de óculos de armação azul estava sentada atrás da mesa da recepção. Ela cumprimentou seu chefe com um sorriso afetado; a mim, ela ignorou.

— Houve algumas chamadas para o senhor, sr. Hanson — disse ela. — Tenho uma em espera, de um sr. Henry Jeffries.

— Diga a ele que eu ligo de volta, Phyllis — disse Hanson, concedendo um de seus sorrisinhos apertados. Ele virou-se para mim, estendendo a mão mais uma vez. — Adeus, sr. Marlowe. Foi interessante conversar com você.

— Obrigado pelo seu tempo.

Caminhamos até a porta e saímos para o exterior, para o tapete vermelho.

— Boa sorte em suas averiguações — disse ele —, eu só acho que não vão levar a lugar algum.

— É, tem razão, parece-me que vai ser assim. — Olhei em torno, para as árvores, o gramado impecável, os desníveis cobertos de exuberantes flores multicoloridas.

— Belo lugar para trabalhar — disse eu.

— Sim, é verdade.

— Talvez eu apareça por aqui uma noite dessas, para um jogo de bilhar, ou acho que você iria dizer sinuca, talvez experimentar o conhaque da casa.

Ele não pôde resistir a um ligeiro sorrisinho pedante.

— Você conhece algum membro?

— Na verdade, conheço, mais ou menos.

— Venha com ele. Será muito bem-vindo.

Pois sim, pensei, mas sorri amavelmente, levei um dedo à aba do chapéu à guisa de despedida, e me afastei.

Eu estava perplexo. O que tinha acontecido, exatamente, naquela última hora? A visita guiada ao jardim, a história da buganvília, a palestra sobre filantropia, a cerimônia do chá — o que significava tudo aquilo? Por que Hanson tinha gasto tanto tempo para ouvir um detetive fazendo perguntas abelhudas sobre uma morte não muito significativa em uma estrada próxima?

Ele seria apenas um sujeito sem muito o que fazer, passando o tempo de uma manhã preguiçosa entretendo um representante de um mundo sórdido para além dos portões dourados do Cahuilla Club? Por algum motivo, eu não estava convencido de que esse era o caso. E, se não era, o que ele sabia que tinha optado por não me contar?

Eu havia deixado o Olds estacionado sob uma árvore, mas obviamente o sol havia se mudado novamente, como ele insiste em fazer, e a metade da frente do carro estava assando tranquilamente. Abri todas as portas, fui para a sombra e acendi um cigarro enquanto esperava o ar no interior do carro se refrescar um pouco.

Enquanto eu estava ali, comecei a ter a sensação de que estava sendo observado. É como a sensação que você tem quando está deitado em uma praia quente e uma brisa fresca passa por cima do seu ombro nu. Olhei ao redor, mas não vi ninguém. Então, atrás de mim, ouvi um passo rápido — foi a rapidez do passo que me fez dar um salto. Eu me virei e lá estava o garoto que eu tinha visto pouco tempo antes, quando ele olhara para mim e Hanson através da porta de vidro. Ele não era um garoto, eu via agora. Na verdade, eu estimava que ele tivesse uns cinquenta anos. Usava um uniforme de calça cáqui e camisa da mesma cor de mangas curtas. Tinha um rosto encarquilhado e mãos parecendo garras, e olhos tão desbotados que pareciam não ter cor alguma. Ele mantinha o rosto parcialmente virado e me olhava de lado. Parecia muito tenso, como um animalzinho tímido, uma raposa ou uma lebre, que se aproximara de mim por curiosidade e estava pronto para fugir em disparada ao menor movimento que eu fizesse.

— Bom-dia, amigo — disse eu, amistosamente.

Ele, então, balançou a cabeça para si mesmo, com um pequeno sorriso astuto, como se o que eu disse fosse exatamente o que ele esperava que eu dissesse, como forma de enganá-lo e dar-lhe uma falsa sensação de segurança.

— Eu sei quem você é — disse ele, com um tipo de voz enferrujada, quase um sussurro.

— É mesmo?

— É claro que sei. Eu vi você com o Gancho.

— Você está enganado — disse eu. — Não conheço nenhum Gancho.

Ele sorriu novamente, apertando os lábios.

— Claro que conhece.

Sacudi a cabeça, imaginando que ele devia ser mais um dos desgarrados e perdidos do sr. Canning. Joguei o cigarro nas folhas secas aos meus pés e esmaguei-o com o pé, depois fechei as três portas do carro e entrei pela quarta, atrás do volante quente. Abaixei o vidro da janela.

— Tenho que ir — disse eu. — Foi bom falar com você.

Ainda se mantendo de lado para mim, ele se aproximou do carro.

— Você tem que ter cuidado com esse Gancho — disse ele. — Cuidado para ele não recrutar você à força para trabalhar para ele.

Coloquei a chave na ignição e dei partida. Existe algo de grandioso e emocionante sobre o ronronar borbulhante de um grande motor V-8 quando está em marcha lenta; sempre me faz pensar em uma dessas senhoras da alta sociedade nova-iorquina da virada do século, aquelas semelhantes a uma estátua, com anquinhas e chapéus, e gargantas proeminentes, macias e pálidas. Quando acelerei o motor, a coisa se transformou em Teddy Roosevelt, só barulho e ronqueira.

— *Hasta la vista, muchacho* — disse eu, com um curto aceno para o pequeno sujeito. Entretanto, ele colocou a mão na janela, sem querer me deixar ir.

— Ele é o Capitão Gancho — disse ele —, e nós somos os Meninos Perdidos.

Eu olhei para ele — seu rosto estava a uns quinze centímetros do meu — e de repente ele riu. Foi uma das mais estranhas risadas que eu já ouvi, um relincho agudo, desesperado e louco.

— Está certo — disse ele —, não está? Ele, Gancho; nós, os Meninos. He, he, he!

Ele se afastou, então, arrastando os pés, ainda andando de lado como caranguejo, rindo sozinho e sacudindo a cabeça. Fiquei olhando-o por um instante, depois apertei o acelerador e comecei a descer para o portão. Marvin saudou-me e levantou a barreira, puxando o rosto todo para um dos lados, naquele seu jeito, como se estivesse engasgado. Atravessei os portões, girei o carro para a direita e acelerei, sentindo-me aliviado, como um homem são fugindo de um manicômio.

8

Quando voltei ao meu escritório, no Cahuenga Building, havia uma mensagem à minha espera no meu serviço de telefonia. A telefonista que o transmitiu para mim era aquela com o chiado nasal — sua voz sempre faz parecer como se eu tivesse uma vespa presa no meu ouvido.

— Uma sra. Anguish telefonou — disse ela.

— Uma senhora o quê?

— Foi o que ela disse. Eu anotei. Diz para você se encontrar com ela no Ritz-Beverly, ao meio-dia.

— Eu não conheço ninguém chamado Anguish. Que tipo de nome é esse?

— Eu anotei, tenho aqui no meu bloco. Sra. Dorothea Anguish, Ritz-Beverly Hotel, meio-dia.

Uma lâmpada acendeu, que já deveria ter acendido há mais tempo — minha mente ainda estava no Cahuilla Club.

— *Langrishe* — disse eu. — Dorothea *Langrishe*.

— Foi o que eu disse.

— Certo. — Suspirei e coloquei o receptor no gancho. — Obrigado, Hilda — disse eu, com um rosnado.

Não é esse o nome da telefonista, mas é assim que eu a chamo, depois de desligar o telefone. Ela soa como uma Hilda, não me pergunte por quê.

O Ritz-Beverly era um lugar da moda, que se levava muito, muito a sério. O porteiro usava fraque, daqueles chamados cauda de andorinha, e um chapéu-coco estilo inglês; parecia alguém que torceria o nariz a qualquer gorjeta abaixo de dez dólares. O saguão de mármore preto era do tamanho de meio campo de futebol, e no meio dele havia um vaso de cristal lapidado com enormes copos-de-leite sobre uma imensa mesa redonda. O forte perfume das flores fez cócegas no meu nariz, fazendo-me querer espirrar.

A sra. Langrishe me pedira para encontrá-la no Salão Egípcio. Esse era um bar, com mobiliário de bambu, estátuas de sósias de Nefertiti segurando tochas no alto e abajures de mesa com cúpulas feitas de um material que poderia ser papiro, mas obviamente era apenas papel. Um mapa pintado do Nilo ocupava uma parede inteira. O rio tinha barcos árabes sobre ele e crocodilos dentro dele, e acima voavam pássaros brancos — acho que se chamam íbis —, enquanto ao longo das margens havia, naturalmente, pirâmides pintadas e uma Esfinge sonolenta. Tudo isso era muito impressionante, de uma forma exagerada, mas ainda era um bar.

Eu tinha a imagem de Clare Cavendish na minha mente e esperava que a mãe fosse o original da filha. Caramba, como eu estava enganado. Eu a ouvi antes de vê-la. A sra. Langrishe tinha a voz de um estivador irlandês, rouca, áspera e sonora. Ela estava sentada a uma pequena mesa dourada sob uma enorme palmeira em um vaso, dizendo a um garçom de casaco branco como fazer chá.

— Primeiro de tudo, você tem que ferver a água. Sabe fazer isso? Em seguida, você tem que escaldar o bule, dar-lhe uma boa escaldada, veja bem, e colocar uma colher para cada xícara e uma adicional para o bule. Depois, espere três minutos para apurar, nem mais, nem menos. Então, está pronto para servir. Agora, você entendeu? Porque isso aqui — ela apontou para o bule — parece uma água suja e tem o mesmo gosto.

O garçom, um elegante tipo latino, ficara pálido sob o perfeito bronzeado.

— Sim, senhora — disse ele com uma voz intimidada, e saiu apressado, levando o chá ofensivo e seu bule à distância de um braço. Se ele tivesse sido menos profissional, ele teria enxugado a testa.

— Sra. Langrishe? — disse eu.

Ela era muito pequena e muito gorda. Sob suas roupas, podia estar sentada em um barril com buracos para os braços e as pernas se esticarem para fora. Seu rosto era redondo e cor-de-rosa, e ela usava uma peruca com hena em ondas curtas e flexíveis. A única coisa que tinha de Clare que eu podia reconhecer eram os olhos — aquelas íris negras e lustrosas eram de família. Ela estava espremida em um conjunto, um duas-peças acetinado, cor-de-rosa, calçava pesados sapatos brancos e usava um chapéu, que devia ter sido inventado, em um dia de folga, pelo mesmo modista que fizera aquele pequeno enfeite preto que Clare usava na cabeça quando a vi pela primeira vez. Ela ergueu os olhos para mim e arqueou uma das sobrancelhas desenhadas a lápis.

— Você é Marlowe?

— Isso mesmo — respondi.

Ela apontou para uma cadeira ao seu lado.

— Sente-se aí, quero dar uma boa olhada em você.

Sentei-me. Ela examinou meu rosto atentamente. Tenho que dizer algo em seu favor: ela tinha um cheiro bom, como era de se esperar. Toda vez que se movia, seu conjunto, que era feito de um tecido que eu acho que se chama tafetá, emitia uns estalidos e um sopro de perfume emanava das dobras.

— Você está fazendo um trabalho para minha filha, não é? — disse ela.

Tirei minha cigarreira e fósforos e acendi um cigarro. Não, eu não tinha me esquecido de oferecer-lhe um, mas ela abanou a mão, recusando.

— Sra. Langrishe — disse eu —, como soube a meu respeito?

Ela riu.

— Como é que eu fiz para descobrir quem você é, é isso que quer dizer? Ah! Isso seria revelador, não é?

O garçom voltou com o bule e nervosamente encheu sua xícara.

— Olhe para isso agora — disse ela ao garçom. — É assim que deve ser, bem forte.

— Muito obrigado, senhora — disse ele, depois olhou para mim e se retirou.

A sra. Langrishe despejou leite no chá e acrescentou quatro torrões de açúcar.

— Eles não me deixam fazer isso em casa — disse ela sombriamente, devolvendo a pinça para o açúcar. Franziu a testa. — Médicos... pah!

Eu não disse nada. Não achava que pudesse haver alguma coisa que alguém fosse capaz de não deixar aquela senhora fazer.

— Aceita uma chávena? — ofereceu ela. Eu educadamente disse que não. Duas xícaras de chá em um único dia era mais do eu poderia encarar. Ela bebeu de seu chá, segurando o pires debaixo do queixo. Eu tive a impressão de que ela estalou os lábios. — Ouvi uma conversa sobre um colar perdido — disse ela. — É isso mesmo?

— Foi o que Clare... a sra. Cavendish lhe disse?

— Não.

Então, tinha que ter sido o marido. Recostei-me para trás na cadeira e fumei meu cigarro, fazendo-me parecer descontraído. As pessoas tendem a achar que detetives particulares são estúpidos. Eu suponho que imaginem que fomos burros demais para entrar para a força policial e ser detetives de verdade. Em alguns casos, não estão erradas. E às vezes vem a calhar bancar o tolo. Deixa as pessoas relaxadas, e pessoas relaxadas tornam-se descuidadas. No entanto, eu podia ver que esse não seria o caso com a sra. Dorothea Langrishe. Ela podia parecer a folclórica Lavadeira Irlandesa e soar como uma operária, mas era tão contundente quanto o alfinete de seu chapéu.

Ela pousou a xícara e o pires, e olhou ao redor do salão com um olhar ferino.

— Olhe para este lugar — disse ela. — Poderia ser um bordel no Cairo, pelo aspecto. Não, veja bem, que eu já tenha ido ao Cairo — acrescentou animadamente. Ela pegou o menu, que tinha sido feito para parecer um antigo rolo de papiro, com falsos hieróglifos nas margens, e segurou-o bem junto ao nariz, apertando os olhos. — Ah — exclamou —, não consigo ler isso, esqueci meus óculos. Tome — ela enfiou o menu em minhas mãos —, diga-me, eles têm algum bolo?

— Eles têm todos os tipos de bolos — disse eu. — Qual a senhora gostaria?

— Eles têm bolo de chocolate? Eu gosto de chocolate. — Ela levantou uma mãozinha gorducha e acenou, e o garçom veio.

— Fale para ele — disse ela para mim.

Eu disse ao garçom:

— A senhora vai experimentar uma fatia de Triple-Cocoa Fondant Delight.

— Muito bem, senhor. — Retirou-se novamente. Ele não perguntou se eu iria querer alguma coisa. Devia saber que eu era um empregado, exatamente como ele.

— Não tem nada a ver com pérolas o motivo de Clare ter contratado os seus serviços, não é? — disse a sra. Langrishe. Ela buscava alguma coisa em sua bolsa e finalmente tirou dali uma pequena lupa com cabo de osso. — Minha filha não é o tipo de mulher que perde as coisas, especialmente coisas como colares de pérolas.

Eu olhei para uma das estátuas de escravas. Seus olhos, fortemente delineados em preto, eram rasgados e excepcionalmente alongados, atingindo quase a metade da lateral da cabeça com seu capacete dourado. O escultor havia lhe dado um belo peito e um traseiro melhor ainda. Os escultores são assim; eles querem agradar, agradar os homens no salão, quero dizer.

— Eu gostaria de perguntar-lhe uma vez mais, sra. Langrishe — disse eu. — Como soube a meu respeito?
— Ah, não esquente a cabeça com isso — disse ela. — Não foi difícil encontrá-lo. — Ela me deu um olhar zombeteiro. — Você não é o único capaz de conduzir uma investigação, sabe.
Recusei-me a deixar que ela desconversasse.
— O sr. Cavendish lhe disse que eu estive em sua casa?
A fatia do Triple-Cocoa Fondant Delight chegou. A sra. Langrishe, os olhinhos transformando-se em duas fendas gulosas, examinou-o sob sua lupa, atentamente, como o próprio Sherlock.
— Richard não é má pessoa — disse ela, como se eu tivesse criticado o seu genro. — Preguiçoso nato, é claro. — Comeu uma garfada do bolo. — Ora, isso é muito bom — disse ela. — Hum-mmm.
Eu me pergunto o que os médicos diriam se a vissem devorando aquela delícia tóxica.
— De qualquer modo — disse eu —, vai me dizer por que me chamou aqui?
— Eu lhe disse, eu queria dar uma olhada em você.
— Desculpe-me, sra. Langrishe, mas agora que já deu uma olhada, eu acho...
— Oh, pare com isso — disse ela placidamente. — Desça do seu cavalo. Tenho certeza que a minha filha está lhe pagando generosamente. — Eu devia ter dito a ela que, na verdade, sua filha não tinha me pago nem um centavo sequer até agora. — Assim, você pode ceder alguns minutos para a sua pobre e velha mãe.
Paciência, Marlowe, eu disse a mim mesmo, paciência.
— Não posso conversar com a senhora sobre os negócios de sua filha — disse eu. — Isso é entre mim e ela.
— Claro que é. Eu por acaso disse que não era? — Havia um pouco de creme em seu queixo. — Mas ela é minha filha e eu não consigo deixar de me perguntar por que ela precisaria contratar um detetive particular.
— Ela lhe disse que...

— Eu sei, eu sei. O precioso colar de pérolas que ela perdeu. — Ela virou-se para mim. Eu tentei não olhar para a mancha de creme branco em seu queixo. — Que tipo de idiota você pensa que eu sou, sr. Marlowe? — perguntou ela, quase docemente, com uma espécie de sorriso. — Não tem nada a ver com pérolas. Ela está metida em algum problema, não é? É chantagem?

— Eu só posso dizer mais uma vez, sra. Langrishe — repeti, cansado —, não estou em posição de discutir os negócios de sua filha com a senhora.

Ela ainda me observava, e nesse momento balançou a cabeça, concordando comigo.

— Eu sei — disse ela. — Eu o ouvi da primeira vez.

Ela pousou o seu garfo, deu um suspiro saciado e limpou a boca com o guardanapo. Eu entretinha a ideia de pedir uma bebida, algo amargo com um raminho verde em cima, mas decidi não o fazer. Eu podia imaginar a sra. Langrishe fixando um olhar sarcástico no copo.

— Conhece alguma coisa sobre perfume, sr. Marlowe? — perguntou ela.

— Eu sei quando eu sinto o cheiro.

— Claro, claro. Mas será que sabe alguma coisa sobre a produção de perfume? Não? Eu achava que não. — Ela se acomodou novamente em sua cadeira e uma espécie de trepidação surgiu dentro de seu conjunto cor-de-rosa. Pressenti que uma aula estava a caminho e me ajeitei da melhor maneira possível no que eu achava que iria parecer uma atitude receptiva. O que eu estava fazendo ali? Talvez eu seja cavalheiro demais para o meu próprio bem.

— A maioria das pessoas no ramo dos perfumes — disse a sra. Langrishe — baseia seus produtos em atar de rosa. O meu segredo é que eu uso apenas o que se chama absoluto de rosa, que é obtido não por destilação, mas pelo método de solventes. É um produto muito superior. Sabe de onde vem?

Sacudi a cabeça. Era tudo que eu precisava fazer: ouvir, balançar a cabeça, menear a cabeça, prestar atenção.

— Bulgária! — exclamou ela, no tom de um jogador de pôquer batendo na mesa com um *straight flush*. — Isso mesmo, Bulgária. Eles fazem a colheita na parte da manhã, antes do nascer do sol, que é quando as flores são mais perfumadas. São necessários, pelo menos, duzentos e cinquenta quilos de pétalas para produzir uma onça de grama de absoluto de rosa, portanto você pode imaginar o custo. Duzentos e cinquenta libras por uma onça! Imagine! — Seu olhar tornou-se sonhador. — Eu fiz minha fortuna com uma flor. Pode acreditar? A *rosa-damascena*. É linda, sr. Marlowe, uma das dádivas de Deus concedidas a nós de graça, apenas por Sua boa e grande generosidade. — Ela suspirou novamente, com satisfação. Ela era rica, ela era feliz, e estava cheia de Triple-Cocoa Fondant Delight. Eu a invejei um pouco. Então, seu olhar se sombreou.

— Diga-me para que a minha filha o contratou, sr. Marlowe, sim? Fará isso por mim?

— Não, sra. Langrishe, não farei. Não posso.

— E suponho que não aceite dinheiro. Eu sou muito rica, sabe.

— Sim. A sua filha me disse.

— Você pode dizer seu preço. — Eu apenas olhei para ela. — Meu Deus, sr. Marlowe, mas você é mesmo um homem terrivelmente teimoso.

— Não, não sou — disse eu. — Sou apenas um cidadão comum, tentando ganhar uns trocados e permanecer honesto. Existem milhares como eu, sra. Langrishe, milhões. Fazemos nosso trabalho maçante, voltamos para casa cansados à noite e não cheiramos a rosas.

Ela não disse nada por algum tempo, apenas permaneceu sentada, olhando para mim com um meio sorriso. Fiquei feliz de ver que ela havia limpado o creme do queixo. Ela não ficara nada bem com aquela mancha de gordura de vaca.

— Já ouviu falar da Guerra Civil irlandesa? — perguntou ela.
Aquilo me desconcertou por alguns instantes.

— Conheci um sujeito que lutou em alguma guerra irlandesa — disse eu. — Acho que foi a Guerra da Independência.

— Essa veio primeiro. Guerras de independência geralmente vêm antes de uma guerra civil. Elas são assim. Qual era o nome de seu amigo?

— Rusty Regan. Ele não era um amigo, na verdade, nunca me encontrei com ele. Ele foi morto, por uma garota. É uma longa história, e não muito edificante.

Ela não estava ouvindo. Eu podia ver pelo seu olhar que ela estava longe, em algum lugar no passado.

— Meu marido foi morto nessa guerra — disse ela. — Ele estava com os homens de Michael Collins. Sabe quem ele foi, Michael Collins?

— Guerrilheiro? Exército Republicano Irlandês?

— Isso mesmo. Eles o mataram, também.

Ela pegou sua xícara vazia, olhou dentro dela, colocou-a na mesa outra vez.

— O que aconteceu com seu marido? — perguntei.

— Eles foram buscá-lo no meio da noite. Eu não sabia para onde eles o estavam levando. Somente no dia seguinte é que ele foi encontrado. Eles o haviam levado para a costa em Fanore, um lugar deserto naquela época, e o enterraram até o pescoço bem longe na areia. Eles o deixaram lá, de frente para o mar, vendo a maré subir. Leva muito tempo, em Fanore, para a água chegar ao nível mais alto. Ele foi encontrado quando a maré baixou outra vez. Não me deixaram ver o corpo. Imagino que os peixes já o haviam corroído. Aubrey, ele se chamava. Aubrey Langrishe. Não era um nome estranho para um irlandês? Não havia muitos protestantes que lutaram na Guerra Civil, sabe. Não, não muitos.

Deixei um instante passar, então disse:

— Sinto muito, sra. Langrishe.

Ela virou-se para mim.

— O quê?

Acho que ela havia se esquecido de que eu estava ali.

— O mundo é um lugar cruel — disse eu. As pessoas estão sempre me contando as coisas terríveis que aconteceram a elas e aos seus entes queridos. Tive pena daquela triste senhora, mas um homem se cansa tentando ser solidário o tempo todo.

— Eu estava grávida de sete meses quando ele morreu — disse ela, pensativamente. — Por isso, Clare nunca conheceu o pai. Acho que isso a afetou. Ela finge que não, mas eu sei. — Ela estendeu a mão e colocou-a sobre a minha. Levei um choque, sendo tocado dessa forma, mas tentei não demonstrar. A pele da palma de sua mão era quente e seca, parecia... bem, parecia papiro, ou o que eu imaginava que o papiro deveria ser.

— É bom ir com cuidado, sr. Marlowe — disse ela. — Não sei se você sabe com quem está lidando.

Eu não sabia ao certo a quem ela se referia — ela própria, sua filha ou outra pessoa.

— Tomarei cuidado — disse eu.

Ela não deu a menor atenção.

— As pessoas podem se machucar — disse ela, com premência na voz. — Se machucar muito. — Ela soltou minha mão. — Sabe do que estou falando?

— Não tenho qualquer intenção de prejudicar sua filha, sra. Langrishe — disse eu.

Ela olhava dentro dos meus olhos de uma maneira engraçada que eu não conseguia decifrar. Eu tinha a sensação de que ela estava rindo um pouco de mim, mas que, ao mesmo tempo, queria que eu entendesse o aviso que estava me dando. Ela era uma mulher durona, provavelmente implacável, provavelmente pagava mal seus operários e provavelmente poderia mandar me matar, se quisesse. De qualquer modo, havia alguma coisa a respeito dela que eu não podia deixar de gostar. Era uma mulher de fortitude. Essa não era uma palavra que eu costumasse usar com frequência, mas nesse caso parecia certa.

Ela levantou-se em seguida, enfiando a mão dentro do casaco para puxar uma alça caída lá dentro. Levantei-me também e tirei a carteira.

— Tudo bem — disse ela. — Eu tenho uma conta aqui. De qualquer forma, você não tomou nada. Imagino que teria gostado de uma bebida. — Ela deu uma gargalhada contida. — Espero que não tenha ficado esperando que eu lhe perguntasse. Não vale a pena ser tímido perto de mim, sr. Marlowe. Cada homem por si, eu costumo dizer.

Eu sorri para ela.

— Adeus, sra. Langrishe.

— Ah, a propósito, enquanto você está aqui talvez possa me ajudar. Estou precisando de um *chauffeur*. O último que eu tive era um terrível patife e eu precisei me livrar dele. Conhece alguém que preencha os requisitos?

— De improviso, não. Mas, se eu souber de alguém, eu aviso a senhora.

Ela estava olhando para mim com um olhar especulativo, como se estivesse tentando me ver de uniforme e um quepe de motorista.

— Que pena — disse ela. Ela calçou um par de luvas brancas de algodão, do tipo que você pode comprar na Woolworth's. — Sabe, meu nome, na verdade, é Edwards — disse ela. — Eu me casei novamente, aqui. O sr. Edwards, em seguida, se despediu de mim. Eu prefiro Langrishe. Tem certa sonoridade, não acha?

— Sim — disse eu. — Tem, sim.

— Eu também não sou realmente Dorothea. Fui batizada como Dorothy e sempre fui chamada de Dottie. Isso não iria ficar muito bem em um frasco de perfume, não é? Dottie Edwards?

Eu tive que rir.

— Acho que não — disse eu.

Ela ergueu os olhos para mim, com um sorriso nos lábios, entortou um dedo indicador e deu uma batida com o nó de seu dedo bem no meu esterno, através da minha gravata.

— Lembre-se do que eu disse, Marlowe. As pessoas se machucam, a menos que tomem muito cuidado. — Em seguida, ela virou-se e afastou-se, gingando.

9

Eu dirigi para o Bull and Bear para comer alguma coisa — ver mamãe Langrishe alimentar seu rosto com bolo de chocolate me deixara com fome e, de qualquer modo, era hora do almoço. Conforme eu vadiava ociosamente pela Strip, dirigindo com um único dedo no volante, novamente pensei em telefonar para Clare Cavendish e dizer-lhe que eu queria cair fora. Ela não havia enviado de volta o contrato assinado e nenhum dinheiro torpe havia mudado de mãos ainda, portanto eu estava livre para dizer adeus. Mas não é fácil abrir mão de uma mulher como essa, a menos que seja forçado, e mesmo assim tampouco é fácil. Lembrei-me dela sentada no meu escritório com seu chapéu com um véu, fumando seu Black Russian através de sua piteira de ébano, e soube que eu não poderia fazê-lo, não poderia quebrar o vínculo com ela, ainda não.

Não consigo decidir quais são piores, bares que fingem ser irlandeses, com seus trevos e bastões de plástico, ou espeluncas que se fingem inglesas, mais especificamente cockneys, como o Bull. Eu poderia descrevê-lo, mas não tenho coragem; pense em alvos de dardos, chopeiras de madeira e uma foto tingida de rosa e emoldurada da jovem rainha Elizabeth — quer dizer, a atual — sobre um cavalo.

Sentei-me a uma mesa em um canto e pedi um sanduíche de rosbife e uma caneca de cerveja. Eles a servem à temperatura ambiente, tal como fazem na Lambeth Street, em Londres. Quanto ao sanduíche, uma pessoa sem dúvida tem uma visão mais sóbria das coisas enquanto mastiga uma grossa fatia de carne assada demais, dura como a língua de um inglês. Para onde eu iria a partir dali, na busca por Nico Peterson? Se ele realmente estivesse vivo, tinha que haver alguém que soubesse onde ele estava e o que estava tramando. Mas quem? Então, lembrei-me de Clare Cavendish mencionando uma atriz de cinema com quem Peterson havia trabalhado, ou para quem havia trabalhado. Qual era o nome dela? Mandy, Mandy alguma coisa. Mandy Rogers, sim, a Jean Harlow do pobre homem. Talvez valesse a pena falar com ela. Tomei um gole da minha cerveja, que era da cor de graxa de sapato e tinha gosto de espuma de sabão. Eu pensei, como se pode dizer que a Britannia governa as ondas, se é isso o que ela dá aos seus marinheiros para beber?

Levantei-me da mesa, atravessei a sala até a cabine telefônica e liguei para um velho colega meu, Hal Wiseman. Hal trabalhava no mesmo ramo de atividades que eu, só que ele estava na folha de pagamentos do Excelsior Studios. Ele tinha um título pomposo lá — diretor-chefe de segurança ou algo assim — e ia com calma, e por que não deveria? Ele passava o tempo bancando a ama-seca de estrelas do cinema e mantendo os atores mais jovens na linha com rédeas curtas, ou mais ou menos isso. De vez em quando, tinha que usar seus contatos no gabinete do delegado para conseguir livrar um dos astros do Excelsior de uma batida contra drogas ou salvar um executivo do estúdio da acusação de dirigir alcoolizado ou de bater na mulher. Não era uma vida ruim, ele dizia. Enquanto eu esperava que ele atendesse, me ocupava tentando tirar um pedaço de cartilagem do meio dos meus molares superiores com a língua. O rosbife da Velha Inglaterra sem dúvida era tenaz.

Finalmente, ele atendeu.

— Olá, Hal.

Ele reconheceu a minha voz imediatamente.

— Oi, Phil, como vai indo?

— Muito bem.

— Está em um coquetel ou coisa assim? Ouço o som da farra ao fundo.

— Estou no Bull and Bear, almoçando. Nenhum folião aqui, apenas a turma de sempre. Ouça, Hal, você conhece Mandy Rogers?

— Mandy? Sim, eu conheço Mandy. — Repentinamente, ele se tornara cauteloso. Hal não era nenhum galã; na verdade, era uma espécie de cruzamento entre Wallace Beery e Edward G. Robinson, o que tornava o seu sucesso com as mulheres difícil de explicar, se você não fosse uma mulher. Talvez ele tivesse muita lábia.

— Por que pergunta?

— Há um rapaz que fez um trabalho com ela — disse eu. — Agenciamento. Com o nome de Nico Peterson.

— Nunca ouvi falar dele.

— Tem certeza?

— Claro que tenho certeza. De que se trata, Phil?

— Acha que poderia conseguir uma reunião com a srta. Rogers para mim?

— Para quê?

— Eu quero falar com ela sobre Peterson. Ele foi morto certa noite há uns dois meses. Lá em Pacific Palisades.

— Ah, é mesmo? — Eu podia ouvir Hal continuando a se fechar, lentamente, como um molusco gigante. — Morto como?

— Atropelamento seguido de fuga, sem prestar socorro.

— E daí?

— Daí que eu tenho um cliente que está me pagando para averiguar a morte de Peterson.

— Algo que não se encaixa bem?

— Pode ser.

Houve um silêncio. Eu podia ouvi-lo respirar; podia ser o som de sua mente trabalhando, em batimentos longos e lentos.

— O que Mandy Rogers tem a ver com isso?

— Absolutamente nada. É só que eu preciso de informações sobre Peterson. Ele é uma espécie de enigma.

— Uma espécie de quê?

— Digamos que existem mais coisas a seu respeito do que se vê à primeira vista.

Mais respiração, mais reflexão. Em seguida, ele disse:

— Acho que Mandy irá falar com você. — Ele deu uma risada fanhosa. — Não é que ela esteja muito ocupada ultimamente. Deixe comigo. Ainda está no mesmo escritório, aquela arapuca em Cahuenga? Eu ligo para você.

Voltei para a minha mesa, mas, quando olhei para o sanduíche parcialmente comido e a caneca de cerveja morna pela metade, perdi o apetite e, em vez de me sentar, deixei uma nota ao lado do meu prato e fui embora.

Uma grande nuvem roxa surgira de algum lugar e encobrira o sol, e a luz da rua tornara-se sombria, com um matiz pálido. Talvez fosse chover. Isso seria uma boa novidade, no verão, por estas bandas.

Hal, que era um homem de palavra, telefonou na parte da tarde. Mandy Rogers se encontraria comigo no estúdio; eu deveria ir lá agora. Peguei o chapéu, tranquei o escritório e desci para a rua. Aquela nuvem ainda pairava sobre a cidade, ou talvez fosse outra igual àquela, e gotas do tamanho de dólares de prata espatifavam-se no calçamento. Atravessei rapidamente a rua e entrei no carro no exato momento em que o aguaceiro desabou. Aqui pode não chover com frequência, mas quando chove, chove pra valer. Os limpadores de para-brisa do Olds precisavam ser substituídos, e eu tinha que me curvar sobre o volante, com meu nariz quase encostando no para-brisa, para poder ver a rua.

Hal estava à minha espera nos portões do estúdio, abrigado na cabina do porteiro. Ele saiu com o casaco puxado sobre a cabeça e pulou para dentro do carro, ao meu lado.

— Puxa vida! — exclamou. — Três passos e eu estou ensopado! Olhe só para mim!

Já mencionei que Hal se veste com esmero? Ele estava usando um terno de linho de cor clara, trespassado no peito, camisa verde e gravata de seda verde, sapatos bicolores, marrom e branco. Ainda, uma grossa pulseira de ouro, dois ou três anéis e um relógio Rolex. Ele estava ganhando bem; talvez eu devesse entrar para o ramo de cinema.

— Obrigado por fazer isso, Hal — disse eu. — Fico agradecido.

— Sim, tudo bem. — Ele franziu a testa, limpando as gotas de chuva das ombreiras do casaco.

Instalações de cinema são lugares estranhos. Você se sente como se estivesse sonhando acordado, deparando-se com caubóis e coristas, homens-macacos e centuriões romanos, todos eles caminhando normalmente, passando por você como qualquer outro bando de trabalhadores a caminho do escritório ou da fábrica. Pareciam ainda mais estranhos do que o habitual hoje, já que a maioria levava guarda-chuvas. Estes tinham o logotipo do estúdio neles, um brilhante sol amarelo erguendo-se de um lago carmesim e as palavras "Excelsior Pictures" gravadas em arabescos dourados.

— Aquele por quem a gente acaba de passar era o James Cagney? — perguntei.

— Sim. Ele está licenciado da Warner Brothers, fazendo um filme de luta para nós. O filme é uma porcaria, mas Cagney garante a bilheteria. É para isso que são os astros e estrelas. Vire à esquerda aqui.

— Você conhece o termo *blasé*, Hal? Palavra francesa.

— Não. O que significa?

— Significa que você já viu de tudo e não liga para mais nada disso.

— Entendo — disse ele mal-humorado. Ele ainda estava estalando a língua em desaprovação às poucas manchas úmidas nas lapelas de seu casaco. — Queria ver como *você* se sentiria limpando o vômito do banco de trás do seu carro às quatro da manhã, depois de ter tirado mais outro astro das telas de cinema da cadeia por embriaguez e tê-lo largado em sua mansão em Bel-Air. E depois há as atrizes, elas são piores. Conhece Tallulah Bankhead?

— Não posso dizer que sim.

— Considere-se com sorte. Pare aqui.

Estávamos no restaurante self-service. Um garoto louro com uma jaqueta apropriada para chuva e vento, fechada com zíper até o pescoço, saltou da porta com um guarda-chuva Excelsior e escoltou Hal para dentro. Eu fiquei para trás, driblando a chuva da melhor maneira possível.

— Dê a sua chave ao Joey — disse Hal. — Ele cuidará do seu carro para você. — Joey exibiu um grande sorriso para mim; ele já havia feito um tratamento nos dentes pelo qual eu apostava que a sua velha mãe em Peoria, ou onde quer que fosse, já havia sacrificado as suas economias de uma vida inteira. Todos em Hollywood são esperançosos.

Era meio da tarde e quase não havia ninguém no local. Em frente ao longo balcão onde a comida era servida havia uma grande janela panorâmica com vista para um declive gramado e com palmeiras, e um pequeno lago ornamental. A chuva fazia a água do lago parecer uma cama de pregos. Mandy Rogers estava sentada a uma mesa perto da janela, posando com a mão sob o queixo, olhando para fora com profunda emoção para o triste dia cinzento e pensando grandes pensamentos.

— Olá, Mandy — disse Hal, colocando a mão em um dos seus ombros. — Este é o sujeito de quem eu lhe falei ontem, Philip Marlowe.

Ela fez um esforço ostensivo para sair de seus devaneios, ergueu os olhos redondos para mim e sorriu. Eu tenho que dizer, o pessoal de cinema tem algo de especial, por mais insignificantes que sejam. Essas pessoas gastam tanto de seus dias olhando dentro das coisas — câmaras, espelhos, os olhos dos seus fãs — que adquirem um verniz, lustroso e suave, como se tivessem sido lambuzadas com um tipo especial de mel. Nas fêmeas da espécie, o efeito pode tirar o seu fôlego quando você recebe o tratamento bem de perto.

— Sr. Marlowe — disse Mandy Rogers, oferecendo-me a mão branca e pequena. — Encantada. — Sua voz dissipou um pouco da magia. Era tão aguda e estridente que ela poderia ter gravado seu nome na vidraça com ela.

— Obrigado por me receber, srta. Rogers — disse eu.

— Oh, me chame de Mandy, por favor.

Eu ainda segurava a sua mão, que ela não fazia nenhum esforço para retirar da minha.

— Sente-se, Phil — disse Hal secamente. — Você parece que vai desmaiar.

Eu estaria assim tão afetado? Mandy Rogers não era nenhuma Rita Hayworth. Ela era bastante baixa, não exatamente esbelta, uma loura com uma figura em forma de garrafa, boca borboleta e um queixinho gorducho. Entretanto, seus olhos eram bonitos, grandes, redondos, azul-bebê. Ela usava um vestido vermelho, apertado, decotado e com uma ampla saia. Somente em um estúdio de cinema uma jovem poderia usar um vestido como aquele no meio da tarde.

Finalmente, ela retirou sua mão, e eu me sentei em uma cadeira de metal. Pelo canto do olho, vi pela janela um pássaro azul voar de uma das palmeiras e aterrissar sobre a grama molhada.

— OK — disse Hal. — Vou deixar vocês dois juntos. Mandy, fique de olho neste sujeito, ele não é tão inofensivo quanto parece.

— Ele me deu um leve soco no ombro e retirou-se.

— Ele é uma pessoa tão boa — disse Mandy com um suspiro. — E não se pode dizer isso de todo mundo neste ramo, você sabe.

— Tenho certeza de que é verdade, srta. Rogers.

— *Mandy* — reiterou, sacudindo a cabeça para mim e sorrindo.

— Tudo bem, Mandy.

Havia uma garrafa de Coca-Cola em cima da mesa em frente a ela, com um canudo para fora.

— É verdade o que Hal diz? — perguntou ela. — Você é perigoso?

— Nãããc — respondi. — Eu sou muito cordato, você vai ver.

— Ele me disse que você é um detetive particular. Deve ser emocionante.

— Tanto que quase não consigo suportar.

Ela me deu seu vago sorriso, em seguida pegou a garrafa e tomou um pouco da Coca-Cola pelo canudo. Naquele momento, ela poderia ter sido qualquer garota sentada em uma lanchonete, tomando um refrigerante e sonhando em ser uma grande estrela do cinema um dia. Gostei da maneira como a parte superior de seus cílios, quando ela se inclinou sobre o canudo e olhou para baixo, quase repousou sobre a curva suave do seu rosto. Eu me perguntava o quanto ela já devia a quantos homens nesta cidade.

— Nico Peterson foi seu agente — disse eu —, não?

Ela colocou a garrafa sobre a mesa.

— Bem, ele queria ser. Ele de fato me arrumou alguns trabalhos. Foi em *Riders of the Red Dawn*. Você viu?

— Ainda não — disse eu.

— Oh, já passou. Joel McCrea deveria estar no filme, mas algo aconteceu e ele não pôde participar. Eu fiz a filha do fazendeiro.

— Vou vê-lo quando passar nos cinemas de novo.

Ela inclinou a cabeça para um lado, sorrindo.

— Você é uma gracinha — disse ela. — Todos os detetives particulares são como você?

— Nem todos eles, não. — Eu lhe ofereci um cigarro da minha cigarreira de prata, mas ela sacudiu a cabeça, fazendo beicinho recatadamente. Eu podia vê-la como a filha do fazendeiro, graciosa em um minuto e agressiva no próximo, em uma saia de tecido de algodão e botas de botões, com um grande laço nos cabelos.

— O que você pode me dizer sobre o sr. Peterson? — perguntei.

— O que você gostaria de saber? — Ela mordeu o lábio e deu uma sacudidela nos cabelos tingidos de louro. Desde que coloquei os olhos nela pela primeira vez, uns cinco minutos atrás, ela já havia experimentado meia dúzia de papéis, de uma adolescente travessa, daquelas que usam meias soquete, a uma sereia de grandes olhos sedutores. Mas ela ainda era apenas uma criança.

— Quando você o viu pela última vez?

Ela pressionou o dedo indicador de um lado da boca, formando uma covinha ali, e ergueu os olhos para o teto. Eu podia ver o texto no script: *Ela faz uma pausa, pensando.*

— Eu acho que cerca de uma semana antes de ele morrer — disse ela. — Ele estava trabalhando para me colocar no novo filme de Doris Day. Sabe que o verdadeiro nome da srta. Day é Kappelhoff? Dizem que Rock Hudson vai estar nesse filme também. — Seu rostinho brejeiro enuviou-se por um momento. — Acho que agora não vou mais conseguir o papel. Ah, bem.

Um jovem rapaz aproximou-se da mesa. Ele usava um avental branco curto e carregava uma bandeja. Poderia ter sido o irmão mais novo daquele que segurara o guarda-chuva sobre Hal quando saímos do carro na chuva. Eu poderia ter arquitetado um pensamento sobre o cinema ser uma máquina devoradora de jovens sequiosos pela fama, mas em vez disso pedi uma xícara de café.

— É pra já, senhor! — disse o rapaz. Abriu um largo sorriso para Mandy e retirou-se.

— Quanto a Nico, ele era um bom agente? — perguntei. — Quero dizer, era bem-sucedido?

Mandy pensou um pouco sobre isso também.

— Ele não era um dos grandes — disse ela. — Estava começando, como eu. Só que, naturalmente, ele era mais velho. Não sei o que ele fazia antes de ser agente.

— Você o via socialmente?

Ela franziu o nariz, o que era o mais próximo de um cenho franzido a que aquele rostinho doce e transparente poderia chegar.

— Quer dizer, se ele tentou...? Oh, não. O nosso relacionamento não era desse tipo.

— O que eu quis dizer foi se ele a levava a lugares, lugares onde você conheceria pessoas?

— Que tipo de pessoas?

— Bem, produtores, diretores, dirigentes de estúdios.

— Não, ele estava sempre muito ocupado. Sempre tinha que ir ver alguém.

— Sim, foi o que ouvi dizer.

— É mesmo? — Ela ficou subitamente alerta. — De quem?

— Ninguém em particular — disse eu. — Todo mundo fala, nesta cidade.

— Pode apostar que sim.

Ela estava olhando para fora da janela e seus olhos tinham se estreitado. Eu realmente não queria saber mais do que eu já sabia sobre Mandy Rogers, os altos e os mais prováveis baixos de sua carreira até agora. Ainda assim, eu me ouvi perguntando:

— Você é de onde, Mandy?

— Eu? — Ela pareceu genuinamente surpresa com a pergunta. Por um instante, ficou confusa, e quando ficava confusa, eu podia ver, ela parava de atuar. De repente, parecia hesitante, insegura, talvez até mesmo um pouco alarmada. — Eu nasci em Hope Springs, Iowa. Imagino que você nunca esteve lá. Ninguém esteve, na verdade. Hope Springs é o tipo de lugar de onde todos vão embora.

O jovem garçom veio com meu café. Novamente, ele olhou para Mandy com um olhar amoroso, e ela, em troca, lhe deu um sorriso distraído. Ela ainda estava pensando em Hope Springs e em todas as coisas, ou falta de coisas, que havia deixado para trás.

— Como você ficou sabendo da morte do Nico? — perguntei.

Ela pensou um pouco, depois sacudiu a cabeça.

— Sabe, não consigo me lembrar. Não é estranho? Deve ter havido comentários sobre isso aqui no estúdio. Alguém deve ter me contado.

Olhei para a janela. O pássaro voou para o seu poleiro na palmeira outra vez. Quando ele chegou lá, não pude mais vê-lo nas sombras sob a folhagem. Isso é que é felicidade: ali em um minuto, desaparecido no seguinte. Ao menos, a chuva estava abrandando.

Mandy tomou outro gole de sua Coca-Cola. A garrafa, agora quase vazia, gorgolejou ruidosamente, e Mandy olhou rápido para mim, como se receasse que eu fosse rir.

— Você conheceu amigos de Nico? — perguntei. — Uma namorada, talvez?

Ela deu uma risadinha tilintante.

— Ah, ele tinha muitas dessas.

— Você não conheceu nenhuma delas?

— Eu o vi umas duas vezes com uma mulher, mas não acho que ela fosse sua namorada.

— Como era essa mulher?

— Eu não a vi muito bem. Uma vez, foi em uma festa e ele estava saindo com ela. Outra vez, eu os vi em um bar, mas naquela noite *eu* era quem estava de saída. Uma mulher alta. Cabelos escuros. Um rosto bonito, também. Grande, sabe, meio quadrado, mas bonito.

— Por que você acha que ela não era sua namorada?

— Eles não tinham esse ar. Ela não estava realmente *com* ele, sabe o que quero dizer? Talvez ela se parecesse um pouco com Nico, também. Talvez fossem parentes, não sei. — Ela brincou com o canudo na garrafa de Coca-Cola vazia. — É para uma das namoradas dele que você está trabalhando?

Perguntei-me o que Hal teria lhe dito sobre mim e minha busca por Nico Peterson, vivo ou morto. De minha parte, eu não tinha dito muita coisa a Hal, não havia muito a dizer, de modo que suponho que ele tenha inventado alguma coisa. Hal é assim. Apesar de sua atitude ríspida, ele tem muita imaginação e adora enfeitar a velha e insípida verdade. Mandy Rogers provavelmente pensou que eu estava agindo por alguma mulher que Nico havia rejeitado antes de morrer. E, pensando nisso, talvez eu esteja.

— Como era o Nico? — perguntei. — Que tipo de pessoa ele era?

— Como ele era? — Mandy franziu a testa. Peterson, eu podia ver, não tinha sido ninguém a quem Mandy tivesse dado muita atenção antes de hoje, ainda que ele tivesse lhe arranjado uma participação em *Riders of the Red Dawn*.

— Nossa, não acho que eu o conhecia assim tão bem. Ele era apenas um sujeito tentando se fazer na vida. Eu gostava dele, eu acho, não *dessa* forma, é claro. Quero dizer, ele não era nem mesmo um amigo, apenas um parceiro de negócios. — Ela parou, depois continuou: — Ele me convidou uma vez para ir ao México com ele. — Ela desviou o olhar e até corou um pouco.

— É mesmo? — disse eu, tentando não soar muito interessado. — Onde no México?

Ela estava fazendo aquele jeito de morder o lábio novamente. Quem ela estava tentando ser? Doris Kappelhoff, talvez, em um dos seus papéis de garota sexy e ingênua.

— Acapulco. Ele ia lá frequentemente, ou assim me disse. Ele conhecia muita gente, eu via que ele falava de gente rica.

— Mas você não foi.

Ela arregalou os olhos e formou um O com a boca.

— Claro que não fui! Imagino que você ache que eu sou a vadia comum de Hollywood, pronta a ir a qualquer lugar com qualquer pessoa.

— Não, não — apressei-me a dizer, para apaziguá-la. — Eu não acho nada disso. Só pensei, uma vez que ele era mais velho do que você e assim por diante, que ele podia estar se oferecendo para levá-la em uma viagem agradável com ele, como uma amiga.

Ela sorriu, um sorriso sinistro, tenso.

— Nico tinha amigas, mas não tinha amigas que não fossem namoradas. Entende o que eu quero dizer?

Um sujeito entrou, tão parecido com Gary Cooper que não poderia ser ele. Usava calça de montaria, perneiras de couro e uma bandana vermelha amarrada em volta do pescoço queimado de sol, e tinha um coldre com uma arma, amarrado ao quadril. Ele pegou uma bandeja e caminhou ao longo do balcão, examinando os panelões de comida.

— Você foi de grande ajuda, srta. Rogers — disse eu, dando a ela o meu sorriso de mentiroso.

— Fui mesmo? — Pareceu surpresa. — Como foi que eu fiz isso?

— No meu ramo — disse eu, abaixando a voz como se fosse confidenciar um segredo comercial —, não há nada que não seja importante, nada que não ajude a construir uma imagem.

Ela estava olhando para mim com os lábios apartados e um nó de estupefação entre as sobrancelhas.

— Uma imagem de quê? — perguntou ela, falando, como eu, em um sussurro.

Empurrei o meu café frio e peguei o chapéu. A chuva lá fora havia parado e parecia que o sol brincava com a possibilidade de aparecer.

— Digamos apenas, Mandy — disse eu, com uma lenta piscadela —, que eu sei mais agora do que sabia quando cheguei.

Ela balançou a cabeça, ainda olhando para mim, ainda com os olhos arregalados. Ela era uma menina meiga, a seu modo. Eu não podia deixar de temer pelo seu futuro, na carreira que ela havia escolhido.

— Posso vir conversar com você novamente — disse eu —, se eu pensar em mais algumas perguntas para as quais você pode ter a resposta?

— Claro — disse ela. Em seguida, lembrou-se de quem supostamente ela deveria ser, umedeceu os lábios com a ponta da língua e inclinou a cabeça para trás preguiçosamente, exibindo o pescoço branco como a neve. Imagino que fosse Barbara Stanwyck em *Double Indemnity,* que era um filme que eu *tinha* visto.

— Apareça quando quiser — disse ela. — Hal lhe dirá onde me encontrar.

Ao sair, passei pela mesa onde o sujeito alto e magro com a bandana vermelha estava curvado sobre um prato de chili com carne, devorando a comida como se alguém pudesse aproximar-se de mansinho, estender o braço por cima de seu ombro e roubá-la dele. Ele, na verdade, era um dublê de Cooper.

10

Eu não sabia para onde estava indo até chegar lá. O ar estava fresco, depois da chuva, e tinha uma fragrância melancólica. Eu estava com as janelas do carro abaixadas, aproveitando a brisa fresca em meu rosto. Pensava em Mandy Rogers e em todas as outras crianças iguais a ela, que tinham vindo aqui para a costa, atraídas pela promessa de um dia atuar com Doris e Rock em alguma invencionice estúpida de canções açucaradas, casacos de mink e telefones brancos. Devia haver um rapaz em Hope Springs que ainda a desejava. Eu podia vê-lo claramente, como podia ver Hollywood Hills sob a luz límpida lavada pela chuva, um garoto desajeitado com mãos como pás e orelhas de abano. Será que ela pensava nele em algum momento, lá no meio das plantações de milho, se consumindo com a sua lembrança? Eu tinha pena dele, ainda que ela não tivesse. Eu estava nesse estado de espírito; era esse tipo de hora, depois da chuva.

Estacionei no início da Napier Street e andei até a casa de Peterson. Não queria outro encontro com o velho abutre do outro lado da rua e imaginei que, se eu subisse até lá de carro, ele provavelmente reconheceria o Olds. Esse tipo lembra-se mais de carros do que de gente. Seu casebre estava fechado e não havia sinal dele em parte alguma. Dessa vez eu não me dirigi à porta da frente, mas dei a volta pelos fundos, a grama molhada rangendo sob os meus sapatos.

O quintal estava abandonado, cheio de mato, havia arbustos de acácias desolados e um tipo de trepadeira, com uma flor amarela raquítica, que enlouquecera e estava estrangulando tudo ao seu alcance. Aqui, como na parte da frente, dois degraus de madeira levavam até o alpendre. As janelas estavam empoeiradas. Um gato malhado, que dormia junto à porta, abriu uma pálpebra e olhou direto para mim, depois se levantou devagar e se afastou mansamente, o rabo enroscando-se preguiçosamente. O que é que os gatos sabem a nosso respeito que os faz nos desprezar tanto assim?

Eu tentei a porta, mas ela estava trancada. O que não era uma surpresa. Por sorte, eu tinha em meu chaveiro um instrumento útil que me fora dado na época em que eu trabalhava na promotoria e que eu conseguira conservar comigo depois que deixei o emprego. Desde então, ele se mostrou de um valor inestimável. É moldado do mesmo metal preto-azulado de que o diapasão é feito e abre qualquer fechadura, fora a maior de todas, em Forte Knox. Tendo olhado rapidamente primeiro por cima do ombro esquerdo e, em seguida, por cima do direito, inseri o treco na pequena fenda sob a maçaneta, girei-o um pouco, com meus dentes trincados e um olho fechado, em seguida ouvi o clique do tambor e imediatamente a maçaneta girou sob minha mão. O promotor-geral atualmente era um sujeito chamado Springer, um político de grandes ambições. Gostaria de poder dizer-lhe como o tempo que passei na promotoria continuava a me ajudar em meu papel na luta solitária contra o crime.

Fechei a porta atrás de mim, encostei as costas contra ela e fiquei parado por um instante, escutando. Não há nada como o silêncio dentro de uma casa deserta. Havia um leve odor adocicado de putrefação seca no ar imóvel. Senti-me como se a mobília estivesse me observando, como uma matilha de cães de guarda muito desanimada para sair de suas patas traseiras ou mesmo para latir. Eu não fazia a menor ideia do que poderia estar procurando. Aquele cheiro de mofo, a poeira por toda parte e as cortinas de renda cinzentas languidamente dependuradas das janelas de certo modo sugeriam que deveria haver um corpo em algum lugar, trancado em um quarto, estendido sobre uma cama, na depressão formada por um corpo no colchão, os olhos, ainda com um vestígio de surpresa neles, fixos no teto escuro.

 Mas o corpo não estava ali, isso eu sabia. Ficara estendido por uma fração de tempo, completamente destroçado, ao lado daquela estrada em Pacific Palisades, em seguida fora recolhido e levado a toque de caixa para o necrotério, depois cremado, e agora não era mais do que átomos aleatórios espalhados pelo ar. Ao longo desses últimos dias, desde que Clare Cavendish entrara em meu escritório pela primeira vez, Peterson havia se tornado uma presença fantasmagórica para mim, fugidio e elusivo, como um daqueles ciscos escorregadios e flutuantes que entram em seu olho e se movem toda vez que você tenta olhar para eles diretamente. Mas por que eu deveria me preocupar com Peterson, na verdade? Eu não me importava. Não era com ele que eu me importava.

Era uma casa pequena, e devo dizer que Peterson a mantinha em boa ordem. Na verdade, estava tão arrumada que não parecia habitada. Olhei ao redor da sala, enfiei a cabeça para dentro do quarto. A cama parecia de hospital, como se uma enfermeira a tivesse arrumado, com as cobertas perfeitamente dobradas nos cantos e os travesseiros lisos como lajes de mármore.

 Eu tinha examinado algumas gavetas e aberto e fechado alguns armários quando ouvi uma chave sendo enfiada na fechadura da porta da frente. Eu tive as reações de costume: os pelos da nuca ouriçados, o coração descompassado, as palmas das mãos repentinamente suadas. É em momentos como esse que você sabe como um animal se sente quando ouve um galho se quebrando sob o calcanhar de uma bota, olha para cima e vê a silhueta de um caçador contra a claridade da floresta. Eu estava inclinado sobre a escrivaninha, com uma fotografia emoldurada na mão — uma senhora idosa, a mãe de Peterson, presumi, óculos de aro de metal na ponta do nariz, olhando fixamente para a câmera com desaprovação —, e quando olhei para a porta vi através do painel de vidro empoeirado o contorno da cabeça de uma mulher. Em seguida, a porta abriu-se de par em par. Com movimentos lentos e cuidadosos, recoloquei a fotografia sobre a escrivaninha.

— Minha nossa! — disse a mulher, recuando e, em seu susto, batendo o salto do sapato com força na soleira de madeira. — Quem é você?

De cara, eu soube duas coisas sobre ela: primeiro, ela era a mulher que Mandy Rogers tinha visto com Peterson. Não sei dizer como eu sabia disso. Às vezes, essas coisas simplesmente lhe ocorrem, e você tem que aceitá-las. A segunda coisa que percebi foi que eu a tinha visto antes em algum lugar. Ela era uma morena flácida, de maxilares grandes, quadris largos e busto avantajado. Usava uma blusa branca justa, uma saia vermelha ainda mais justa e um desses sapatos sem calcanhar, com um salto alto e quadrado. Parecia ser o tipo de garota que teria uma pistola pequenininha na bolsa.

— Está tudo bem — disse eu, erguendo a mão na esperança de tranquilizá-la. — Sou um amigo de Nico.

— Como é que você entrou?

— A porta de trás estava destrancada.

Eu podia vê-la tentando decidir se permanecia ou saía logo dali.

— Qual é o seu nome? — perguntou ela, bancando a durona. — Quem é você?

— Philip Marlowe — disse eu. — Trabalho em segurança.

— Que tipo de segurança?

Eu lhe dei um dos meus sorrisos oblíquos e singelos.

— Olhe, por que você não entra e fecha a porta? Eu não vou machucá-la.

O sorriso deve ter funcionado. Ela entrou e fechou a porta. Ainda assim, não tirou os olhos de mim nem por um segundo.

— Você é a irmã de Nico, não é? — perguntei.

Foi um tiro no escuro. Eu me lembrei de Floyd Hanson mencionando que a irmã de Peterson havia identificado seu corpo no necrotério. Tinha que ser ela. É claro que poderia ter sido uma das muitas amigas de quem eu tanto ouvira falar, mas por algum motivo achei que não. Além do mais, nesse momento, eu me lembrei de onde eu a tinha visto antes: saindo pela porta da piscina no Cahuilla Club, em um roupão felpudo e com uma tolha enrolada em volta da cabeça.

O mesmo rosto largo, os mesmos olhos verdes. Foi por essa razão que Hanson ficara desconcertado por um segundo quando ela apareceu. Ela era a irmã de Peterson e ele não queria que eu me encontrasse com ela. Ela deu alguns passos lateralmente agora, ainda me observando, cautelosa como um gato, em seguida parou perto de uma poltrona e pôs a mão no recosto. Ela estava ao lado de uma janela, de modo que eu pude dar uma boa olhada nela. Seus cabelos eram quase pretos, com alguns reflexos cor de bronze. Havia algo vago e indefinido a seu respeito, como se quem quer que a tivesse feito fora interrompido antes de dar os retoques finais e nunca mais voltara para terminar o trabalho. Ela era uma dessas mulheres cuja irmã seria linda, mas que ela não tivera a mesma sorte.

— Marlowe — disse ela —, é esse que você diz que é o seu nome?

— Certo.

— E o que você está fazendo aqui?

Eu tive que pensar sobre isso.

— Eu estava examinando as coisas de Nico — disse eu fracamente.

— Ah, é? E para quê? Ele deve dinheiro a você?

— Não. Ele tinha algo que me pertencia.

Ela fez uma expressão de desdém.

— O que era? A sua coleção de selos?

— Não. Apenas uma coisa que eu preciso de volta. — Eu sabia o quanto aquilo soava improvável, mas eu estava improvisando

conforme falava, e não era nada fácil. Afastei-me da escrivaninha.
— Importa-se se eu fumar? Você está me deixando nervoso.
— Vá em frente, eu não estou impedindo ninguém.

Eu quisera ter meu cachimbo; enchê-lo me daria tempo para pensar. Atrapalhei-me um pouco com a cigarreira e uma caixa de fósforos, peguei um cigarro e o acendi, fazendo tudo tão lentamente quanto possível. Ela ainda estava ali parada junto à poltrona, com a mão no encosto e me observando.

— Você *é* irmã de Nico, não é? — disse eu.

— Sou Lynn Peterson. Não acredito em nada do que você está me dizendo. Que tal você confessar logo e dizer quem realmente é?

Eu tinha que reconhecer — Lynn tinha coragem. Eu era o intruso, afinal, e ela dera de cara comigo bisbilhotando a casa de seu irmão. Eu poderia ser um ladrão. Poderia ser um louco fugido do hospício. Eu poderia ser qualquer um. E poderia estar armado. Mas lá estava ela, defendendo a sua posição e não aceitando nenhuma tapeação de minha parte. Em qualquer outra circunstância, eu provavelmente a convidaria para sair comigo para algum bar escuro e veria o que poderia acontecer depois.

— Está bem — disse eu. — Meu nome é Marlowe, isso é verdade. Sou um investigador particular.

— Sim, sei. E eu sou Chapeuzinho Vermelho.

— Veja — disse eu, tirando um cartão de visita da minha carteira e passando-o a ela. Ela o leu, franzindo a testa. — Fui contratado para averiguar a morte do seu irmão.

Ela não estava realmente ouvindo. Então, começou a balançar a cabeça.

— Eu já o vi — disse ela. — Você esteve com Floyd, no clube.

— Sim — disse eu —, estive.

— Floyd também tem algo que lhe pertence, que você precisava pegar de volta?

— Eu estava falando com ele sobre Nico.

— Falando o que sobre Nico?

— Sobre a noite em que seu irmão morreu. Você estava lá naquela noite, não estava, no clube? — Ela não disse nada. — Você viu o corpo do seu irmão?

— Floyd não me deixou ver.

— Mas você o identificou, no dia seguinte, no necrotério, certo? O corpo do seu irmão, quero dizer. Deve ter sido difícil.

— Não foi nada divertido.

Deixamos que se fizesse um silêncio. Éramos como uma dupla de jogadores de tênis fazendo uma pausa entre dois sets. Em seguida, ela andou para a frente, dirigiu-se à escrivaninha e pegou a fotografia emoldurada da severa senhora de óculos com aro de metal.

— Não pode ser isso que você estava procurando — disse ela. Virou-se para mim com um sorriso frio. — É tia Margie. Ela nos criou. Nico a detestava, não sei por que tem a foto dela na sua mesa. — Ela recolocou a foto na mesa. — Eu preciso de uma bebida — disse ela, passando por mim em direção à cozinha.

Eu a segui. Ela tirou uma garrafa de Dewar's de um armário na parede e começou a procurar cubos de gelo no congelador.

— E você? — perguntou ela por cima do ombro. — Quer um trago?

Tirei dois copos altos de uma prateleira e os coloquei sobre a bancada ao lado do fogão a gás. Ela trouxe uma bandeja de gelo para a pia e deixou a água da torneira correr na parte de trás, e um punhado de cubos se soltou. Ela os empilhou dentro dos copos.

— Veja se há um misturador ali embaixo — disse ela.

Eu abri o armário que ela havia indicado e encontrei um par de miniaturas de Canada Dry. Eu gosto do *glug-glug-glug* que a soda faz ao cair sobre gelo; é um som que sempre me anima. Eu podia sentir o perfume de Lynn Peterson, um aroma felino, pungente. Isso também me animava. Esse encontro casual não estava sendo tão ruim assim, afinal.

— À sua saúde, Sherlock — disse Lynn, e tilintou a borda do seu copo contra o meu. Em seguida, ela se inclinou para trás, com o traseiro contra a pia e me deu uma olhada de cima a baixo. — Você não parece um tira — disse ela —, particular ou não.

— O que eu pareço?

— É difícil de dizer. Jogador, talvez.

— Eu tenho participado de um ou outro jogo.

— E ganhou?

— Não muitas vezes.

A birita espalhava seu calor lentamente por dentro de mim, como a luz do sol fluindo pela encosta de uma colina no verão.

— Você conhece Clare Cavendish? — perguntei, embora talvez não devesse. — A namorada de Nico.

Ela riu tão de repente que quase se engasgou com sua bebida.

— A Dama de Gelo? — disse ela com voz rouca, olhando incrédula para mim. — *Namorada* dele?

— Foi o que me disseram.

— Bem, deve ser verdade, então, eu suponho. — Ela riu mais uma vez, sacudindo a cabeça.

— Ela estava lá naquela noite, também, no clube, na noite em que Nico morreu.

— Estava? Não me lembro. — Então, ela franziu a testa. — Ela contratou você para meter o nariz no que aconteceu naquela noite?

Tomei outro gole do sr. Dewar's. Aquele sol interior estava ficando cada vez mais ensolarado.

— Conte-me o que se passou no necrotério — disse eu.

Ela estava me observando novamente, tal como fizera assim que colocara os olhos em mim.

— O que quer dizer com "o que aconteceu"? Eles me levaram a uma sala toda branca, levantaram o lençol e lá estava Nico, morto como um peru de Natal. Eu derramei uma lágrima, o policial deu uns tapinhas no meu ombro, fui conduzida para fora e pronto.

— Que policial? — perguntei.

Ela ergueu os ombros e deixou-os cair outra vez.

— Não sei que policial. Ele estava lá, ele me perguntou se aquele era o meu irmão, eu disse que sim, ele balançou a cabeça, eu fui embora. Policiais são policiais. Todos eles têm a mesma aparência para mim.

Eu ouvi, muito fracamente, um carro estacionando na rua, em frente a casa. Não dei a menor atenção a isso, embora devesse ter dado.

— Ele não lhe deu o seu nome?

— Se ele o fez, eu já esqueci. Olhe, Marlowe, de que se trata tudo isso?

Desviei os olhos dela. Perguntei-me se deveria lhe contar o que Clare Cavendish me havia dito, sobre ter visto Nico em meio à multidão na Market Street em San Francisco, naquele dia. Deveria correr o risco? Eu estava prestes a falar, sem saber realmente o que ia dizer, quando notei que ela estava olhando para além do meu ombro com uma expressão estranha. Virei-me, exatamente quando a porta dos fundos se abriu e um sujeito com uma arma na mão entrou na cozinha. Um mexicano. Atrás dele, havia um segundo mexicano. Ele não tinha arma. Não parecia precisar de nenhuma.

11

Eu nunca descobri seus nomes. Em prol da conveniência, mentalmente os chamava de Gómez e López. Não que a minha conveniência, ou de qualquer outra pessoa, fosse ocupar um lugar alto na lista de prioridades deles. Eu compreendi isso de imediato. Gómez era o cérebro, se é que tinha algum, e López era o músculo. Gómez era baixo e atarracado, e um pouco acima do peso, para um mexicano, enquanto López era magro como uma cascavel. O velho do outro lado da rua tinha dito que eles estavam bem-vestidos, mas seu julgamento em questão de roupas, eu podia ver, não era confiável. Gómez usava um terno azul-claro, trespassado no peito, com grandes ombreiras, e uma gravata com a figura pintada, e mal pintada, de uma beldade seminua em trajes de banho. A camisa havaiana de López era a mais berrante que eu já tinha visto. Sua calça branca, de elástico na cintura, teria sido limpa quando fora comprada, há muito tempo. Ele usava sandálias abertas, e os dedos dos pés eram imundos.

Olhe, não me interpretem mal, não tenho nada contra os mexicanos. Eles são pessoas amáveis e gentis, em sua maioria. Eu gosto da comida deles, da sua cerveja e da sua arquitetura. Certa vez, passei uma semana muito agradável em Oaxaca, em um bom hotel, na companhia de uma simpática senhora do meu conhecimento. Os dias eram quentes e as noites frescas, e ao entardecer nós nos sentávamos no Zócalo, bebendo margaritas salgadas e ouvindo os mariachis. Esse é o meu México. Gómez e López vinham de outro lugar. Eu os colocaria em um bairro de uma das cidades mais turbulentas ao sul da fronteira. Ouvi Lynn Peterson prender a respiração ao vê-los. Provavelmente, eu também prendi minha respiração. Afinal de contas, era uma visão bem assustadora.

Eles atravessaram a porta em grande pressa. Eram sujeitos impacientes de um modo geral, como eu vim a descobrir. A arma de Gómez era uma pesada automática folheada a prata, que parecia ter o poder de fogo de um pequeno morteiro. Um homem com uma arma como aquela em sua pata não é um homem com quem se possa discutir por causa de detalhes insignificantes. Pela forma negligen-te como ele a segurava, eu podia ver que ele e sua pistola eram companheiros de longa data. López, no entanto, parecia mais ser um homem de faca; ele possuía aquele olhar arregalado, nervoso. Lembrei-me de Travis, o barman no Beanery, fazendo uma piada sobre essa dupla — só podia ter sido a mesma —, brincando com a arma e uma faca. Grande piada. Ele não sabia o quanto estava certo.

Primeiro, Gómez nem sequer olhou para Lynn Peterson ou para mim. Atravessou a cozinha em linha reta, a passos largos, direto para a sala de estar, ficou lá em silêncio por um ou dois instantes, verificando o lugar, imagino, em seguida voltou. Ele era um tipo agitado, como o seu parceiro, e parecia que ficava se remexendo de um lado para outro dentro daquele seu terno espaçoso. López, enquanto isso, permaneceu parado na entrada aberta, examinando Lynn Peterson. Gómez também deu sua atenção a ela, mas foi a mim que ele dirigiu a palavra.

— Quem é você?

Era uma pergunta da qual eu já estava começando a ficar cansado.

— Meu nome é Marlowe — disse, acrescentando em seguida: — Acho que deve haver algum engano aqui.

— Que tipo de engano?

— Tenho certeza de que não somos quem vocês acham que somos, a srta. Cavendish e eu. — Eu senti o olhar surpreso de Lynn

Peterson. Foi o único nome que me veio à cabeça na hora. — A srta. Cavendish é uma agente imobiliária. Ela está me mostrando a casa.

— Por quê? — quis saber Gómez. Eu tive a impressão de que ele estava perguntando só por perguntar, enquanto pensava em perguntas mais específicas, mais objetivas.

— Bem — disse eu —, eu estou querendo alugar.

Isso divertiu López, e ele riu. Notei que ele tinha um lábio leporino, mal costurado.

— Vocês são detetives? — perguntei. Isso fez López rir um pouco mais. Quando a fenda em seu lábio se abria, um dente amarelo brilhava ali.

— Claro — disse Gómez, sem sequer um sorriso —, nós somos a polícia. — Ele voltou sua atenção para a mulher ao meu lado. — Cavendish — disse ele. — Esse não é o seu nome. Estou certo? — Ela começou a protestar, mas ele abanou o cano de sua arma fatigadamente diante do rosto dela, como um enorme dedo indicador em reprovação. — Não, não, não, *señorita*. Não minta para mim. Se mentir, você paga por isso. Qual é o seu nome verdadeiro? — Ela não disse nada. Ele encolheu os ombros, as ombreiras do seu casaco inclinando-se para a esquerda. — Não importa. Eu sei quem você é.

Ele afastou-se e López veio para frente, ocupando o seu lugar. López postou-se diante da mulher, sorridente, olhando dentro de seus olhos. Ela se encolheu, afastando-se dele. Seu hálito provavelmente não era nada agradável. Gómez disse alguma coisa em espanhol que eu não entendi, e López fechou a cara.

— Qual é o seu nome, belezinha? — sussurrou ele suavemente. — Aposto que você tem um nome bem bonito.

Ele colocou a mão sob seu seio direito e levantou-o, como se avaliasse o peso. Ela deu um salto para trás, fora do seu alcance, mas ele a seguiu, ainda com a mão estendida. Ele não estava me deixando muita escolha. Segurei-o pelo pulso com uma das mãos e pelo cotovelo com a outra, e dei um puxão nas duas juntas em direções diferentes. Doeu, e ele deu um ganido e arrancou o braço das minhas mãos. Previsivelmente, uma faca tinha aparecido em sua outra mão, a esquerda. Era uma faca pequena, com uma lâmina curta, mas eu não era tolo para não saber o que ele seria capaz de fazer com ela.

— Olhe, vai com calma — disse-lhe eu, deixando a minha voz alta e aguda, tentando soar como um sujeito cujo único interesse era alugar uma casa a um bom preço e ficar longe de problemas. — Mas tire as mãos da senhora.

Eu podia sentir o medo de Lynn Peterson; estava no ar, como o cheiro de uma raposa. Eu estava com o meu .38 Special em um coldre acionado por mola, preso à minha cintura, do lado. Eu esperava que os mexicanos não o notassem até eu descobrir um modo de pegar minha arma sem levar um tiro ou ser fatiado primeiro. Você os vê no cinema, os mocinhos que sacam rápido; suas armas surgem como um raio, girando em seu dedo indicador. Infelizmente, não é assim que funciona na vida real.

López vinha para cima novamente, mas dessa vez para mim, e não Lynn, sua pequena faca em punho. Mas seu companheiro disse-lhe alguma coisa em espanhol que eu não entendi e acenou a automática para ele, e ele se afastou.

— Me dê sua carteira — disse Gómez para mim. Seu inglês era bom, embora falasse com uma flexão do espanhol. Eu levantei as duas mãos.

— Olhe — insisti —, eu disse que você está cometendo um...

Só consegui ir até aí. Eu mal vi a arma mover-se antes de sentir o cano descer sobre o lado direito do meu rosto, com um baque surdo que fez meus dentes daquele lado tremerem em suas raízes. Lynn Peterson, ao meu lado, deu um pequeno grito e levou a mão à boca. Eu quase caí, mas consegui me equilibrar a tempo e permanecer sobre os meus pés. A pele do meu rosto foi cortada e eu senti o sangue quente escorrer e formar gotas ao longo do contorno do meu maxilar. Levei a mão ao queixo e ela saiu suja de vermelho-escuro.

Eu comecei a falar, mas Gómez interrompeu novamente.

— Cale-se, *hijo de la chingada*! — disse ele, arreganhando os dentes da frente, mas mantendo-os cerrados. Pareciam muito brancos contra a sua pele escura. Ele devia ter sangue de índio. Esse é o tipo de pensamento que atravessa a sua mente depois que você acaba de levar um golpe com uma arma. Era agora ou nunca, decidi. Fingi estar levando a mão ao bolso para pegar um lenço, mas na verdade a levei ao cinto, abri o coldre e levei os dedos à mola. Essa foi a última coisa que eu tive consciência de estar fazendo por um longo período de tempo.

12

Tinha que ter sido López o autor do golpe de nocaute. Eu não sei com que ele me atingiu — um cassetete, provavelmente —, mas me pegou bem naquele afloramento de osso convenientemente localizado na base do crânio, no lado direito. Eu devo ter caído como um boi abatido. A espécie de inconsciência em que eu entrei não foi do tipo em que você cai quando adormece. Foi um sono sem sonhos, para começar, e não havia nenhuma noção de passagem do tempo — tudo começou e terminou no que me pareceu ser o mesmo instante. Foi como uma pretensa corrida para a morte, e, se isso é realmente como estar morto, então a perspectiva não é tão ruim. O que doeu foi acordar. Eu estava caído com o rosto no chão, o lado da minha boca grudado ao linóleo por meu próprio sangue e baba. Nem adianta dizer como o meu rosto doía. Uma dor é uma dor, embora essa fosse colossal.

Fiquei ali deitado por algum tempo, com os olhos abertos, esperando que o aposento parasse de girar como um carrossel. A luz era fraca e eu achei que devia ser a hora do crepúsculo, mas depois ouvi a chuva. O meu relógio de pulso tinha parado de funcionar, eu devo tê-lo batido em algo quando caí. Eu me perguntava por quanto tempo tinha ficado fora do ar. Mais ou menos uma meia hora, pensei. Coloquei as mãos no chão e dei um impulso no corpo para cima. Um pica-pau trabalhava de forma enérgica, em câmera lenta, naquele osso na base do meu crânio. Tateei a região com a ponta dos dedos. O inchaço era duro e quente, e do tamanho de um ovo cozido. Antevi a necessidade de compressas frias e repetidas doses de aspirina: é possível sentir dor e estar entediado ao mesmo tempo.

Eu ainda tinha a minha carteira, mas o coldre no meu quadril estava vazio.

Em seguida, lembrei-me de Lynn Peterson. Olhei em torno da cozinha, verifiquei a sala de estar. Ela havia desaparecido. Eu não esperava realmente que ela ainda estivesse ali, depois da forma como López olhara para ela. Detive-me para respirar fundo antes de entrar no quarto, mas ela tampouco estava lá. Os mexicanos haviam virado a casa de pernas para o ar e parecia que um furacão havia passado por ela. Eles tinham esvaziado cada gaveta, remexido cada armário. O sofá tinha sido todo cortado e o estofamento arrancado, assim como o colchão no quarto. Eles com certeza estavam dispostos a encontrar o que quer que estivessem procurando. Eu tinha o palpite que não haviam encontrado.

Quem era esse sujeito, Peterson? E onde é que ele estava, se é que estava em algum lugar?

Preocupar-me com Peterson e seu paradeiro era uma forma de protelar pensamentos sobre a irmã de Peterson e o paradeiro *dela*.

Que os mexicanos a tinham levado com eles eu não tinha a menor dúvida. Eles sabiam quem ela era e não tinham se deixado enganar pela minha fraca tentativa de encobrir sua identidade. Mas para onde a teriam levado? Eu não tinha a mínima ideia. Eles poderiam muito bem já estar a caminho da fronteira.

Eu me senti fraco de repente e sentei-me no sofá estripado, afagando minha face inchada e coberta de sangue seco, e tentando pensar no que fazer em seguida. Eu não tinha nenhuma pista sobre os mexicanos, nenhuma. Não tinha nem mesmo visto seu carro, aquele com a capota de lona com furos que o sr. Intrometido do outro lado da rua havia descrito. Eu teria que chamar a polícia; não havia mais nada a fazer. Eu peguei o telefone que estava em uma mesinha baixa ao lado do sofá, mas estava mudo — o serviço devia ter sido cortado há semanas. Tirei um lenço e comecei a limpar o receptor, depois desisti. De que adiantava? Minhas impressões digitais estavam por toda parte, na maçaneta da porta dos fundos, na cozinha, ali na sala, no quarto — em toda parte, com exceção do sótão, se é que havia um sótão. De qualquer modo, por que tentar esconder? Eu já havia conversado com Joe Green sobre Peterson, e pretendia falar com ele outra vez sobre a irmã de Peterson, tão logo eu conseguisse reunir a energia para me levantar daquele sofá e voltar para o escritório.

Eu saí e dei a volta pelo lado da casa. Como era possível que estivesse chovendo novamente? Não devia chover em junho. Vendo que meu carro não estava na frente da casa, achei que os mexicanos o haviam roubado, mas depois me lembrei que havia estacionado no começo da rua. Quando o alcancei, já estava todo molhado e cheirando a ovelha — não que eu tenha alguma vez chegado tão perto de uma ovelha para dizer que cheiro ela tem. Eu fiz o retorno e entrei no bulevar. A chuva caía agora como hastes de aço polido, embora o céu no ocidente parecesse um caldeirão de ouro derretido. O relógio no painel dizia que eram seis e quinze, mas esse relógio nunca funcionara muito bem. Qualquer que fosse a hora, o dia começara a terminar, ou, se não, meus olhos estavam se apagando.

Decidi não ir para o escritório e, ao invés, me dirigi a Laurel Canyon. Quando cheguei lá, a escuridão realmente se avizinhava. Os degraus de madeira que levavam à porta da frente da minha casa nunca pareceram tantos, nem tão íngremes. Dentro de casa, troquei de camisa e de casaco, e fui ao banheiro dar uma olhada no meu rosto. Havia um corte vermelho-escuro na maçã do rosto e a pele ao redor tinha todas as cores do arco-íris e mais algumas. Limpei o ferimento delicadamente com uma toalha de rosto úmida. A água fria foi calmante. Iria demorar muito para aquele inchaço diminuir. A parte boa é que o corte não era bastante fundo para precisar de pontos.

Fui para a cozinha e preparei um coquetel old-fashioned, com conhaque e uma rodela de limão. Deu trabalho, mas o esforço foi bom para mim e me ajudou, de alguma forma, a me concentrar. Sentei-me em uma cadeira de espaldar reto no canto do café da manhã — sim, a maldita casa tinha um recanto de café da manhã —, tomei minha bebida e fumei dois cigarros. A dor no meu rosto estava disputando a liderança com a dor na parte de trás da minha cabeça; eu não estava em condições de julgar, mas parecia um empate.

Peguei o receptor do telefone de parede e liguei para a Central de Homicídios. Joe, o Inquebrantável, estava à sua mesa. Eu lhe contei o que havia acontecido na casa da Napier Street, ou partes do que havia acontecido. Ele mostrou-se cético.

— Você está dizendo que dois mexicanos apareceram do nada e sequestraram essa dona? É isso que você está me dizendo?

— Sim, Joe, é isso que estou lhe dizendo.

— Por que eles a levariam?

— Não sei.

Ele ficou em silêncio por alguns instantes. Eu o ouvi acender um cigarro, eu o ouvi soprar a primeira baforada.

— Esse Peterson novamente — disse ele, desgostoso. — Credo, Phil, eu pensava que a gente já tinha resolvido isso.

— Eu também, Joe, eu também.

— Então, o que você estava fazendo na casa dele?

Eu levei um segundo procurando a resposta — qualquer velha resposta.

— Havia algumas cartas que meu cliente queria recuperar. — Parei. Era o tipo de mentira que poderia me causar mais problemas do que eu já tinha.

— E você as encontrou?

— Não.

Tomei um grande gole da minha bebida. O açúcar que havia nela iria me dar energia, enquanto o conhaque me impediria de tentar usar essa energia em coisas muito extenuantes.

— E como é que a irmã do Peterson está envolvida agora? — perguntou Joe.

— Não sei. Ela chegou na casa logo depois de mim.

— Você já a conhecia?

— Não, não.

Joe remoeu aquilo por algum tempo.

— Há muita coisa aí que você não está me contando, Phil. Não é mesmo?

— Eu já lhe contei tudo que sei — afirmei, o que nós dois sabíamos que era outra mentira. — O que está em causa, Joe, é esse negócio com a irmã do Peterson, não tem nada a ver com os meus interesses. Isso é outro negócio, tenho certeza.

— Como pode ter certeza?

— Eu simplesmente tenho. Os mexicanos já tinham estado na casa do Peterson antes, tinham sido vistos rondando na parte de fora da casa, olhando pelas janelas, esse tipo de coisa. Meu palpite é que Peterson lhes deve dinheiro. Eles tinham a aparência de homens a quem se deve dinheiro, e muito dinheiro.

Outro silêncio. E, em seguida:

— A sirigaita Peterson, ela lhe deu alguma pista sobre o motivo de os mexicanos estarem à procura do irmão dela?

— Não houve tempo. Ela estava preparando uma bebida para nós quando eles entraram pela porta dos fundos brandindo armas e querendo briga.

— Ooh — Joe arrulhou —, então vocês dois estavam ficando amigos, hein, apesar de ser a primeira vez que se viam. Soa verdadeiramente acolhedor.

— Fui atacado, Joe, primeiro com o cano de uma pistola no rosto, em seguida, com um bastão, ou algo assim, na parte de trás da cabeça. Meus olhos ainda estão girando nas órbitas. Esses caras não estão de brincadeira.

— OK, OK, já entendi. Mas ouça, Phil, isso não é da minha jurisdição. Vou ter que ligar para o escritório do delegado. Você entende? Talvez você deva ter uma palavra com o seu amigo Bernie Ohls lá.

— Ele não é exatamente um amigo, Joe.

— Parece-me que você vai precisar de qualquer tipo de amigo que puder obter, mesmo o que não seja o melhor tipo.

— Prefiro que você ligue para ele — disse eu. — Eu agradeço muito. Não estou no meu melhor estado, e mesmo quando estou Bernie tende a me irritar, ou sou eu que o irrito, dependendo das condições do tempo e da hora do dia.

Joe suspirou no bocal. Soou como um trem de carga passando pelo meu ouvido.

— Está bem, Phil. Vou ligar para ele. Mas é melhor você ter a sua história correta quando ele for bater à sua porta. Bernie Ohls não é nenhum Joe Green.

Você está certo, Joe, eu quis dizer, *você está certo.* Mas tudo que consegui foi:

— Obrigado. Devo-lhe uma.

— Você me deve mais do que isso, seu filho da mãe — disse ele, rindo e tossindo ao mesmo tempo. Em seguida, desligou. Acendi outro cigarro. Era a segunda vez que eu era chamado de filho da mãe naquele dia. Não tinha soado menos insultuoso em espanhol.

13

Eu estava deitado em cima das cobertas na minha cama, entrando e saindo de uma espécie de sono, quando Bernie chegou à minha porta da frente. Foi tão difícil levantar a cabeça quanto tinha sido na cozinha de Nico Peterson algumas horas antes, embora os sinos que começaram a tocar dentro do meu crânio já não fizessem tanto barulho quanto antes. Na verdade, eu tinha confundido o som da campainha com os sinos, quando Bernie tocou pela primeira vez. Ele tocou outra vez quase imediatamente em seguida e não tirou mais o dedo do botão da campainha até ver a luz se acender na sala.

— Que diabos é isso tudo, Marlowe? — indagou, entrando e passando por mim como um furacão.

— Ah, boa-noite para você também, Bernie.

Ele virou seu rosto grande e pálido, olhando furiosamente para mim.

— Continua cheio de gracinhas, não é, Marlowe?

— Eu tento manter a boca fechada. Mas você sabe como as bocas são.

Ele ficou ainda mais furioso, parecia que ia explodir. Cheguei a pensar que ele poderia mandar uma tampa pelos ares.

— Isso parece uma piada para você? — disse ele serenamente, o que realmente anunciava um mau presságio.

— Vá com calma, Bernie — disse eu, colocando a mão cuidadosamente atrás da cabeça. O inchaço não diminuíra nem um pouco, mas o ovo cozido tinha esfriado bastante. — Sente-se, tome uma bebida.

— O que aconteceu com a sua cara?

— Entrou em contato com o cano de uma arma. Pelo menos, a pistola não estava sendo disparada no momento.

— Está um machucado feio.

Eu sempre fui fascinado pelo tamanho da cabeça do Bernie. Joe Green podia ter um coco grande, mas nada comparado à desse sujeito. E grande parte dela ficava dos olhos para cima. Conhece aquele tipo de pão inglês chamado cottage bread, que são duas bolas, uma em cima da outra? Esse era o formato da cachola de Bernie. Além disso, não parecia feita de massa de pão, mas de carne bovina ligeiramente assada, que fora socada até tomar aquela forma.

Ele usava o terno regulamentar, azul-marinho, de flanela, sem chapéu, e aqueles sapatos pretos que devem fabricar especialmente para policiais, largos como uma lancha e com uma borda de sola de cerca de um centímetro e meio em toda a volta. Ele faz muito barulho, Bernie, e não morre de amores por mim, mas ainda assim é um sujeito correto, do tipo que você tem sorte de ter ao seu lado quando alguma coisa dá errado. E ele também é um bom policial. Já teria sido promovido a capitão há muito tempo, se o delegado não tivesse metido o calcanhar no seu pescoço, impedindo-o de progredir. Eu gosto do Bernie, mas eu nunca correria o risco de lhe dizer isso.

— Eu estava bebendo um old-fashioned — disse eu. — Quer um?

— Não. Me dê um refrigerante.

Enquanto eu pegava sua bebida, ele ficou rondando pela sala, moendo o punho da mão direita na palma da esquerda, como um farmacêutico antigo trabalhando com o pilão em um almofariz.

— Conte-me o que aconteceu — disse ele.

Eu contei a ele, desfiando a mesma versão que dera a Joe Green. Quando terminei, eu disse:

— Bernie, quer se sentar, por favor? Você está piorando a minha dor de cabeça, só de ficar vendo você andar pra baixo e pra cima dessa maneira.

Ele pegou seu copo de refrigerante com gelo e nos sentamos em frente um ao outro à mesa do recanto do café da manhã. Eu preparei outra mistura de conhaque e açúcar para mim. Só podia me fazer bem.

— Mandei um alerta sobre Lynn Peterson para todos os carros — disse ele. — Joe diz que você contou que os mexicanos dirigiam um tipo de modelo feito lá embaixo, um calhambeque grande e quadrado com uma capota de lona.

— Assim me disseram. Eu mesmo não o vi.

Bernie me observava com um dos olhos semicerrado.

— Quem foi que lhe disse?

— Um velho do outro lado da rua. Ele é o vigia do bairro, não perde nada.

— Você falou com ele hoje?

— Não, no outro dia, na primeira vez que fui lá.

— Bisbilhotando em nome desse sujeito que está lhe pagando, certo?

— Se é assim que você deseja colocar isso.

Achei engraçado que ele pensasse que meu cliente era um homem. Joe Green não deve ter se dado ao trabalho de informar-lhe os detalhes. Isso era bom. Quanto menos Bernie soubesse, melhor.

— Você vai me dizer quem ele é e por que ele está atrás do Peterson?

Sacudi a cabeça lentamente, sacudi-la mais rápido estava fora de questão, com aquele calombo latejando na parte de trás do meu crânio.

— Você sabe que vai ter que me dizer mais cedo ou mais tarde — rosnou ele.

— Se assim for, será muito mais tarde, provavelmente depois que você mesmo tiver descoberto. Não sou nenhum dedo-duro, Bernie. É contra o meu código de ética.

Ele riu.

— Ouçam o cara! — disse, com desdém. — Seu código de ética! O que você acha que é, uma espécie de sacerdote ouvindo as confissões das pessoas e guardando seus segredos?

— Você sabe como é — disse eu. — Eu sou um profissional, exatamente como você.

A essa altura, a minha bochecha tinha inchado tanto que eu podia ver a pele roxa e machucada quando olhava para baixo. Bernie estava certo: a minha beleza ia ficar prejudicada por algum tempo.

— De qualquer maneira — continuei —, Lynn Peterson e os mexicanos, isso é diferente do trabalho que estou fazendo. Os dois não estão ligados.

— Como você sabe?

— Eu apenas sei, Bernie — disse eu, fatigado. — Só isso.

Isso o enfureceu outra vez. Ele é imprevisível: qualquer coisa pode deflagrá-lo. Seu rosto carnudo ficou arroxeado.

— Droga, Marlowe — disse ele —, eu devia levá-lo para o centro da cidade agora mesmo e autuá-lo.

É a política de Bernie, experimentada e testada ao longo de uma extensa carreira: em caso de dúvida, prenda.

— Deixe disso, Bernie — disse eu, mantendo a serenidade. — Você não tem nada contra mim, e você sabe disso.

— O que acontece se eu optar por não acreditar nesses bandidos mexicanos e todo o resto dessa besteira que você vem contando para mim e Joe Green?

— Por que eu inventaria isso? Por que daria parte do desaparecimento de uma mulher se ela não estivesse?

Ele bateu o seu copo em cima da mesa com tanta força que um dos cubos de gelo pulou para fora e deslizou pelo assoalho.

— Por que você faz tudo o que faz? Você é o mais traiçoeiro filho da mãe que eu conheço, e isso não é pouca coisa.

Eu suspirei. Lá estava outra vez: eu como o filho da mãe. Talvez todos eles soubessem de alguma coisa que eu não sabia. O osso do meu rosto e a parte de trás do meu crânio latejavam em uníssono agora; parecia que uma dupla de tocadores de tambor estava praticando com afinco dentro da minha cabeça, e decidi que estava na hora de começar a mandar Bernie para fora das minhas instalações. Levantei-me.

— Você vai ligar se souber de alguma coisa, não vai, Bernie?

Ele permaneceu sentado e ergueu os olhos para mim pensativamente.

— Você e essa sirigaita Peterson — disse ele. — Você tem certeza de que se conheceram hoje pela primeira vez?

— Isso mesmo. — Era mais ou menos verdade: o meu breve encontro com ela no Cahuilla Club não poderia ser chamado de encontro e, de qualquer maneira, isso não era da conta dele.

— Não é próprio de você, Marlowe, deixar passar uma oportunidade. Mulher bonita, casa vazia com um quarto, esse tipo de coisa. — O olhar malicioso de Bernie é muito pior do que a sua cara fechada. — Vai me dizer que não aproveitou a oferta?

— Não havia oferta nenhuma. — E depois, o que ele queria dizer com "não é próprio de você"? O que Bernie sabia sobre mim a esse respeito? Nada. Cerrei um punho ao lado do corpo, onde ele não podia vê-lo. Ele não era o único que podia se enfurecer. — Estou cansado, Bernie — disse eu. — Tive um dia difícil. Eu preciso dormir.

Ele se levantou, puxando a calça para cima pelo cós. Estava ficando gordo e tinha uma barriga que eu não havia notado antes. Bem, eu mesmo não estava ficando mais novo.

— Ligue-me se seus carros-patrulha encontrarem alguma coisa, certo? — disse eu.

— Por que eu deveria? Você disse que o que quer que você esteja aprontando nada tem a ver com esse negócio dos mexicanos e a mulher desaparecida.

— Eu gostaria de saber, mesmo assim.

Ele inclinou a cabeça para um lado e deu de ombros.

— Talvez eu ligue, talvez não — disse ele.
— Dependendo do quê?
— Da forma como me sinto. — Ele enfiou um dedo no meu peito. — Você é problema, Marlowe, sabia disso? Eu deveria ter pego você naquele caso do Terry Lennox, quando tive a chance.

Terry Lennox foi um amigo meu que tinha fugido de uma cena de estupro e assassinato — a mulher assassinada era sua esposa — e, em seguida, suicidou-se com um tiro em um quarto de hotel no México, ou assim pessoas como Bernie Ohls foram levadas a acreditar. Eu também não tinha nada a ver com isso e Bernie sabia disso. Ele só estava apenas tentando me irritar. Eu não iria permitir.

— Boa-noite, Bernie — disse eu.

Estendi a mão. Ele olhou para ela, depois a apertou.

— Você tem sorte de eu ser um homem tolerante — disse ele.

— Sei disso, Bernie — disse eu docilmente. Não valia a pena enfurecê-lo outra vez.

Bernie tinha entrado em seu carro e dirigido até o retorno no fim da rua quando outro conjunto de faróis veio varrendo a escuridão no sentido oposto. Quando Bernie passou pelo segundo carro, diminuiu a marcha e tentou ver o motorista, depois continuou. Eu estava começando a fechar a porta da frente quando o carro freou e parou junto aos degraus da minha entrada. Levei a mão ao coldre na minha cintura, mas lembrei-me de que eu não tinha mais arma. Em todo caso, não eram os mexicanos me fazendo uma visita. O carro era uma bela máquina esportiva vermelha, importado, um Alfa Romeo, na verdade, e só havia uma pessoa dentro dele. Eu sabia quem era antes mesmo que ela abrisse a porta e saísse.

Já notou como uma mulher sobe um lance de escada? Clare Cavendish fez isso do jeito que todas fazem, mantendo a cabeça abaixada e os olhos nos pés, que ela colocava perfeitamente um na frente do outro em cada degrau. Era como ver um patinador no gelo fazer uma linha de minúsculas figuras de oito.

— Bem, olá — disse eu. Ela estava no mesmo nível que eu agora e levantou a cabeça. Sorriu. Usava um casaco leve, um lenço na cabeça e óculos de sol, embora estivesse escuro ali fora. — Estou vendo que veio disfarçada.

O seu sorriso vacilou um pouco.

— Eu não tinha certeza — disse ela, confusa. — Quero dizer, eu não sabia se você iria estar... eu não sabia se você estaria em casa.

— Bem, estou, como pode ver.

Ela tirou os óculos e olhou atentamente para o meu rosto.

— O que aconteceu com você? — perguntou ela em um sussurro ofegante.

— Oh, isso? — disse eu, tocando a minha face com um dedo. — Dei de cara com a porta do armário. Entre.

Dei um passo para o lado e ela passou por mim, ainda olhando com preocupação para o machucado roxo e amarelo sob meu olho. Fechei a porta atrás de nós. Ela tirou o lenço da cabeça e eu a ajudei a tirar o casaco. Senti o seu perfume. Perguntei-lhe como se chamava e ela me disse que se chamava Langrishe Lace. Eu tinha me convencido, a essa altura, que eu o reconheceria em qualquer lugar.

— Aceita uma bebida? — perguntei.

Ela virou-se para mim. Estava ruborizada.

— Espero que não se importe por eu ter vindo — disse ela. — Eu esperava notícias suas, e quando você não...

Quando você não teve notícias minhas, pensei, você decidiu entrar em seu pequeno carro esporte vermelho e vir descobrir o que Marlowe está fazendo para merecer o dinheiro que você está lhe pagando — ou não pagando, aliás.

— Desculpe-me — disse eu. — Eu não tinha nada para você que valesse a pena. Pretendia telefonar para você pela manhã, só para me apresentar.

— Prefere que eu vá embora? — perguntou ela com uma voz repentinamente desalentada.

— Não — disse eu. — O que lhe dá essa ideia?

Ela relaxou um pouco, sorriu e mordeu o lábio.

— Não é frequente eu me sentir confusa, sabe. Você parece ter esse efeito sobre mim.

— Isso é bom ou ruim?

— Não sei. Estou tentando me acostumar com isso, para poder avaliar.

Eu a beijei, então, ou ela me beijou, ou talvez nós dois tivemos a mesma ideia ao mesmo tempo. Ela pressionou suas mãos contra o meu peito, mas não para me empurrar, e eu passei os braços ao seu redor, coloquei as mãos em suas costas e senti suas omoplatas, como um par de asas quentes, perfeitamente dobradas.

— Tome uma bebida — disse eu. Minha voz, eu notei, não estava muito firme.

— Talvez um pouco de uísque — disse ela. — Com água, sem gelo.

— À moda inglesa — disse eu.

— Irlandesa, você quer dizer. — Ela sorriu. — Mas apenas uma gota, realmente.

Ela encostou o rosto no meu ombro. Eu me perguntei se ela saberia de minha conversa com sua mãe. Talvez fosse por isso que tenha vindo, para descobrir o que a velha raposa tinha dito.

Afastei-me dela e fui preparar sua bebida. Servi uma dose para mim mesmo, também, puro. Eu precisava de uma bebida, mas não tinha certeza se iria combinar com o conhaque que eu andara bebendo antes.

Quando me voltei novamente, ela estava olhando ao redor, assimilando tudo — o tapete desgastado, a mobília sem graça, as fotografias anônimas em suas molduras baratas, o tabuleiro de xadrex arrumado para um jogo solitário. Você não percebe como o espaço em que vive é reduzido até que alguém mais entre.

— Então — disse ela —, esta é a sua casa.

— Alugada — disse eu, e percebi como a minha voz soou defensiva. — De uma sra. Paloosa. Ela se mudou para Idaho. A maior parte das coisas é dela, ou do falecido sr. Paloosa. — *Cale a boca, Marlowe, você está tagarelando.*

— E você tem um piano — disse ela.

Ele ficava em um canto, um velho Steinway vertical. Eu me acostumara tanto à sua presença ali que já nem o notava mais. Ela foi até o piano e levantou a tampa.

— Você toca? — perguntei.

— Um pouco. — Ela corou de novo, levemente.

— Toque algo para mim.

Ela virou-se e deu-me um olhar assustado.

— Oh, eu não poderia fazer isso.

— Por que não?

— Bem, seria... seria vulgar. Além do mais, não sou boa o suficiente para tocar para qualquer outra pessoa que não eu mesma. — Ela fechou a tampa. — E tenho certeza que está desafinado.

Eu tomei um gole do meu uísque.

— Por que não nos sentamos — disse eu. — O sofá não é tão hostil quanto parece.

Nós nos sentamos. Ela cruzou as pernas e descansou o copo no seu joelho. Quase não tocou no uísque. Ao longe, uma sirene de polícia começou a soar. Acendi um cigarro. Há certos momentos em que você se sente como se tivesse sido levado para a beira de um precipício e abandonado lá. Limpei a garganta, em seguida tive que fazê-lo novamente porque eu realmente precisava. Perguntei-me como é que ela conseguira meu endereço. Não me lembrava de tê-lo dado a ela — por que eu o faria, de qualquer modo? Senti uma pontinha de mal-estar. Talvez fosse todo aquele espaço aberto abaixo de mim, logo além da borda do penhasco.

— Sei que a minha mãe falou com você — Clare disse. Ela estava ruborizando outra vez. — Espero que esteja tudo bem. Ela pode ser um pouco opressora.

— Eu gostei dela — disse eu. — Eu não sabia ao certo como sua mãe ficou sabendo sobre mim.

— Oh, Richard contou para ela, é claro. Ele lhe conta tudo. Às vezes, eu sinto como se ele fosse casado com ela, e não comigo. O que ela disse? Você se importa com minha pergunta?

— Eu não me importo, absolutamente. Ela queria saber por que você me contratou.

— Você não lhe contou? — Ela pareceu alarmada. Eu olhei duramente para ela e não disse nada. Ela baixou os olhos. — Desculpe-me — disse ela —, foi tolice minha.

Levantei-me, fui até o armário de bebidas e servi outra dose de uísque para mim. Não me sentei novamente.

— Sabe, sra. Cavendish — disse eu —, estou muito confuso. Talvez eu não devesse confessar, mas estou.

— Você nunca vai me chamar de Clare? — perguntou ela, erguendo para mim aqueles olhos grandes, aqueles lábios tão desejáveis ligeiramente apartados.

— Estou trabalhando nisso — disse eu.

Virei-me e andei um pouco de um lado para outro, exatamente como Bernie fizera um pouco antes. Clare me observava.

— Por que você está confuso? — perguntou ela finalmente.

— Porque não consigo entender. Não sei o que pensar. Por que você quer descobrir o paradeiro de Nico Peterson? Você se interessa por ele tanto assim? Do pouco que ouvi sobre ele, não parece ser o seu tipo de modo algum. E, mesmo se você fosse louca por ele, não estaria talvez um pouco decepcionada que ele a tivesse enganado fingindo estar morto? E por que ele faria isso, de qualquer modo? Por que ele precisaria desaparecer?

Eu estava em pé na frente dela outra vez, olhando para baixo. Reparei que as articulações da mão que estava segurando o copo estavam brancas.

— Você tem que me dar algum tipo de ajuda, sra. Cavendish, se eu devo continuar a procurar por ele, e se eu vou chamá-la de Clare.

— Que tipo de ajuda? — perguntou ela.

— Qualquer tipo que puder propor.

Ela assentiu distraidamente, olhando ao redor da sala novamente.
— Você tem família? — perguntou ela.
— Não.
— Pais?
— Eu disse que não. Eu os perdi muito cedo.
— Nenhum irmão, irmãs? Nem mesmo primos?
— Primos, talvez. Eu não mantenho contato.
Ela sacudiu a cabeça.
— É triste.
— O que há de triste nisso? — disse eu, uma raiva súbita tornando minha voz rouca. — Para você uma vida solitária é inimaginável. Você é como um desses grandes e sofisticados navios de cruzeiro, repleto de marinheiros, mordomos, engenheiros, sujeitos em uniformes impecáveis com galões nos quepes. Você tem que ter todas essas operações de manutenção, para não mencionar belas pessoas vestidas de branco jogando no deque. Mas vê aquele pequeno esquife velejando em direção ao horizonte, aquele com a vela preta? Aquele sou eu. E estou muito feliz lá fora.

Ela colocou o copo sobre o braço do sofá, tomando todo o cuidado para se certificar de que estava bem equilibrado, depois se levantou. Pouco mais de alguns centímetros nos separavam. Ela ergueu a mão e tocou o machucado em meu rosto com seus dedos.
— Tão quente — murmurou ela —, sua pobre pele, tão quente.
Eu podia ver pequenos pontos prateados no fundo da íris de seus olhos negros.
— Há uma cama em algum lugar nesta casa? — perguntou ela suavemente. — Acha que a sra. Paloosa se importaria se nos deitássemos um pouco nela, eu e você?
Nessa noite, a minha garganta precisava ser clareada a todo instante.
— Tenho certeza de que ela não se incomodaria — apressei-me a responder. — Quem iria contar a ela, de qualquer forma?

14

Havia um abajur no quarto, na mesinha de cabeceira, com rosas pintadas na cúpula. A pintura era bastante rústica, feita por um amador. Eu sempre pensava em me livrar daquilo, mas por alguma razão nunca o fiz. Não é que eu fosse sentimentalmente ligado a ele. Era uma peça kitsch, como muitas das outras coisas com que a sra. Paloosa havia enchido sua casa. Ela era uma colecionadora de enfeites, a sra. P. Ou, talvez, *acumuladora* seja uma palavra mais apropriada — ela havia acumulado todas aquelas bugigangas, e agora eu estava preso a elas. Não que eu reparasse muito nelas. A maioria desaparecera no pano de fundo e eu praticamente não as notava mais. O abajur, no entanto, era a última coisa que eu via à noite, quando o desligava, e no meio da escuridão a imagem dele ficava impressa na parte de trás dos meus olhos por um bom tempo. O que foi mesmo que Oscar Wilde disse sobre o papel de parede no quarto onde ele estava morrendo? Um de nós vai ter de ir.

Agora, eu estava deitado de costas, com o meu rosto virado para o lado no travesseiro, fitando aquelas rosas. Pareciam ter sido pintadas com grossos bocados de geleia de morango, que subsequentemente secaram e perderam o brilho. Eu acabara de fazer amor com uma das mulheres mais bonitas que eu já tivera a permissão de envolver nos meus braços, mas ainda assim não me sentia à vontade. O fato é que Clare Cavendish estava fora do meu alcance, e eu sabia disso. Clare tinha classe, tinha dinheiro para queimar, era casada com um jogador de polo e dirigia um carro esporte italiano. Que diabos ela estava fazendo na cama comigo?

Eu não sabia que ela estava acordada, mas estava. E devia estar lendo os meus pensamentos mais uma vez, porque perguntou, em seu modo sensual:

— Você dorme com todos os seus clientes?

Eu virei minha cabeça para ela no travesseiro.

— Apenas as do sexo feminino — disse eu.

Ela sorriu. Os melhores e mais belos sorrisos têm uma pitada de melancolia neles. O dela era assim.

— Estou feliz por ter vindo aqui esta noite — disse ela. — Eu estava tão nervosa, e depois você olhou tão friamente para mim quando cheguei, que achei que eu deveria dar a volta e ir embora.

— Eu também estava nervoso — disse eu. — Estou satisfeito por você ter ficado.

— Bem, eu tenho que ir agora.

Ela me beijou na ponta do nariz e sentou-se. Seus seios eram tão pequenos que quase não estavam lá quando ela se deitava. A visão deles fez minha boca ficar seca. Eles eram de certa forma achatados na parte superior e roliços na parte de baixo, e os bicos eram virados para cima de uma maneira tão encantadora que me fez sorrir.

— Quando vou ver você de novo? — perguntei. Em ocasiões como essa, não há nada original a dizer.

— Em breve, eu espero.

Ela se virara de lado e estava sentada na borda da cama, de costas para mim, colocando suas meias. Era um belo dorso, longo, esbelto, afunilado. Eu queria um cigarro, mas não fumo na cama depois de fazer amor, nunca.

— O que você vai fazer agora? — perguntei.

Ela olhou para mim por cima de seu ombro nu.

— O que você quer dizer?

— São duas horas da madrugada — disse eu. — Você dificilmente tem o hábito de chegar em casa a essa hora, não é?

— Oh, você quer dizer que Richard estará se perguntando onde estou? Ele está por aí em algum lugar, com uma de suas meninas, imagino. Eu disse a você: nós temos um acordo.

— *Arranjo*, eu acho, foi a palavra que você usou.

Ela estava virada para a frente outra vez, às voltas com presilhas.

— Arranjo, acordo, que diferença faz?

— Me chame de criador de caso, mas penso que há uma diferença.

Ela levantou-se, entrou em sua saia e fechou o zíper na lateral. Eu gosto de ver uma mulher se vestir. Claro, não é tão divertido quanto vê-las se despirem. Trata-se mais de uma experiência estética.

— De qualquer maneira — disse ela —, ele está fora e não vai saber a que horas cheguei em casa. Não que ele fosse se importar.

Eu já tinha notado a maneira como falava do marido, de modo prático, sem amargura. Esse casamento, era óbvio, estava morto e enterrado há muito tempo. Mas, se ela achava que até mesmo um marido distanciado não era capaz de ser ciumento, ela não conhecia os homens.

— E quanto a sua mãe? — perguntei. Eu mesmo estava sentado agora.

Ela afivelava um grande cinto de couro, mas parou e olhou para mim, estupefata.

— A minha mãe? O que tem ela?

— Ela não vai ouvi-la entrando?

Ela riu.

— Você já esteve lá em casa — disse ela. — Não notou como é grande? Cada um de nós tem uma ala particular; ela, em um lado, eu e Richard, no outro.

— E o seu irmão, onde é que ele fica?

— Rett? Oh, ele parece que flutua.

— O que ele faz?

— O que quer dizer? O meu outro sapato está desse lado da cama? Meu Deus, nós realmente nos atiramos de um lado para outro, não é?

Debrucei-me sobre a borda da cama, encontrei seu sapato, dei-o para ela.

— Quero dizer, ele trabalha? — perguntei.

Dessa vez, ela me lançou um olhar interrogativo.

— Rett não precisa *trabalhar* — disse ela, como se explicasse algo a uma criança. — Ele é a menina dos olhos da mãe, e é só isso que ele precisa ser, permanecer doce e de bochechas rosadas.

— Ele não pareceu muito doce para mim.

— Ele não precisava, para você.

— Estou vendo que não gosta muito dele.

Ela fez uma pausa novamente, pensando.

— Eu o amo, é claro, ele é meu irmão, apesar de tudo, mesmo que tenhamos pais diferentes. Mas, não, não acho que eu gosto dele. Talvez eu venha a gostar, se ele crescer algum dia. Mas duvido que isso venha a acontecer. Ao menos, não enquanto minha mãe for viva, de qualquer modo.

Parecia rude, ficar ali sentado na cama enquanto ela estava ocupada preparando-se para enfrentar o mundo, mesmo sendo o mundo da noite, então me levantei e comecei a me vestir.

Eu já estava de camisa quando ela se aproximou e me beijou.

— Boa-noite, Philip Marlowe — disse ela. — Ou bom-dia, suponho que deva ser. — Ela começou a se virar de costas, mas eu a segurei pelo cotovelo.

— O que a sua mãe disse em relação à conversa que teve comigo? — perguntei.

— O que ela disse? — Ela encolheu os ombros. — Não muito.

— Estou imaginando por que você não me perguntou o que ela disse. Você não é curiosa?

— Mas eu lhe perguntei.

— Mas não como se realmente quisesses saber.

Ela se virou para me encarar e olhou-me fixamente.
— Muito bem, então, o que foi que ela disse?
Abri um largo sorriso.
— Não muita coisa.
Ela não devolveu o sorriso.
— É mesmo?
— Ela me contou como o perfume é produzido. E me contou a respeito de seu pai, como ele morreu.
— Essa é uma história cruel.
— Uma das mais cruéis. Ela é uma mulher forte, para superar algo assim e depois fazer tudo o que ela fez.
Ela apertou um pouco a boca.
— Oh, sim. Ela é forte, sem dúvida.
— Você gosta *dela*?
— Não acha que já me fez perguntas suficientes para uma noite?
Eu levantei as mãos.
— Você está certa — disse eu —, fiz, sim. É apenas que...
Ela esperou.
— Bem? É apenas o quê?
— É apenas que eu simplesmente não sei se posso confiar em você ou não.
Ela sorriu friamente, e por um segundo eu vi sua mãe nela, tão dura quanto ela.
— Vamos fazer uma aposta de Pascal — disse ela.
— Quem é Pascal?
— Francês. Há muito tempo. Uma espécie de filósofo. — Ela saiu para a sala de estar. Eu a segui. Eu estava descalço. Ela pegou sua bolsa e virou-se para mim. A raiva a deixara lívida.
— Como pode dizer que não confia em mim? — disse ela e balançou a cabeça em direção à porta do quarto. — Como pode, depois *disso*?
Eu atravessei a sala e servi outra dose de uísque para mim, minhas costas viradas para ela.

— Eu não disse que não confio em você, eu disse que não sei se devo confiar ou não.

Isso a deixou tão zangada que ela realmente chegou a bater o pé. Eu tive a visão de Lynn Peterson parando à porta da casa do irmão e fazendo a mesma coisa, por uma razão diferente.

— Sabe o que você é? — disse ela. — Você é um pedante. Sabe o que é um pedante?

— Um camponês falando como um nobre?

Ela me olhava furiosamente. Quem teria imaginado que olhos daquela cor pudessem gerar tal furor?

— E cômico é o que você não é.

— Desculpe-me — disse eu. Provavelmente não soou como um pedido de desculpas sincero. — Vou pegar o seu casaco.

Segurei o casaco aberto para que ela pudesse vesti-lo. Ela simplesmente continuou lá parada, fitando-me com raiva, um pequeno músculo tremendo em seu maxilar.

— Estou vendo que eu estava errada sobre você — disse ela.

— De que forma?

— Eu pensei que você fosse... ah, deixe pra lá.

Ela colocou os braços nas mangas do casaco. Eu poderia ter feito com que ela se virasse; poderia tê-la abraçado, poderia ter dito que sentia muito, e dito isso de tal forma que não houvesse dúvidas quanto à minha sinceridade. Porque eu realmente sentia muito. Eu poderia ter mordido a minha língua. Ela talvez fosse a coisa mais bela que já havia acontecido até agora em minha vida, mais linda até mesmo do que Linda Loring, e ali estava eu, com minha boca grande, questionando sua idoneidade e fazendo comentários idiotas. Assim é Marlowe, o índio que joga fora uma pérola mais valiosa do que toda a sua tribo.

— Ouça — disse eu —, algo aconteceu hoje.

Ela se virou para mim, parecendo repentinamente preocupada e cautelosa.

— É mesmo? — disse ela. — O quê?

Eu disse a ela que eu havia ido à casa do Peterson, que Lynn entrara quando eu dava uma busca no local, que os mexicanos haviam chegado, e todo o resto. Eu fiz um relato curto, sem firulas. Enquanto eu falava, ela mantinha os olhos fixos em minha boca, como se estivesse lendo os meus lábios.

Quando terminei, ela permaneceu imóvel, piscando lentamente.

— Mas por quê — disse ela com voz quase inaudível. — Por que você não me contou tudo isso até agora?

— Houve outras coisas.

— Meu Deus. — Ela parou, sacudindo a cabeça. — Eu não o compreendo. Toda essa noite quando... — ela abanou a mão com desalento — o quarto de dormir, tudo isso... Como pôde não me contar... como pôde esconder isso de mim?

— Eu não estava "escondendo" de você — disse eu. — O que estava acontecendo, a você e a mim, me pareceu mais importante.

Ela sacudiu a cabeça novamente, incrédula e zangada.

— Quem eram eles — perguntou ela —, esses mexicanos?

— Eles estavam atrás de Nico. Eu tive a impressão de que ele tinha algo que pertencia a eles ou lhes devia qualquer coisa, dinheiro, suponho. Você sabe alguma coisa sobre isso?

Ela fez outro gesto com a mão, dessa vez descartando a pergunta com impaciência.

— É claro que não. — Ela olhou com desespero ao redor da sala, depois olhou novamente para mim.

— Foi isso o que aconteceu com o seu rosto? — perguntou ela. — Foram os mexicanos que fizeram isso com você?

Eu balancei a cabeça, confirmando. Ela pensou sobre isso, tentando juntar as coisas, entender o que acontecera.

— E agora eles têm Lynn. Será que vão lhe fazer algum mal?

— Eles são uma dupla bastante violenta — disse eu.

Ela levou a mão à boca.

— Ó meu Deus — repetiu ela, em um sussurro. Aquilo tudo era demais para Clare; ela estava tendo dificuldade até mesmo de assimilar os acontecimentos. — E a polícia — disse ela —, a polícia veio?

— Sim. Um sujeito que eu conheço, do escritório do delegado. Foi ele que passou por você, quando você estava chegando.

— Ele estava aqui? Você lhe falou sobre mim?

— É claro que não. Ele não tem a menor ideia de quem você é, para quem estou trabalhando. E nunca vai ter, a não ser que ele me coloque na frente de um júri, e ele não vai fazer isso.

Ela estava piscando outra vez, ainda mais lentamente do que antes.

— Estou assustada — murmurou ela. Porém, além do medo, havia uma espécie de encantamento em sua voz, a admiração de uma pessoa que não consegue entender como ela pôde se meter em tal confusão.

— Não há necessidade de ter medo — disse eu. Eu tentei tocar em seu braço, mas ela o retraiu rapidamente, como se meus dedos fossem sujar a manga de seu casaco.

— Tenho que ir agora — disse ela friamente, afastando-se.

Eu a segui pelos degraus de madeira. A rajada fria que vinha dela podia ter criado gelo nas minhas sobrancelhas. Ela entrou no carro e mal tinha batido a porta quando o motor já estava em movimento. Então partiu em uma nuvem de fumaça de escapamento, que entrou na minha boca e deixou minhas narinas ardendo. Eu subi os degraus novamente, limpando a garganta, mais uma vez. Belo trabalho, Phil, eu disse a mim mesmo, indignado; belo trabalho.

Eu estava nos últimos degraus quando o telefone começou a tocar. Quem quer que fosse, a essa hora da noite, não estaria ligando com boas notícias. Alcancei o telefone no instante em que ele parou de tocar. Praguejei. Eu solto muitos palavrões quando estou em casa sozinho. Parece que isso humaniza o lugar, não sei por quê.

Terminei minha bebida, depois levei meu copo para a cozinha junto com o de Clare, lavei-os na pia e os coloquei de boca para baixo no escorredor para secar. Eu estava cansado. O meu rosto doía e as batidas de tambor haviam recomeçado na parte de trás da minha cabeça.

Eu ainda estava elogiando-me amargamente sobre o bom trabalho que fizera naquela noite com Clare quando o telefone tocou novamente. Era Bernie Ohls. De alguma forma, eu sabia que seria Bernie.

— Onde você estava? — gritou. — Achei que estava morto.

— Eu saí por um minuto para entrar em comunhão com as estrelas.

— Muito romântico. — Ele fez uma pausa, para dar efeito, imagino. — Encontramos a rapariga.

— Lynn Peterson?

— Não, Lana Turner.

— Conte-me.

— Venha até aqui e veja por si mesmo. Encino Reservoir. Venha pela Encino Avenue, pegue a direita quando vir a placa "Entrada proibida". E traga os seus sais de cheiro, não é uma visão agradável.

15

Eu dirigia com a janela aberta. O ar fresco da noite acariciava o meu rosto inchado, mas não era tão suave como os dedos de Clare Cavendish tinham sido, anteriormente, antes que eu tivesse estragado tudo e feito com que ela fugisse na noite, assustada e com raiva. Eu não conseguia tirá-la da minha cabeça. Tudo bem, já que pensar nela significava que eu não tinha de pensar na irmã de Nico Peterson e no que provavelmente me esperava em Encino. Também não queria ficar pensando no fato de que eu cometera um grave erro ao deixar os dois mexicanos com raiva de mim. Se não tivesse feito isso, se tivesse me mantido calmo e encontrado uma maneira de lidar com eles, talvez pudesse tê-los impedido de levar a mulher. Improvável, mas não impossível. Mas isso era algo para o qual eu deveria me sentir culpado em outro momento, não agora.

Não era uma longa distância até Encino, e, embora as ruas estivessem vazias, eu fui vagueando, nem um pouco ansioso para chegar lá antes do necessário. Terry Lennox costumava morar em Encino, em uma grande e falsa mansão inglesa em alguns hectares de um terreno privilegiado. Isso foi na época em que sua mulher ainda era viva e ele estava casado com ela de novo — eles se uniram duas vezes, o que deve ser algum tipo de definição de problema em dose dupla.

Eu ainda sentia falta de Terry. Ele era um desastre para si próprio, mas era meu amigo, e neste mundo, no meu mundo, isso é raro — eu não faço amizades facilmente. Eu me perguntava onde ele estaria agora e o que estaria fazendo. Da última vez que ouvi falar dele, estava em algum lugar do México, gastando o dinheiro de sua falecida esposa. Provavelmente, a essa altura, não restava muito desse dinheiro, pensei, Terry sendo o esbanjador que era. Eu disse a mim mesmo que um dia desses tomaria meio copo de uísque em sua honra novamente, no Victor's. Costumava ser o nosso refúgio, meu e do Terry, e eu voltei lá algumas vezes para fazer um brinde a ele, quando eu achava que ele estava morto. Terry enganou a todos nós, por um tempo.

Eu estava tão cansado que quase bati de frente contra a placa "Entrada proibida". Virei à direita e logo vi as luzes à frente. Havia dois carros-patrulha, estacionados um de frente para o outro ao lado da rua, assim como o surrado Chevy de Bernie e uma ambulância com as portas traseiras abertas e a luz derramando-se na rua. Era uma cena estranha, ali naquele lugar ermo, sob os pinheiros altos e retos.

Estacionei e, quando saí do carro, a parte inferior das minhas costas quase travou, tão rígido eu estava depois daquela corrida. Pensei saudosamente na minha cama, mesmo sem Clare Cavendish nela. Estou ficando velho demais para esse tipo de trabalho.

Bernie estava de pé com um sujeito de jaleco branco, que pensei que deveria ser um paramédico ou um dos homens do médico-legista. Aos pés deles havia alguma coisa na forma de um corpo, coberto com uma manta. Eu estava fumando um cigarro, mas deixei-o cair no chão e pisei nele com força. Depois de avançar alguns passos, tive que retroceder e me certificar de que ele estava realmente apagado. Uma coisa seria destruir West Hollywood com um incêndio, como o velho na rua de Nico Peterson me avisara que eu corria o risco de fazer, mas Encino era outra coisa bem diferente. Um incêndio em Encino faria um enorme buraco nos fundos de metade das companhias de seguros no condado de Los Angeles e além. A casa de Terry Lennox — ou melhor, de sua mulher — valera cem mil ou mais. Mas eu não precisava ter me preocupado —

o solo estava encharcado depois de todas as chuvas recentes e tudo cheirava a terra molhada e resina.

Não muito longe de Bernie, havia três ou quatro policiais de uniforme e dois sujeitos à paisana, de chapéu, agitando os fachos de suas lanternas pelo chão. Agulhas de pinheiros brilhavam sob a luz. Eu tive a impressão de que ninguém estava empenhado em nenhuma busca de verdade. Uma dupla de mexicanos de carro já teria atravessado a fronteira há muito tempo e não era provável que alguma pista os levasse até eles.

— Por que demorou tanto? — disse Bernie.

— Eu dei algumas paradas para admirar a paisagem e ter pensamentos poéticos.

— Claro. Vamos, o que andou fazendo desde que eu estive na sua casa?

— Recuperando o tempo perdido — disse eu. Olhei para o corpo coberto por uma manta no chão. — É ela?

— Segundo sua licença de motorista. A identificação não vai ser fácil. — Ele levantou a borda da manta com a ponta de um daqueles seus sapatos barulhentos. — Não acha?

Os mexicanos haviam realmente acabado com ela. Seu rosto estava muito maior do que eu tinha visto pela última vez; estava inchado como uma abóbora, e preto e azul por toda parte. As feições também não estavam todas em seu lugar certo. Além disso, uma espécie de profunda segunda boca tinha sido esculpida em sua garganta, sob seu queixo. Aquilo seria obra de López, com sua pequena faca. Por um segundo eu vi Lynn mais uma vez em minha mente, parada junto à pia na casa do Peterson, com a bandeja de gelo nas mãos e virando-se para me dizer onde procurar as garrafas de Canada Dry.

— Quem a encontrou? — perguntei.

— Dois jovens em um carro, à procura de um lugar tranquilo para namorar.

— Como foi que ela morreu?

Bernie deu uma espécie de riso.
— Olhe para ela, o que você acha?
O rapaz de jaleco branco falou.
— Há um profundo ferimento, contínuo e transverso, nos triângulos anteriores do pescoço, cortando ambas as estruturas venosas e arteriais, não compatíveis com a vida.
Eu olhei fixamente para ele. Bernie já era velho. Já tinha visto de tudo e parecia cansado, como eu.
— Desculpe-me — disse Bernie de improviso —, este é o dr... como foi que você disse mesmo?
— Torrance.
— Este é o dr. Torrance. Doutor, este é Philip Marlowe, detetive de primeira. — Ele virou-se para mim. — O que ele quer dizer é: a sua garganta foi cortada. Quando isso aconteceu, eu diria que foi uma bênção. — Ele passou o braço pelo meu, virou-me com ele e nos afastamos um pouco.
— Diga-me a verdade, Marlowe — disse ele calmamente. — Essa rapariga significa alguma coisa para você?
— Eu a encontrei hoje, ontem, pela primeira vez. Por quê?
— O doutor diz que esses caras se divertiram muito com ela. Sabe o que eu quero dizer? Isso foi antes de eles começarem com as pontas de cigarro, o soco inglês e a faca. Sinto muito.
— Eu sinto muito também, Bernie. Mas não adianta, você não vai chegar a lugar algum com essa conversa. Nunca me encontrei com ela antes, somente essa única vez, e não tínhamos trocado nem doze palavras quando os mexicanos chegaram.
— Você estava tomando uma bebida com ela.
Retirei o meu braço do dele.
— Isso não nos teria colocado no mercado para um anel de noivado. Tomo drinques com todo tipo de gente, o tempo todo. Aposto que você também.
Ele recuou um passo e olhou para mim.

— Ela deve ter sido uma sirigaita bem atraente antes de os mexicanos acabarem com ela.

— Bernie, pare com isso. — Suspirei. — Eu não conhecia Lynn Peterson, não da forma que você está insinuando.

— Está bem, você não a conhecia. Ela entra quando você está vasculhando a casa do irmão...

— Pelo amor de Deus, Bernie, eu não estava "vasculhando" nada!

— De qualquer forma, ela entra e dá de cara com você, em seguida dois mexicanos entram depois dela, batem em sua cabeça e fogem às pressas com ela em suas garras malignas. Agora ela está morta ao lado de uma rua deserta em Encino. Se você fosse eu, você diria: "Tudo bem, Phil, não se preocupe com isso, vai cuidar dos seus afazeres, tenho certeza de que você não está conectado de nenhuma forma com o assassinato dessa infeliz senhora, apesar de você estar à procura de seu supostamente irmão morto"? Bem, você diria isso?

Suspirei novamente. Eu já estava cansado das insinuações de Ohls, estava farto.

— Tudo bem, Bernie — disse eu. — Eu sei que você está apenas fazendo o seu trabalho, é para isso que lhe pagam. Mas você vai perder muito tempo, vai se aborrecer e se irritar, se continuar tentando ligar-me a isso.

— Você *está* relacionado a isso — Bernie quase gritou. — Foi você quem andava bisbilhotando por aí à procura desse Peterson, e agora a irmã dele está morta. O que é isso senão uma ligação?

— Eu sei que ela está morta. Você acabou de mostrá-la para mim e o Albert Schweitzer lá disse isso com todos os pormenores sangrentos. Mas ouça-me, Bernie: não tem nada a ver comigo. Você realmente tem que acreditar nisso. Eu sou aquilo a que chamam de um espectador inocente. — Bernie resfolegou desdenhosamente. — É verdade, honestamente — disse eu. — Acontece, você sabe disso. Você está no caixa do banco e dois assaltantes entram correndo atrás de você, roubam até o último tostão do cofre e matam o gerente antes de fugir com o espólio. O fato de você estar tratando de negócios ali, depositando ou sacando dinheiro de sua conta, não significa que esteja ligado ao assalto. Não acha?

Bernie pensou sobre o assunto, mordendo a parte lateral do seu polegar. Ele sabia que eu tinha razão, mas em um caso como esse todos os policiais detestam abrir mão da única pista provável que acham que possuem. Por fim, ele deu um rosnado aborrecido e abanou a mão para mim como se estivesse enxotando uma mosca.

— Vá em frente — disse ele —, saia daqui. Estou farto de você, palhaço santarrão.

Não foi agradável ser xingado assim. Santarrão eu podia aceitar, mas ser lançado no papel de Coco de nariz vermelho e sapatos tamanho gigante já era outra coisa.

— Vou para casa agora, Bernie — disse eu, mantendo a voz agradável e tranquila, até mesmo respeitosa. — Eu tive um dia longo e difícil e preciso deitar minha cabeça dolorida e descansar. Se eu descobrir alguma coisa sobre Nico Peterson, ou sua irmã, ou qualquer um de sua família, ou seus amigos, e se eu achar que seria pertinente a esse caso, prometo que não vou esconder nada de você. Está bem?

— Vá pentear macaco — disse ele. Em seguida, virou-se e começou a voltar para onde Torrance, o paramédico, estava direcionando a remoção do corpo destruído de Lynn Peterson para a parte de trás da ambulância.

16

Eu pensei que esse fosse o fim da história. Bernie não conseguiu descobrir nada sobre os mexicanos, como eu sabia que iria acontecer. Ele disse que havia contatado um amigo dele na polícia de fronteira em Tijuana sobre o possível paradeiro de Gómez e López, mas o amigo não fora de nenhuma ajuda. Duas coisas surpreenderam-me em tudo isso. Em primeiro lugar, que Bernie tivesse um amigo, e logo em Tijuana, quem diria. Em segundo lugar, que houvesse polícia de fronteira lá embaixo. Então isso é o que são aqueles sujeitos que ficam no cruzamento da fronteira, aqueles de camisa cáqui com as axilas manchadas de suor, que olham para você com olhos entediados e abanam a mão para que você atravesse o cruzamento, mal se dando ao trabalho de tirar o palito de dentes da boca. Devo me lembrar de mostrar mais respeito por eles da próxima vez que eu for para aquelas bandas do México.

De qualquer forma, não sei quanto esforço Bernie fez tentando capturar os assassinos de Lynn Peterson. Ela não tinha sido ninguém importante, não como Clare Cavendish, por exemplo. Ao que se revelou depois, Lynn tinha sido uma dançarina e tinha trabalhado em alguns clubes em Bay City. Eu conhecia um pouco sobre esse tipo de vida, todas as suas mazelas. E podia imaginar como tinha sido para ela. Todos os sujeitos de pelos encaracolados nas costas das mãos tentando tocá-la o tempo todo. Os gerentes da noite, que aplicam as suas próprias condições não oficiais de emprego. A bebida e as drogas, o embaçado cansaço de fim de noite, as auroras cinzentas em quartos de hotéis baratos. Eu tinha gostado dela, do pouco que pude ver. Ela merecia uma vida melhor, sem falar da morte.

Eu precisava me esforçar para parar de pensar sobre os dois mexicanos. O tipo de raiva latente que eu sentia contra eles queima a alma. Você tem que bater em retirada e seguir em frente. O corte em meu rosto estava cicatrizando bem e o calombo na parte de trás do meu crânio reduzira-se a não mais o tamanho de um ovo de pombo.

Dois dias depois, eu fui ao funeral de Lynn. Foi realizado em uma funerária em Glendale, eu não sei por que — talvez ela estivesse morando lá. Ela foi cremada, como seu irmão. A cerimônia levou cerca de três minutos. Havia apenas dois enlutados presentes, eu e uma rapariga não muito nova, distraída, com cabelos que pareciam palha de aço e uma boca desenhada a batom, formando um biquinho meio entortado, por cima da boca real. Após a cerimônia, tentei falar com ela, mas ela se esquivou de mim como se achasse que eu fosse um vendedor de escovas. Ela disse que tinha que ir para casa, que o seu gato já deveria estar com fome. Quando ela não estava falando, ficava movimentando aquela boca pintada em uma espécie de murmúrio mudo. Eu me perguntava quem seria ela — não era mãe de Lynn, eu tinha bastante certeza disso. Uma tia, talvez, ou talvez apenas a sua senhoria. Eu queria lhe fazer perguntas sobre Lynn, mas ela não quis ficar, e eu não tentei detê-la. Um gato faminto tem que ser alimentado.

Dirigi de volta ao escritório e estacionei o Olds. Do lado de fora da porta do Cahuenga Building, um rapazinho franzino com um casaco xadrez vermelho e verde e um daqueles chapéus *porkpie*, de aba curta e vinco na copa, desencostou-se da parede e colocou-se à minha frente.

— Você é Marlowe?

Ele tinha um rosto fino, pálido, com maçãs proeminentes e olhos de cor indefinível.

— Eu sou Marlowe — disse eu. — Quem é você?

— O chefe quer falar com você. — Ele olhou por cima do meu ombro, na direção de onde um grande carro preto estava estacionado junto ao meio-fio.

Eu suspirei. Quando um sujeito como aquele o para no caminho do seu local de trabalho e lhe informa que o seu chefe quer falar com você, já se sabe que haverá problema.

— E quem é o seu chefe? — perguntei.

— Apenas entre no carro, está bem? — Ele abriu o lado direito do casaco uns cinco centímetros, apenas para que eu visse algo preto e brilhante ali dentro, firmemente encaixado em um coldre de ombro.

Fui andando devagar em direção ao carro. Era um Bentley, com a direção no lado direito. Alguém deve tê-lo importado da Inglaterra. O garoto com o persuasor embaixo do braço abriu a porta traseira e recuou um passo para que eu entrasse. Quando me abaixei para entrar, achei por um segundo que ele iria colocar a mão no topo da minha cabeça, como os tiras fazem no cinema, mas algo em meu olhar disse-lhe para não exagerar. Ele fechou a porta atrás de mim, o que produziu um som metálico pesado, profundo, como a porta de um cofre-forte de banco se fechando. Em seguida, ele voltou para o seu poleiro junto à parede.

Dei uma olhada pelo carro. Havia uma grande quantidade de cromados e nogueira extremamente lustrosa. O estofamento em bege-claro possuía aquele cheiro de couro novo que sempre é particularmente forte nesses caros modelos ingleses. Na frente, sentado ao volante, estava um homem negro, usando um quepe de *chauffeur*. Ele não fez o menor movimento quando eu entrei, continuou a olhar direto para a frente, através do para-brisa, apesar de eu ter captado seu olhar por um breve instante através do espelho retrovisor. Não era um olhar amistoso.

Virei-me para o sujeito ao meu lado.

— Muito bem — disse eu. — Sobre o que você quer conversar?

Ele sorriu. Foi um sorriso franco, caloroso, expansivo, o sorriso de um homem feliz e bem-sucedido.

— Você sabe quem eu sou? — perguntou ele afavelmente.

— Sim — respondi —, eu sei quem você é. Você é Lou Hendricks.

— Muito bem! — O sorriso alargou-se ainda mais. — Eu detesto o incômodo de apresentações, e você? — Ele tinha um sotaque inglês maravilhosamente falso. — Um desperdício de tempo precioso.

— Claro — disse eu —, muito entediante para gente ocupada como nós.

Ele não pareceu se incomodar com a zombaria.

— Sim — disse ele, descontraidamente —, você é mesmo o Marlowe, já ouvi falar da sua língua ferina.

Ele era um homem corpulento, grande o suficiente para parecer preencher todo um lado da parte traseira daquele carro enorme. Tinha uma cabeça em forma de uma caixa de sapatos, assentada em três ou quatro dobras de gordura no lugar onde costumava haver um queixo, e uma aba de cabelos espessos, tingidos na cor de madeira bem untada, estava emplastrada de um lado a outro de seu crânio achatado. Seus olhos eram pequenos e brilhavam alegremente. Ele usava um terno trespassado na frente, cortado de muitos metros de seda cor de lavanda, e uma gravata vermelha afofada para cima, presa com um alfinete de pérola. Para um bandido, ele sem dúvida se vestia pomposamente. Eu não me surpreenderia se olhasse para baixo e visse que ele estava usando polainas. Formoso Lou, chamavam-no, pelas suas costas. Ele possuía um cassino no deserto. Era um dos grandes em Las Vegas, junto com Randy Starr e mais dois ou três durões no mundo dos jogos de azar. Diziam que ele administrava muitos outros empreendimentos além do Paramount Palace: prostitutas, drogas, coisas assim. Ele era muito jovem, nosso Lou.

— Fui seguramente informado — disse ele — que você está procurando alguém de quem eu mesmo estaria interessado em ter notícias.

— É mesmo? E quem seria?

— Um homem chamado Peterson. Nico Peterson. Esse nome soa como uma bomba para você, não é?

— Acho que ouço um barulhinho, sim — disse eu. — Quem é o seu confiável informante?

Ele exibiu um sorriso malicioso.

— Ora, ora, sr. Marlowe, você não revelaria uma fonte, por que deveria esperar isso de mim?

— Tem razão. — Peguei minha cigarreira, tirei um cigarro, mas não o acendi. — Tenho certeza de que você sabe — disse eu — que Nico Peterson está morto.

Ele balançou a cabeça, fazendo aqueles queixos adicionais estremecerem.

— Foi o que todos nós pensamos — disse ele. — Mas, agora, parece que todos nós estávamos errados.

Fiquei brincando com o cigarro, que não fora aceso, girando-o entre os dedos. Eu estava tentando descobrir como ele sabia que Peterson tinha sido visto quando deveria estar morto. Hendricks não parecia ser do tipo que frequentasse o círculo de amizades de Clare Cavendish. Com quem mais eu havia conversado a respeito de Peterson? Joe Green e Bernie Ohls, Travis, o barman, e o velho que morava em frente à casa de Napier Street. Quem mais? Mas talvez isso tenha sido o suficiente. O mundo é poroso; as coisas o atravessam por conta própria, ou assim sempre parece.

— Você acha que ele está vivo? — perguntei, ainda tentando ganhar tempo. Ele exibiu seu sorriso alegre, malicioso, enrugando os cantos dos olhinhos brilhantes.

— Ora, vamos, sr. Marlowe — disse ele. — Eu sou um homem ocupado e tenho certeza de que você também. Nós começamos tão bem, mas agora você está positivamente arrastando os pés. — Ele remexeu-se pesadamente, como uma baleia encalhada, tirou um grande lenço branco do bolso e assoou o nariz com um ronco. — O ar poluído desta cidade — disse ele, guardando o lenço e sacudindo a cabeça — produz grandes estragos em minhas vias aéreas. — Olhou de relance para mim. — Também o incomoda?

— Um pouco — disse eu. — Mas eu já tenho problemas nesse departamento.

— É mesmo?

De repente, parecia que ele não se importava de perder tempo.

— Septo esmagado — disse eu, batendo na ponte do meu nariz com um dedo.

Ele estalou a língua, com pena.

— Deve ter sido doloroso. Como aconteceu?

— Na época do colégio, uma pancada em um jogo de futebol, depois um médico idiota, que quebrou o nariz novamente, pior ainda, tentando consertá-lo.

— Santo Deus. — Hendricks estremeceu. — Não posso nem imaginar. — Ainda assim, eu podia ver que ele queria ouvir mais. Lembrei-me de sua reputação de hipocondríaco. Como é possível que a vida do crime possa gerar tantos verdadeiros excêntricos?

— Você sabe que a irmã do Peterson foi morta — disse eu.

— Sim, de fato. Entrou em contato com uma dupla truculenta do sul, pelo que ouvi dizer.

— Você está muito bem informado, sr. Hendricks. Os jornais não disseram de onde eram os assassinos.

Ele sorriu afetadamente, como se eu lhe tivesse feito um grande elogio.

— Oh, eu mantenho um ouvido colado no chão — disse ele modestamente. — Você sabe como é que é. — Ele pegou uma partícula invisível de alguma coisa da manga do seu terno. — Você acha que esses cavalheiros do sul também estavam atrás do irmão dela? Você também se deparou com eles, não foi? — Ele estalou a língua outra vez, em sinal de desaprovação. — Ou melhor, acho que foram eles que se depararam com você. Esse machucado em seu rosto fala por si.

Ele me olhou com simpatia. Era um homem que devia saber muito sobre dor, isto é, o tipo que é infligida a outros. Em seguida, ele se tornou sério.

— De qualquer forma, de volta ao assunto em questão. Eu realmente gostaria de dar uma palavra com o nosso amigo Nico, se ele de fato ainda estiver conosco. Você vê, ele costumava fazer pequenas viagens de negócios para mim lá embaixo na terra do sombrero e da mula. Nada de especial, apenas alguns pequenos artigos difíceis de encontrar aqui em cima, onde as leis são tão desnecessariamente rígidas. Na época de sua suposta morte, ele tinha algo que me pertencia e que está desaparecido desde então.

— Uma mala? — perguntei.

Hendricks me deu um olhar longo e cuidadoso, os olhos brilhantes. Em seguida, ele relaxou, deixando o corpo volumoso, envolto em tecido cor de lavanda, afundar-se contra o couro macio do assento.

— Vamos dar uma volta? — disse ele, então falou com o homem negro na frente. — Cedric, nos leve para dar uma volta ao redor do parque, está bem?

Cedric encontrou os meus olhos novamente no espelho retrovisor. Pareciam um pouco menos hostis dessa vez. Eu acho que a essa altura ele já sabia que não havia nada a meu respeito do qual ele precisasse se ressentir. Cedric tirou o carro do meio-fio. O motor devia ter estado em marcha lenta o tempo todo, mas eu não tinha ouvido nenhum som. Os britânicos sem dúvida sabem fazer carros. Virando-me para trás, vislumbrei o garoto de chapéu *porkpie* dando um salto da parede e levantando um braço com urgência, mas nem Cedric nem seu patrão prestaram qualquer atenção. Capangas como aquele existem aos montes.

Com um leve sussurro do motor, entramos no tráfego da Cahuenga, rumo ao sul, a uma velocidade constante de quarenta quilômetros por hora. Era estranho estar se movendo em um carro enorme tão silenciosamente. Passeios de carro em sonhos são assim. Hendricks abriu um pequeno compartimento de nogueira embutido na porta ao seu lado e retirou um tubo dali, removeu a tampa, espremeu uns dois centímetros de um unguento branco e espesso, e começou a esfregá-lo nas mãos. O perfume que o creme exalava pareceu-me familiar. Olhei para o rótulo: "Creme para as mãos Lírio do Vale", de Langrishe. Poderia ser uma interessante coincidência, exceto pelo fato de que a maioria das pessoas nesta cidade que vivia acima do limiar da sobrevivência usava produtos Langrishe. Pelo menos, assim me parecia. Desde que eu conhecera Clare Cavendish, o maldito perfume estava por toda parte.

— Conte-me — disse Hendricks —, como você sabia que era uma mala que me interessava?

Desviei o olhar dele, e fitei as casas e as fachadas das lojas pelas quais estávamos passando ao longo da Cahuenga. O que eu poderia dizer a ele? Eu não sabia de onde a palavra tinha surgido, surpreendendo até a mim mesmo. Na verdade, não era *mala* que tinha vindo à minha mente, mas a palavra em espanhol *maleta*.

Maleta. Quem eu ouvira dizendo isso? Só podiam ter sido os mexicanos. Eu ainda devia estar ouvindo de algum modo, mesmo depois de López ter me acertado um golpe na cabeça com sua robusta arma prateada, na casa de Nico, deixando-me caído no chão. Eles devem ter começado a interrogar Lynn Peterson enquanto eu jazia a seus pés com estrelinhas e passarinhos gorjeando ao redor de minha cabeça, como o gato Frajola depois de ter levado um soco de Piu-piu.

Hendricks havia começado a tamborilar seus dedos em formato de salsichas no descanso de braço, de couro, ao seu lado.

— Estou esperando que você me responda, sr. Marlowe — disse ele, ainda em tom agradável. — Como você sabia que era uma mala? Você falou com o Nico, talvez? Você viu o artigo em questão?

— Eu adivinhei — disse eu, de modo pouco convincente, e desviei o olhar.

— Então você deve ser clarividente. É um dom útil de se ter.

Cedric havia nos afastado da Cahuenga e agora estávamos indo para oeste, pelo Chandler Boulevard. Avenida agradável, a Chandler, nada de acanhado a seu respeito: é larga, limpa e bem iluminada à noite. Mas não era o parque; isso fora apenas uma das fantasias de Hendricks. Ele era um sujeito brincalhão, eu podia ver isso.

— Olhe, Hendricks — disse eu —, você pode, por favor, me dizer do que se trata tudo isso? Digamos que Peterson tinha a sua mala, digamos que ele morreu e que a perdeu, ou que ele não morreu e ficou com ela. O que isso tem a ver comigo?

Ele me deu um olhar pesaroso, parecendo tristemente ofendido.

— Eu disse a você. Peterson se diz morto, em seguida, de repente, ele não está morto e, logo depois, ouço dizer que você está no seu encalço. Isso me interessa. Quando eu tenho uma coceira de curiosidade, tenho que me coçar, se me perdoa a indelicadeza.

— O que havia na mala?

— Eu lhe disse isso também.

— Não, não disse.

— Você quer um inventário detalhado, é isso?

— Não tem que ser detalhado.

Sua expressão se tornou ameaçadora e, de repente, ele me fez lembrar um menino gordo que conheci na faculdade, de nome Markson, se me recordo bem. Markson era filho de um homem rico, mimado e temperamental. Ele se ruborizava facilmente, tal como Hendricks, especialmente quando estava irritado ou quando lhe diziam que não poderia ter algo que queria. Ele se mudou depois de alguns semestres, foi expulso, alguns disseram, por levar uma menina às escondidas para o seu quarto e dar-lhe uma surra. Eu não gosto dos Marksons deste mundo; na verdade, eles são uma das razões por eu estar no ramo que estou.

— Você vai me dizer o que eu quero saber? — perguntou Hendricks.

— Diga-me o que é e talvez eu o faça. Ou talvez não.

Ele estava olhando para mim e balançando a cabeça.

— Você é um homem teimoso, sr. Marlowe.

— Assim me disseram.

— Eu poderia ficar seriamente irritado com você, com seus modos, pelo menos. Estou pensando que talvez eu devesse dizer a Cedric para voltar e pegar Jimmy. Jimmy é o rapaz com aquele chapéu infeliz que o convidou a entrar no carro. Jimmy executa para mim as tarefas mais... como devo dizer... mais sujas.

— Se aquele palerma encostar um dedo em mim, eu quebro as costas dele — disse eu.

Hendricks arregalou seus olhinhos de porco.

— Oh-oh! — exclamou ele. — Como nos tornamos durões de repente.

— Não sei sobre nós — disse eu —, mas eu sou, quando preciso ser.

Hendricks riu baixinho. Isso o fez balançar todo o corpanzil de um lado para outro, como gelatina vestindo um terno.

— Você é um intrometido de meia-tigela — disse ele, sem levantar a voz. — Você tem alguma ideia do que eu poderia mandar meu pessoal fazer com você? O jovem Jimmy pode não impressioná-lo muito, mas eu lhe asseguro, Marlowe, há mais Jimmys de onde esse veio, e cada um é maior e mais malvado do que o outro.

Bati no ombro do negro ao volante.

— Pode me deixar aqui, Cedric. Gostaria de esticar minhas pernas.

Ele me ignorou, naturalmente, continuando a dirigir despreocupadamente.

Hendricks recostou-se no banco e entrelaçou as mãos — sem creme hidratante, dessa vez.

— Não vamos brigar, sr. Marlowe — disse ele. — Quando o pegamos do lado de fora do seu escritório, você não tinha a aparência de um homem empenhado em negócios urgentes, então por que a pressa agora? Fique mais um pouco, aproveite o passeio. Podemos falar de outras coisas, se quiser. Quais tópicos interessam a você?

Ocorreu-me então que ele se encaixaria bem no Cahuilla Club, com seu falso sotaque inglês e seus modos afetados. Perguntei-me se talvez ele já não seria membro do clube. Então, compreendi: Floyd Hanson deve ter lhe falado sobre mim. Como eu pude esquecer minha visita ao Cahuilla Club e a conversa que tive lá com o gerente? Eu ainda tinha aquele cigarro nos dedos e, então, o acendi. Hendricks franziu a testa com ar de desaprovação, pressionou um botão no apoio de braço e abriu uma fresta da janela ao seu lado. Soprei um pouco de fumaça em sua direção, como se fosse por acaso.

— Talvez a gente possa fazer uma troca — disse eu. — Você me conta o que sabe sobre a morte de Peterson e eu vou lhe contar o que eu sei sobre ele ter voltado à vida. — Foi um tiro no escuro, especialmente porque o que eu sabia sobre Peterson, morto ou vivo, resumia-se a uma ninharia, sem nenhum valor. Ainda assim, é preciso tentar.

Hendricks me observava, observava e pensava. Acho que ele também estava avaliando o que tinha para me contar.

— Tudo o que sei sobre isso — disse ele — ou o que me foi dito, pelo menos, é que o pobre-diabo foi atropelado em uma noite escura em Pacific Palisades por um motorista muito irresponsável que nem parou.

— Você foi até lá e deu uma olhada no que aconteceu?

Ele franziu a testa outra vez.

— Por quê? — perguntou. — Eu deveria ter ido?

A testa franzida desta vez foi provocada por preocupação e não por desaprovação do meu cigarro. Decidi que ele devia estar realmente achando que havia toda sorte de coisas que eu sabia e que não estava dizendo a ele. Por quanto tempo mais vou conseguir enganá-lo?

— Bem — disse eu, tentando soar presunçoso e por dentro do assunto —, se ele não foi morto, o que aconteceu realmente naquela noite? Havia um corpo, ele foi levado para o necrotério e identificado como sendo de Peterson, e em seguida ele foi cremado. Isso teria requerido uma boa organização.

Para ser honesto, eu mesmo não tinha dado muita atenção a esse aspecto em particular. Havia de fato um corpo, alguém de fato havia morrido e, quem quer que tenha sido, Lynn Peterson havia dito que era seu irmão. Mas, se Peterson não tinha morrido, então quem tinha? Talvez fosse hora de ir falar com Floyd Hanson outra vez.

Ou talvez não fosse. Talvez fosse hora de eu me esquecer de Nico Peterson, sua irmã, o Cahuilla Club e Clare Cavendish — mas espera lá. Clare? O restante poderia ser fácil de tirar da minha mente, mas não a loura de olhos negros. Eu já disse isso antes, e sei que vou ter motivo para dizê-lo mais uma vez: as mulheres não passam de problemas, seja como for. Pensei nas rosas pintadas no abajur ao lado da minha cama. Aquela cúpula, como o papel de parede de Oscar, definitivamente teria que ir embora.

Hendricks estava pensando novamente. Apesar de toda a sua fala macia e eloquente, ele não era muito rápido quando se tratava de raciocínio.

— Nico deve ter organizado tudo isso ele mesmo — disse ele finalmente. — O acidente, o carro do atropelamento, a cremação. Isso é óbvio, não é?

— Ele teria precisado de ajuda. Além disso, teria precisado de um corpo. Não imagino que ele tenha encontrado um voluntário. Ninguém tem amigos tão prestativos.

Hendricks mais uma vez ficou em silêncio por algum tempo; em seguida, sacudiu a cabeça como se houvesse moscas ao redor.

— Nada disso importa — disse ele. — Eu não me importo com nada disso. Tudo o que eu quero saber é se ele ainda está vivo e, em caso afirmativo, onde ele está. Ele tem aquela mala, e eu a quero.

— OK, Hendricks — disse eu. — Vou ser franco com você. E não fique com raiva de mim por causa disso. Lembre-se que eu não entrei neste carro por livre e espontânea vontade.

— Tudo bem. — Ele franziu o cenho. — Comece a falar.

Bati o meu cigarro na borda do cinzeiro no apoio de braço do meu lado. Ele tinha uma pequena tampa com mola. Alguém — Cedric, imagino — tinha se esquecido de limpá-lo, e um cheiro ácido e penetrante subiu dali. Provavelmente, era o cheiro que meus pulmões exalariam se abrissem a minha caixa torácica. Às vezes, eu acho que deveria deixar os cigarros para sempre, mas, se o fizesse, não teria nenhum outro passatempo além do xadrez, e eu estou sempre vencendo a mim mesmo no xadrez.

Respirei fundo, porém sem fumaça.

— A verdade é que — disse eu — não sei mais do que você, sobre Peterson ou qualquer outra coisa. Fui contratado para investigar a sua morte, porque havia uma dúvida se ela de fato ocorrera. Eu conversei com algumas pessoas, inclusive a irmã dele...

— Você falou com ela?

— Por cerca de cinco minutos, a maior parte para dizer o que eu gostaria que ela pusesse na bebida que ela estava preparando para mim. Então, os dois homens do sul irromperam porta adentro e isso foi tudo.

— Lynn Peterson não lhe disse nada? — Ele estava sentado muito quieto, observando-me atentamente.

— Nada — disse eu. — Eu juro. Não houve tempo.

— Ela não disse nada para você sobre a mala?

— Não.

Ele refletiu sobre isso por algum tempo.

— Com quem mais você falou?

— Ninguém mais. Um velho que vivia em frente à casa do Peterson. Com o barman *no* Barney's Beanery, onde Peterson costumava passar de vez em quando para tomar um drinque. O gerente do Cahuilla Club — agora era eu quem estava lhe lançando um olhar inquiridor —, chamado Hanson, Floyd Hanson. — O nome não teve o efeito desejado. Na realidade, não teve nenhum efeito e eu não estava nem mesmo certo se ele o havia reconhecido. — Você o conhece? — perguntei, o mais despreocupadamente possível.

— O quê? — Ele não estava escutando. — Sim, sim, eu o conheço. Eu vou lá às vezes, ao clube, para jantar ou algo assim. — Ele piscou. — O que o Hanson tem a ver com isso?

— Peterson foi morto fora do Cahuilla Club.

— Eu sei disso. Eu sabia disso.

— Hanson foi uma das primeiras pessoas a chegar à cena do acidente naquela noite.

— Foi, sim. — Ele parou, mordendo o lado da boca. — Ele tinha alguma coisa a dizer, alguma coisa a lhe contar?

— Não.

Hendricks pegou o creme Lírio do Vale, de mamãe Langrishe, e deu às suas mãos mais um delicado tratamento. Talvez isso acalmasse seus nervos ou o ajudasse a pensar. Nesse departamento, ele poderia usar toda a ajuda disponível.

— Olhe, Marlowe — disse ele —, eu gosto de você. Gosto da maneira como você se comporta. Você tem cérebro, isso é evidente. Além disso, sabe como manter a boca fechada. Eu poderia usar um homem como você.

Eu dei uma risada.

— Nem se dê ao trabalho de perguntar — disse eu. Ele ergueu uma das mãos, do tamanho de um pequeno pedaço de carne de porco. Por que será que homens gordos insistem em usar anéis? Um anel em dedos como aqueles sempre me faz pensar em um daqueles porcos premiados em leilão.

— Eu não estou lhe oferecendo um emprego — disse ele. — Sei que estaria desperdiçando meu tempo. Mas gostaria de contratá-lo para procurar Nico Peterson.

Eu ri novamente, e desta vez adicionei um pouco mais de hilaridade à minha risada.

— Você não ouve? Eu já estou à procura de Peterson, em nome de outra pessoa.

Ele fechou os olhos e sacudiu a cabeça.

— Eu quero dizer realmente procurar por ele. Você obviamente ainda não se empenhou nesta busca até agora.

— Por que você acha isso?

Ele abriu os olhos e fixou-os em mim.

— Porque você ainda não o encontrou! Eu conheço você, Marlowe, e sei como você é. Quando resolve fazer alguma coisa, você consegue. — A essa altura seu sotaque britânico havia decaído horrivelmente. — O que estão lhe pagando, uns duzentos dólares? Eu lhe dou mil. Cedric! — Ele estendeu a mão. No banco da frente, o homem negro inclinou-se para o lado, sem tirar os olhos da estrada, abriu o porta-luvas com um clique, tirou uma grande carteira de couro preto e passou-a para trás, por cima do ombro. Hendricks pegou-a de sua mão, abriu o fecho, extraiu de um compartimento interno cinco notas de cem dólares novinhas em folha e abanou-as diante do meu rosto.

— Metade agora e metade quando descobrir. O que você me diz?

— Eu digo: "Que droga!" — Apaguei o toco do cigarro no cinzeiro e deixei a tampa de mola se fechar com um estalido. — Eu já fui contratado para encontrar Peterson, se ele estiver vivo, o que provavelmente não está. Mas, se estiver, e eu o encontrar, não será para você que eu farei isso. Entendeu? Eu tenho padrões. Não são muito elevados, não são muito nobres, mas, por outro lado, não estão à venda. Agora, se você não se importa, vou voltar ao meu trabalho. Cedric, pare o carro, e desta vez pare mesmo ou eu vou torcer o seu pescoço.

Cedric olhou no espelho, na direção de Hendricks, que assentiu com um breve sinal da cabeça. O carro, então, deslizou para a direita e parou. Hendricks ainda tinha o dinheiro na mão, mas logo deu um suspiro, guardou as notas na carteira e fechou-a.

— Não importa — disse ele, fazendo um beicinho que o deixava parecido com um bebê, aliás, um bebê hipopótamo.

— Se você o encontrar, eu ficarei sabendo. Então, irei pegá-lo. E, quando isso acontecer, espero que você não tente ficar no caminho, sr. Marlowe.

Eu abri a porta — parecia ter a quantidade de aço de uma antepara de navio — e coloquei um pé na calçada. Em seguida, virei-me para trás.

— Sabe, Hendricks — disse eu —, vocês são todos iguais, vocês do crime organizado. Acham que, porque têm maços ilimitados de grana e um time de capangas por trás, não há ninguém que vá dizer não para vocês. Pois bem, alguém acabou de dizer não, e vai continuar a dizer, não importa quantos Jimmys você mandar atrás dele.

Hendricks exibia um sorriso radiante para mim com o que parecia ser um verdadeiro deleite.

— Ah, sr. Marlowe, você é um homem de fibra e eu o admiro por isso. — Ele balançou a cabeça alegremente, mais uma vez a verdadeira imagem do cavalheiro inglês. — Espero que os nossos caminhos se cruzem novamente. Tenho quase certeza que se cruzarão.

— Se isso acontecer, cuidado para não tropeçar. Até logo.

Desci do carro e fechei a porta atrás de mim. Conforme o carro se afastava silenciosamente para dentro do tráfego, ouvi Hendricks assoando o nariz mais uma vez. Era como o som de uma buzina distante.

17

Já passara muito da meia-noite e eu estava deitado em minha cama em mangas de camisa, fumando um cigarro e fitando o teto. O abajur ao lado da cama estava aceso e aquelas rosas pintadas lançavam sombras pelas paredes — pareciam manchas de sangue que alguém começara a tentar lavar e depois desistira.

Eu estava pensando em uma coisa e outra, uma coisa sendo Clare Cavendish e a outra sendo Clare Cavendish também. O lado da cama em que eu estava era o lado onde ela se deitara, e eu podia sentir a fragrância de seus cabelos no travesseiro, ou pensei que pudesse, de qualquer forma. Eu estava dizendo a mim mesmo como estivera certo em deixá-la ir. Ela não só era bonita como rica, e esse tipo de mulher simplesmente não era para mim. Linda Loring, lá em Paris, era outra do mesmo tipo, razão pela qual não fiquei muito interessado em casar com ela, apesar de seus constantes pedidos. Linda e eu fomos para a cama juntos uma única vez, e eu acho que ela realmente me amava, mas por que ela pensava que o amor deveria inevitavelmente levar ao casamento eu não sabia. Sua irmã tinha sido casada com Terry Lennox e terminou com uma bala no cérebro e o rosto esmagado. Dificilmente um exemplo de felicidade conjugal. Além disso, eu já não era mais tão jovem e talvez não fosse me casar com ninguém.

O telefone tocou, e eu sabia que era Clare. Não sei como, mas o fato é que sabia. Tenho um problema com telefones — eu os odeio,

mas, de uma maneira engraçada, parecemos estar sempre no mesmo comprimento de onda.
— É você? — disse Clare.
— Sim, sou eu.
— Já é tarde, eu sei. Você estava dormindo? Me desculpe se eu o acordei. — Ela falava muito lentamente, como se estivesse em transe. — Eu não conseguia pensar em outra pessoa para chamar.
— O que houve?
— Eu estava pensando... estava pensando se você poderia vir até aqui em casa?
— À sua casa? Agora?
— Sim. Eu preciso... eu preciso de alguém para... — Sua voz começou a tremer e ela teve de parar por alguns segundos para controlá-la. Parecia próxima à histeria. — É o Rett — disse ela.
— Seu irmão?
— Sim. Everett.
— O que ele tem?
Ela fez uma nova pausa.
— Eu realmente gostaria de saber se você poderia vir aqui. Acha que é possível? Estou pedindo muito?
— Já estou indo — disse eu.
É claro que eu iria. Eu iria até ela ainda que estivesse me chamando do lado escuro da lua. É estranho, o modo súbito como as coisas podem mudar. Um minuto atrás eu estava me congratulando por ter me livrado dela, mas agora era como se uma porta tivesse se escancarado dentro de mim e eu a atravessasse correndo, com meu chapéu na mão e as abas do casaco esvoaçando. Por que eu a tinha afastado, fazendo gracejos idiotas e agindo como um canalha? O que havia de errado comigo para mandar uma mulher maravilhosa como aquela para o meio da noite com os lábios cerrados e a fronte pálida de raiva? Será que eu me achava tão importante que podia me dar ao luxo de afastá-la dessa forma, como se o mun-

do estivesse repleto de Clare Cavendishes e bastasse eu estalar os dedos para que outra se apressasse a subir os degraus até a minha porta, com a cabeça abaixada e colocando um pé cuidadosamente adiante do outro, fazendo pequenas figuras de oito?

Lá fora, a rua estava deserta, e uma névoa quente soprava das colinas. Do outro lado da rua, os eucaliptos permaneciam imóveis, à luz do poste. Eram como um bando de acusadores fitando-me silenciosamente quando entrei no Olds. E eles não tinham me dito isso? Não tinham me dito que eu era um tolo naquela noite quando fiquei parado nos degraus de madeira, vendo Clare Cavendish descer correndo por eles sem fazer qualquer tentativa de impedi-la?

Atravessei a cidade a toda velocidade, mas felizmente não havia nenhum carro-patrulha à vista. À minha frente, a lua deslizava pela névoa quando eu cheguei ao litoral e virei à direita. Ondas espectrais quebravam-se ao luar e, mais distante na noite, havia uma escuridão vazia, sem nenhum horizonte. *Eu preciso de alguém,* ela havia dito. *Eu preciso de alguém.*

Atravessei os portões de Langrishe Lodge e apaguei os faróis, como Clare me havia pedido. Ela não queria que ninguém soubesse que eu estava vindo; por "alguém" eu presumo que quisesse dizer sua mãe, talvez seu marido, também. Levei o carro para o lado da casa e estacionei em frente ao jardim de inverno. Havia luzes em algumas janelas, mas não parecia haver gente em nenhum dos aposentos.

Desliguei o motor e permaneci sentado com o vidro da janela abaixado, ouvindo o som distante do oceano e os gritos sonolentos de uma ou outra ave marinha. Eu precisava de um cigarro, mas não queria acender uma luz. O ar enevoado era quente e úmido contra o meu rosto. Eu não tinha como saber ao certo se Clare saberia que eu tinha chegado. Ela me dissera onde estacionar e que viria ao meu encontro. Fiquei esperando. Faz parte da história da minha vida ficar sentado em um carro tarde da noite, com o cheiro rançoso de fumaça de cigarro nas narinas e os gritos das aves noturnas.

Não tive que esperar muito. Não mais de alguns minutos haviam se passado quando avistei uma figura vindo em minha direção através da névoa. Era Clare. Ela vestia um casaco longo e escuro, bem fechado na garganta. Eu saí do carro.

— Obrigada por ter vindo — disse ela em um sussurro agitado. Tive vontade de tomá-la em meus braços, mas não o fiz. Ela fechou os dedos em meu pulso por um segundo, em seguida voltou-se novamente na direção da casa.

Eu a segui. As amplas portas estavam abertas, e nós entramos. Ela não acendeu a luz. Ela sabia o caminho pela casa escura, mas eu tinha que avançar com cautela pelo meio das formas indistintas do mobiliário. Ela me levou por uma escadaria longa e curva, depois por um corredor acarpetado. Havia luminárias nas paredes ali em cima, mas a luz era mortiça. Ela havia tirado o casaco escuro no térreo. Por baixo, usava um vestido de cor creme. Seus sapatos brancos estavam molhados do jardim, e seus tornozelos eram finos e bem torneados, com cavidades fundas na parte de trás, lisas e pálidas, como o interior de uma concha, entre o osso e o tendão.

— Aqui — disse ela e mais uma vez fincou os dedos com urgência em meu pulso.

O quarto tinha a aparência de um palco, não sei ao certo por quê. Talvez fosse pela maneira como era iluminado. Havia dois abajures, um pequeno em uma mesinha de cabeceira e um grande ao lado da cama, com uma cúpula marrom-clara, que devia ter sessenta centímetros de diâmetro. A cama era do tamanho de uma balsa, e Everett Edwards Terceiro parecia muito pequeno estendido sobre ela, completamente apagado embaixo de um emaranhado de lençóis. Ele estava deitado de costas, as mãos entrelaçadas sobre o peito, como o cadáver de um mártir em uma pintura de um velho mestre. Seu rosto era da mesma cor dos lençóis, os cabelos pendiam, escorridos, empapados de suor. Ele vestia uma camiseta com vômito seco na frente e tinha resquícios de espuma seca nos cantos da boca.

— O que há com ele? — perguntei, embora eu pudesse muito bem adivinhar.

— Ele está passando mal — disse Clare. Ela estava em pé ao lado da cama, olhando para o irmão. Parecia a mãe de um mártir.

— Ele... tomou alguma coisa.

Eu levantei seu braço esquerdo, virei-o e vi as marcas de agulha, algumas antigas e outras novas, estendendo-se em uma linha irregular do pulso até a parte interna do cotovelo.

— Onde está a agulha? — perguntei.

Ela fez um movimento brusco com a mão.

— Eu joguei fora.

— Há quanto tempo ele está assim?

— Eu não sei. Uma hora, talvez. Eu o achei na escada. Ele devia estar vagando pela casa, imagino, e deve ter desmaiado. Consegui trazê-lo para cá, de alguma forma, este é meu quarto, não o dele. Eu não sabia mais o que fazer. Foi por isso que eu o chamei.

— Ele já ficou assim antes?

— Nunca assim, não, nunca nesse estado. — Ela virou-se para mim com um olhar aflito. — Você acha que ele está morrendo?

— Eu não sei. A sua respiração não é muito ruim. Você chamou um médico?

— Não. Não tive coragem.

— Ele precisa de cuidados médicos — disse eu. — Tem um telefone aqui?

Ela me levou à mesinha de cabeceira. O telefone era um modelo sob encomenda, preto e brilhante, com adereços de prata. Peguei

o receptor e disquei. Como é que eu tinha o número na minha cabeça eu não sei dizer — foi como se meus dedos se lembrassem, não eu. Ele tocou por um longo tempo. Em seguida, uma voz fria e nítida atendeu:
— Sim?
— Dr. Loring — disse eu. — Aqui é Marlowe, Philip Marlowe.

Achei ter ouvido uma rápida ingestão de ar. Houve um silêncio com um zumbido por alguns segundos; em seguida, Loring falou novamente.

— Marlowe — disse ele, fazendo soar como um palavrão. — Por que está ligando para mim a esta hora da noite? Aliás, por que está me ligando?

— Preciso da sua ajuda.
— Você tem o descaramento de...?
— Ouça — disse eu —, não tem nada a ver comigo, estou agindo em nome de um amigo. Há um homem desmaiado aqui, e ele precisa de ajuda.
— E você chama *a mim*?
— Eu não teria chamado, se tivesse sido capaz de pensar em outra pessoa.
— Eu vou desligar agora.
— Espere. O que acontece com aquele juramento que vocês fazem? Esse homem pode morrer, se não conseguir ajuda.

Houve um silêncio. Clare permanecera de pé ao meu lado durante todo esse tempo, observando-me como se ela pudesse ler no meu rosto as palavras de Loring no outro lado da linha.

— O que há de errado com essa pessoa? — perguntou Loring.
— Overdose.
— Ele tentou se matar?
— Não. Ele estava se drogando.
— Se drogando? — Eu podia vê-lo fazer uma careta de desaprovação.

— Sim — disse eu —, ele é um viciado. Isso faz diferença? Viciados também são seres humanos.

— Como se atreve a me dar lição de moral?

— Eu não estou lhe dando lição de moral, doutor. Já é tarde, estou cansado, o seu foi o único nome que me veio à cabeça.

— Essa pessoa não tem família? Eles não têm um médico particular?

Clare continuava a me observar, atenta a cada palavra. Virei-me de costas para ela e coloquei a mão ao redor do bocal.

— O nome aqui é Cavendish — disse eu calmamente. — Também Langrishe. Isso significa alguma coisa para você?

Houve outra pausa. Uma coisa boa a respeito de Loring é que ele era um esnobe — uma coisa boa nas circunstâncias atuais, quero dizer.

— É de Dorothea Langrishe que você está falando? — perguntou ele. Eu podia ouvir a mudança de tom na sua voz, o pequeno silêncio reverente que se introduzira nele.

— É isso mesmo — disse eu. — Então, você sabe quanta discrição é necessária.

Ele hesitou por não mais do que um momento, então disse:

— Me dê o endereço. Vou agora mesmo.

Eu lhe disse como chegar a Langrishe Lodge, apagar os faróis do carro e estacionar ao lado do jardim de inverno, como eu tinha feito. Então, desliguei e voltei-me para Clare.

— Sabe quem era ele?

— O ex de Linda Loring?

— Isso mesmo. Você o conhece?

— Não. Nunca me encontrei com ele.

— É um sujeito autoritário, apaixonado por si mesmo — disse eu —, mas também é um bom médico, e discreto.

Clare balançou a cabeça.

— Obrigada.

Fechei os olhos e massageei as pálpebras com a ponta dos meus dedos. Em seguida, olhei para ela e perguntei:

— Acha que poderia me arranjar uma bebida?

Ela pareceu desnorteada por um segundo.

— Tem o uísque de Richard — disse ela. — Vou ver o que posso encontrar.

— Aliás, onde está Richard? — perguntei.

Ela encolheu os ombros.

— Ah, você sabe. Ele saiu.

— O que acontece se ele volta e encontra o seu irmão nesse estado?

— O que acontece? Dick vai rir, provavelmente, e depois vai para a cama. Ele não presta muita atenção ao que se passa entre mim e Rett.

— E a sua mãe?

Uma centelha de preocupação atravessou seu rosto.

— Mamãe não deve saber. *Não deve.*

— Não deveriam lhe contar? Ele é seu filho, afinal de contas.

— Isso iria partir seu coração. Ela não sabe sobre as drogas. Quando Richard se irrita comigo, ele ameaça contar a ela. É mais uma maneira de exercer poder sobre mim. Entre muitas outras.

— Compreendo — disse eu. Esfreguei os olhos novamente; pareciam ter se tostado ligeiramente diante de uma fogueira. — E aquela bebida?

Ela retirou-se e eu voltei para a cama, sentei-me na borda e olhei para o jovem inconsciente com o vômito na camisa e os cabelos desalinhados. Eu não achava que ele fosse morrer, mas não sou nenhum especialista quando se trata de drogas e viciados. Everett Terceiro era, obviamente, um veterano — algumas daquelas marcas de agulha em seu braço já estavam ali havia muito tempo. Mais cedo ou mais tarde, sua mãe iria descobrir o que seu querido filho fazia quando não estava em casa tendo seus cabelos afagados por ela. Eu só esperava que ela não descobrisse do modo mais difícil. Tendo perdido o marido como perdera, a última coisa de que ela precisava, nesta fase da sua vida, era outra morte violenta na família.

Clare voltou com uma garrafa de Southern Comfort e um copo de cristal lapidado. Ela serviu uma dose generosa e entregou-o a mim. Levantei-me e inclinei a borda do copo para ela em um gesto de agradecimento. Eu não gosto de Southern Comfort — enjoativamente doce para o meu gosto —, mas serviria. Comecei a tirar minha cigarreira do bolso, mas mudei de opinião. Não parecia correto, de certa forma, fumar no quarto de Clare Cavendish.

Olhei novamente para seu irmão.

— Onde é que ele obtém a droga? — perguntei.

— Eu não sei onde ele a obtém agora. — Ela desviou o olhar, mordendo o lábio. Mesmo aflita, ela era linda.

— Nico costumava arranjar um pouco para ele de vez em quando — disse ela. — Foi assim que eu o conheci, Everett nos apresentou. — Ela deu um sorrisinho tristonho. — Você está chocado?

— Estou — respondi —, um pouco. Eu não sabia que você e Peterson tinham esse tipo de relacionamento.

— O que você quer dizer? Que tipo de relacionamento?

— O tipo onde você está dormindo com um traficante de drogas.

Ela se encolheu diante disso, mas logo se recuperou. Ela estava se reanimando, agora que sabia que a ajuda já estava a caminho e ela podia deixar de ser responsável por tudo.

— Você não entende mesmo as mulheres, não é?

De repente, eu me perguntei se alguma vez já a ouvira dizer meu nome, se alguma vez já me chamara de Philip. Não creio que tivesse, nem mesmo quando estávamos na cama juntos, na claridade daquelas rosas pintadas de vermelho cor de sangue.

— Não — disse eu —, suponho que não. E algum homem compreende?

— Sim, conheci alguns que compreendem.

Tomei um gole da minha bebida. Era de fato enjoativamente doce; devem colocar caramelo ou algo parecido nela.

— Você está sendo honesta comigo? — perguntei. — Você realmente viu Peterson na Market Street naquele dia?

Seus olhos se arregalaram.

— É claro que sim. Por que iria mentir?

— Não sei. Como você diz, eu não a entendo.

Ela sentou-se na cama, entrelaçou as mãos e as apoiou sobre os joelhos.

— Você está certo — disse ela calmamente —, eu não deveria ter me envolvido com ele. Ele é... — Ela buscou a palavra certa. — Ele não presta. Isso soa estranho? Não quero dizer que ele é indigno de *mim*. Deus sabe que eu também não tenho tanto valor assim. Ele é encantador, divertido, e tem uma mente elegante. Ele é até mesmo corajoso, de certa forma, mas no centro há apenas um buraco vazio.

Observei seus olhos. No seu interior, ela estava distante, muito distante. Compreendi que não estava falando de Peterson, que só o estava usando como uma forma de falar sobre outra pessoa. Era verdade, eu tinha certeza que era. E essa outra pessoa era preciosa para ela de uma forma que um homem como Nico Peterson nunca poderia ser — de uma forma que um homem como eu nunca poderia ser. De repente, eu queria muito beijá-la. Eu não conseguia entender por que, quero dizer, queria beijá-la agora, enquanto ela estava tão longe de mim, pensando em alguém que ela amava. As mulheres não são a única coisa que eu não compreendo — eu também não compreendo a mim mesmo, nem um pouco.

De repente ela levantou a cabeça e ergueu a mão.

— Estou ouvindo um carro — disse ela. — Deve ser o dr. Loring.

Descemos pela casa escura, do mesmo modo como havíamos subido, e saímos para o jardim. O carro de Loring estava ali, parado atrás do meu. Quando chegamos, Loring abriu a porta e saiu.

Loring era magro, com um pequeno cavanhaque e olhos arrogantes. Nós dois havíamos tido algumas discussões ásperas. Eu não sei se ele sabia que sua ex-esposa queria se casar comigo. Provavelmente não teria feito nenhuma diferença; ele não podia me detestar mais do que já detestava. E ele já lavara as mãos a respeito de Linda havia algum tempo.

— Marlowe — disse ele friamente. — Eu vim, como pode ver.

Eu o apresentei a Clare. Ele apertou sua mão por um breve instante e disse:

— Onde está o paciente?

Retornamos pela casa até o quarto de Clare. Fechei a porta atrás de nós, virei-me e apoiei as costas contra ela. Imaginei que Clare seria capaz de lidar com a situação dali por diante. Everett era seu irmão e era melhor que eu ficasse fora do caminho de Loring tanto quanto possível.

Ele aproximou-se da cama e colocou sua maleta preta sobre a colcha.

— O que foi? — perguntou ele. — Heroína?

— Sim — respondeu Clare em um sussurro. — Acho que sim.

Loring tomou o pulso de Everett, levantou suas pálpebras e examinou as pupilas, colocou a mão sobre seu peito e pressionou suavemente algumas vezes. Ele balançou a cabeça e retirou uma seringa hipodérmica de sua maleta.

— Vou lhe dar uma injeção de adrenalina — disse. — Daqui a pouco ele vai acordar.

— Quer dizer que não... que não é grave? — perguntou Clare.

Loring lhe lançou um olhar nefasto. Seus olhos tinham uma maneira de se contrair nas órbitas quando estava furioso ou indignado, o que acontecia com bastante frequência.

— Minha cara — disse ele —, os batimentos cardíacos de seu irmão estão abaixo de cinquenta e sua taxa respiratória é inferior a doze. Imagino que durante um período de tempo esta noite ele esteve à beira da morte. Felizmente, ele é jovem e relativamente saudável. No entanto — ele segurou uma ampola de líquido transparente voltada para baixo e furou a tampa de borracha com a ponta da agulha hipodérmica —, se ele continuar a alimentar esse vício, isso irá com certeza matá-lo mais cedo ou mais tarde. Há pessoas que podem viver com um vício de heroína, não vivem bem, mas vivem, no entanto seu irmão, posso ver claramente, não é desse tipo.

Ele enfiou a agulha no braço de Everett e ergueu os olhos para Clare.

— Ele é fraco. Toda a aparência dele é de fraqueza. Você devia interná-lo em uma clínica. Posso lhe dar alguns nomes, pessoas para quem você pode ligar, lugares para ir ver. Caso contrário, sem a menor sombra de dúvida, você vai perdê-lo.

Ele extraiu a agulha e guardou-a em sua maleta, juntamente com o frasco vazio. Virou-se novamente para Clare.

— Aqui está o meu cartão. Me ligue amanhã.

Clare sentou-se na beira da cama outra vez, com as mãos juntas no colo. Parecia que alguém tinha lhe dado um soco. Seu irmão remexeu-se e gemeu.

Loring virou-se bruscamente para a saída.

— Vou acompanhá-lo — disse eu. Ele me lançou um olhar frio.

Descemos pela casa sombria. Loring era um desses homens cujo silêncio era mais eloquente do que sua conversa. Eu podia sentir o desprezo e o ódio vindo dele como ondas de calor. Não era minha culpa que sua mulher o tivesse deixado e quisesse se casar comigo.

Atravessamos o jardim de inverno às escuras e saímos na noite. A neblina grudava em meu rosto como um lenço de pescoço úmido. No mar, uma luz piscava no mastro de um barco ancorado. Loring abriu a porta de seu carro, jogou sua maleta no interior e virou-se para mim.

— Eu não sei por que você está sempre aparecendo na minha vida, Marlowe — disse ele. — Eu não gosto disso.

— Eu também não gosto — disse eu. — Mas sou grato a você por ter vindo até aqui esta noite. Acha que ele poderia ter morrido?

Ele deu de ombros.

— Como eu já disse, ele é jovem, e os jovens tendem a sobreviver a todo tipo de autopoluição. — Ele estava prestes a entrar no carro, mas parou. — Qual é a sua conexão com esta família? Imagino que você dificilmente estaria no mesmo nível social deles.

— Estou fazendo um trabalho para a sra. Cavendish.

Ele fez um som que, se tivesse vindo de outra pessoa, poderia ter sido uma risada.

— Ela deve estar com um grande problema, se teve que recorrer a você.

— Ela não está em apuros. Ela me contratou para rastrear alguém, um amigo dela.

— Por que ela não vai à polícia?

— É um assunto particular.

— Sim, você é bom em cutucar a vida privada das pessoas, não?

— Olhe, doutor — disse eu —, eu nunca lhe fiz nenhum mal conscientemente. Sinto muito que sua mulher o tenha deixado...

Eu pude senti-lo se retesar na escuridão.

— Como se atreve a falar do meu casamento.

— Eu não sei como me atrevo — disse eu, cansado. — Mas quero que saiba que não lhe desejo nenhum mal.

— Você acha que isso me importa? Você acha que alguma coisa a seu respeito pode ter o menor interesse para mim?

— Não, acho que não.

— Aliás, o que aconteceu com o seu rosto?

— Um sujeito me acertou com o cano de uma arma.

Ele deu aquela risada fria outra vez.

— Que belas pessoas com quem você lida.

Eu dei um passo para trás.

— De qualquer forma, obrigado por ter vindo. Não pode ter sido uma coisa ruim se você salvou uma vida.

Ele parecia prestes a dizer algo mais, mas, em vez disso, entrou no carro, bateu a porta, ligou o motor e engatou a ré rapidamente. Depois, deslizou pelo caminho de cascalho e desapareceu.

Fiquei parado na escuridão úmida durante um minuto, meu rosto machucado erguido para o céu, respirando o ar salgado da noite. Pensei em voltar para dentro da casa, em seguida decidi não o fazer. Eu não tinha nada mais a dizer a Clare, não esta noite, de qualquer modo. Mas a verdade é que ela estava de volta à minha vida. Ah, sim, ela estava de volta.

18

Quando eu era jovem, dois milênios atrás, achava que sabia exatamente o que estava fazendo. Eu estava consciente dos caprichos do mundo — o jogo de cabra-cega que ele gosta de fazer com as nossas esperanças e desejos —, mas, no que dizia respeito às minhas próprias ações, eu tinha plena confiança de que eu estava bem sentado no banco do motorista, com o volante firmemente seguro com minhas próprias mãos. Agora eu sei que não é bem assim. Agora eu sei que decisões que achamos que fazemos são na realidade feitas apenas em retrospecto, e que, no momento em que as coisas estão realmente acontecendo, tudo o que fazemos é ser levados à deriva. Isso não me preocupa muito, essa consciência do pouco controle que eu tenho sobre meus interesses. A maior parte do tempo, estou satisfeito em deslizar pela corrente, batendo meus dedos na água e importunando um ou outro peixe para fora do seu elemento. Há ocasiões, porém, em que desejo que eu tivesse feito ao menos algum esforço para olhar à frente e calcular as consequências do que eu estava fazendo. Estou pensando aqui na minha segunda visita ao Cahuilla Club, que foi, posso dizer com segurança, completamente diferente da primeira...

Era de tarde e o lugar estava movimentado. Havia alguma espécie de convenção em andamento e viam-se muitos sujeitos, a maioria idosa, de camisas coloridas e bermudas xadrez, quase todos rodando em círculos pelo meio das buganvílias, com copos altos nas mãos, nem todos completamente firmes sobre os pés. Todos eles usavam um fez vermelho — um chapéu turco, como um vaso de plantas invertido, com borlas. Marvin, o agitado porteiro, ligou para o escritório do gerente e, em seguida, acenou para que eu entrasse. Deixei o Olds sob uma árvore frondosa e subi a pé o caminho para a sede do clube. Na metade do caminho, encontrei-me com o sujeito que me abordara na última vez. Ele varria as folhas da passagem com um ancinho. Não pareceu me reconhecer. Eu o cumprimentei, de qualquer modo.

— O Capitão Gancho está por aí? — perguntei. Ele me lançou um olhar nervoso e continuou com sua limpeza. Tentei novamente. — Como estão os Meninos Perdidos hoje?

Ele sacudiu a cabeça teimosamente.

— Eu não devo falar com você — murmurou.

— É mesmo? Quem disse isso?

— Você sabe.

— O capitão?

Ele olhou com desconfiança de um lado para outro.

— Você não deveria mencionar o nome dele — disse. — Você vai me causar problemas.

— Ora, eu não gostaria de fazer isso. Eu apenas...

Ouviu-se uma voz atrás de nós.

— Lamarr? Já não lhe disse para não aborrecer nossos visitantes?

Lamarr deu um sobressalto, agachando-se um pouco e encolhendo os ombros, como se esperasse ser agredido. Floyd Hanson aproximou-se a passos largos, como sempre com uma das mãos no bolso da calça impecavelmente passada. Vestia um casaco de linho azul-claro, com uma camisa branca e uma gravata de cadarço presa com a cabeça de um touro esculpida em uma brilhante pedra negra.

— Olá, sr. Hanson — disse eu. — Lamarr não estava me aborrecendo.

Hanson balançou a cabeça para mim, com seu sorrisinho torto, colocou a mão no tecido cáqui do ombro de Lamarr e falou-lhe suavemente.

— Vá andando agora, Lamarr.

— Mas é claro, sr. Hanson — disse Lamarr, gaguejando. Lançou-me um olhar em parte ressentido e em parte assustado. Em seguida, afastou-se arrastando os pés, com seu ancinho a reboque. Hanson ficou olhando-o com uma expressão indulgente.

— Lamarr tem um bom coração — disse ele —, só que ele fantasia muito.

— Ele acha que você é o Capitão Gancho — disse eu.

Ele balançou a cabeça, sorrindo.

— Não sei como é que ele sabe sobre Peter Pan. Eu acho que alguém deve ter lido a história para ele um dia, ou talvez ele tenha sido levado ao teatro para ver a peça. Até mesmo os Lamarrs deste mundo tiveram mães, afinal de contas. — Ele virou-se para mim. — Em que posso ajudá-lo, sr. Marlowe?

— Você soube o que aconteceu a Lynn Peterson? — perguntei.

Ele franziu a testa.

— Sim, claro. Um caso trágico. Não vi o seu nome em algum lugar da notícia de jornal sobre a morte dela?

— Provavelmente, sim. Eu estava com ela quando os assassinos a levaram.

— Sei. Deve ter sido perturbador.

— Sim — disse eu. — *Perturbador*, essa é a palavra.

— Por que eles a "levaram", como você colocou?

— Eles estavam à procura do irmão dela.

— Apesar de ele estar morto?

— Ele está?

Hanson não disse nada, apenas me deu um olhar longo e pensativo, mantendo a cabeça inclinada para um lado.

— Você veio me fazer mais perguntas sobre Nico? — disse ele. — Eu realmente não tenho mais nada para lhe dizer.

— Você conhece um sujeito chamado Lou Hendricks? — perguntei.

Ele pensou um pouco.

— O homem que administra aquele cassino no deserto? Eu o conheci. Ele esteve aqui no clube uma ou duas vezes.

— Ele não é membro?

— Não. Ele veio como convidado.

Do outro lado do gramado, os participantes da convenção fizeram uma ruidosa celebração. Hanson olhou na direção deles, protegendo os olhos com a mão.

— Temos os Shriners aqui hoje — disse ele —, como você pode ver. Estão realizando um torneio beneficente de golfe. Eles tendem a ficar um pouco barulhentos. Gostaria de tomar uma bebida?

— Acho que não faria mal algum. Desde que não seja chá.

Ele sorriu.

— Venha por aqui.

Entramos pela porta da frente, passamos pela ornamentada mesa da recepção e pela recepcionista com os óculos azuis. Havia grupos de companheiros de fez vagando pelos corredores, no bar e na sala de jantar.

— Vamos ao meu escritório — disse Hanson. — É mais tranquilo lá.

Seu escritório era uma sala bonita, grande e de pé-direito alto, discretamente decorado com peças seletas de mobiliário de madeira clara e alguns bonitos tapetes de índios norte-americanos no assoalho. As paredes eram revestidas com painéis em cerejeira e havia uma mesa exatamente como a da área da recepção, somente maior e mais ornamentada. Hanson certamente não economizava quando se tratava de seu conforto pessoal. O que eu senti falta foi de qualquer indício de vida pessoal — nenhuma foto emoldurada de mulher e filhos ou um instantâneo glamoroso de uma amante com um cigarro e uma onda nos cabelos *à la* Veronica Lake, que sujeitos como Hanson geralmente têm em um lugar de destaque em suas mesas.

Talvez ele não gostasse de mulheres ou talvez o clube torcesse o nariz para toques pessoais — que diferença fazia? De qualquer modo, havia algo quase inquietante na ordem impecável daquele lugar.

— Sente-se, sr. Marlowe — disse Hanson. Ele atravessou a sala até um aparador onde se viam várias garrafas.

— O que posso lhe servir? — perguntou ele.

— Uísque está ótimo.

Ele procurou entre as garrafas.

— Eu tenho um Old Crow aqui. Serve? Eu sou um homem de martínis.

Ele me serviu um uísque puro, adicionou alguns cubos de gelo e veio me entregar o copo. Eu estava sentado em um sofá pequeno e elegante, com pés de madeira chanfrada e encosto alto.

— Não vai me acompanhar? — perguntei.

— Não enquanto estiver trabalhando. O sr. Canning tem opiniões rígidas sobre os perigos da garrafa. — Ele deu seu sorriso cintilante.

— Importa-se se eu fumar? O sr. Canning também tem opiniões sobre o tabaco?

— Vá em frente, por favor. — Ele ficou me observando enquanto eu acendia o cigarro. Ofereci-lhe a cigarreira, mas ele sacudiu a cabeça. Ele dirigiu-se à sua mesa e encostou-se na frente, com os braços e tornozelos cruzados.

— Você é um homem persistente, sr. Marlowe — disse ele, descontraidamente.

— Quer dizer, um pé no saco.

— Não foi o que eu disse. Admiro a persistência.

Tomei um pequeno gole do meu drinque, inalei minha fumaça e olhei ao redor da sala.

— O que exatamente você faz, sr. Hanson? — perguntei. — Sei que é o gerente, mas o que isso exige de você?

— Há muito serviço administrativo envolvido no funcionamento de um clube como este. Você ficaria surpreso.

— O sr. Canning lhe dá liberdade de ação?

Seus olhos se estreitaram uma fração ínfima.

— Mais ou menos. Nós temos, por assim dizer, um acordo.

— E qual é? — Ao que parece, eu conheço um monte de gente que tem acordos uns com os outros.

— Ele me deixa em paz para gerenciar o lugar e eu não o perturbo quando surgem dificuldades. A não ser que as dificuldades sejam... como devo dizer? Difíceis para eu lidar com elas sozinho.

— Então, o que acontece?

Ele sorriu, os cantos dos olhos se enrugando.

— Então, o sr. Canning assume o controle — disse ele, suavemente.

Eu estava piscando, como se houvesse poeira em meus olhos. O bourbon parecia estar agindo bem rápido.

— Vejo — disse eu — que você tem um respeito saudável pelo seu patrão.

— Ele é uma pessoa que impõe respeito. Aliás, como está a sua bebida?

— Está ótima. Tem gosto de fogueiras de nogueira nas tardes de outono no sertão de Kentucky.

— Ora, creio que você tem alguma coisa de poeta, sr. Marlowe.

— Eu li uma ou duas linhas de Keats no meu tempo. Shelley, também. — Que diabos eu estava dizendo? A minha língua parecia de repente ter adquirido vontade própria. — Mas eu não vim aqui para falar de poesia — disse eu.

Senti-me deslizar para baixo no sofá e lutei para sentar-me direito. Olhei para o copo na minha mão. A bebida dentro dele estremeceu e os cubos de gelo chocaram-se com um som suave, como se estivessem falando a meu respeito entre si. Olhei ao redor da sala novamente, piscando um pouco mais. O sol estava muito forte na janela, cortando como lâmina de espada através das ripas da persiana de madeira.

Hanson me observava atentamente.

— O que o trouxe até aqui, sr. Marlowe? — perguntou ele.

— Vim conversar mais um pouco com você sobre Peterson — disse eu. — Quer dizer, Nico Peterson. — Eu estava tendo problemas com a minha língua outra vez; parecia ter inchado para cerca de duas vezes o seu tamanho normal e assentava-se na minha boca como uma batata quente e macia, com a pele áspera. — Sem mencionar a irmã dele. — Franzi a testa. — Apesar de eu a ter mencionado. Não mencionei? Lynn, é o nome dela. Era. Uma mulher bonita. Belos olhos. Belos olhos verdes. Mas, é claro, você a conhece.

— Conheço?

— Sem dúvida que conhece. — Eu estava tendo dificuldades com os meus esses agora. Eles ficavam presos nos meus dentes da frente, como pedaços embolados de fio dental. — Ela estava aqui, naquele dia em que eu vim ver você. Quando foi mesmo? De qualquer modo, não importa. Nós a encontramos quando ela saía da... comoémesmoquesechama... pis... pis... *piscina*. — Inclinei-me para a frente para colocar o copo em uma pequena mesa de vidro diante do sofá, mas calculei mal e soltei-o quando ele ainda estava a alguns centímetros da mesinha, e ele espatifou-se no assoalho com um sonoro estrépito.

— Sabe de uma coisa — disse eu —, acho que vou...

Em seguida, minha voz finalmente se exauriu. Eu estava deslizando para frente no sofá outra vez. Hanson parecia muito distante e muito acima de mim, e parecia ondular, de alguma forma, como se eu estivesse afundando dentro d'água e olhando para cima, para ele, através da superfície oscilante.

— Você está bem, sr. Marlowe? — perguntou ele em uma voz que retumbava em meus ouvidos. Ele ainda estava encostado contra a escrivaninha, com os braços cruzados. Eu podia ver que ele estava sorrindo.

Com um grande esforço, consegui fazer minha voz funcionar novamente.

— O que você colocou na minha bebida?
— O que é isso? Você parece estar arrastando as suas palavras. Eu pensava que você fosse um homem capaz de aguentar sua bebida, sr. Marlowe. Parece que eu estava errado.

Estendi a mão em uma louca tentativa de agarrá-lo, mas ele estava muito longe e, além disso, não creio que meus dedos teriam tido força para se agarrar ao que quer que fosse. Repentinamente, perdi o controle e me senti caindo pesadamente no chão, como um saco de grãos. Em seguida, a luz lentamente apagou.

19

Não era a primeira vez em minha vida que alguém colocava um sedativo na minha bebida, e provavelmente não seria a última. Como em tudo o mais, você aprende a lidar com isso, ou ao menos com as consequências. Como agora, por exemplo, quando despertei e sabia que não devia abrir meus olhos de imediato. Para começar, quando você está nesse estado, até mesmo a mais atenuada luz natural pode atingir seus olhos como um respingo de ácido. Por outro lado, é sempre melhor deixar que quem quer que tenha lhe dado a droga ache que você ainda está desacordado — dessa forma, você ganha um pouco de tempo para refletir sobre o caso e talvez calcular seu próximo passo, enquanto seu corpo se reajusta ao ambiente e às circunstâncias em que se encontra.

A primeira coisa que percebi foi que eu estava amarrado. Estava sentado em uma cadeira de espaldar reto e amarrado a ela com laços de corda. Minhas mãos também estavam atadas, nas costas. Eu não fiz nenhum movimento, apenas permaneci curvado ali, com o queixo sobre o peito e os olhos fechados. O ar à minha volta estava quente, com uma sensação densa, e eu parecia ouvir água batendo suavemente, com um som oco, ressonante. Eu estaria em um banheiro? Não, o lugar era maior do que isso. Em seguida, notei o cheiro de cloro. Uma piscina, então.

A minha cabeça parecia cheia de algodão, e a contusão na parte posterior dela, que López havia causado, tinha voltado à vida.

Alguém gemeu nas proximidades. O gemido possuía uma vibração que me disse que a pessoa que o emitira estava sofrendo muito, talvez até morrendo. Por um segundo, eu me perguntei se eu teria ouvido a mim mesmo. Então, uma voz disse a poucos metros de distância:

— Deem um pouco de água a ele, façam o desgraçado acordar.

Eu não reconheci a voz. Era uma voz de homem, com uma aresta dura e áspera, e não era jovem. Quem quer que fosse, estava acostumado a dar ordens e ser obedecido.

Ouviram-se sons engasgados e uma tosse rouca. Em seguida, o barulho de água esparramando-se em pedra.

— Ele está quase morto, sr. C. — disse outra voz.

Essa eu parecia conhecer ou, ao menos, já ter ouvido antes. O sotaque era familiar, mas não o tom.

— Não deixe que ele morra ainda — disse a primeira voz. — Ele tem que pagar mais, antes de conseguir sua libertação. — Houve uma pausa, e ouvi passos se aproximando, com cliques acentuados, ressonantes, de calçados de couro sobre o que tinha que ser um piso de mármore. Pararam à minha frente. — E quanto a este aqui? Já devia ter acordado.

A mão de alguém de repente agarrou meus cabelos por trás e levantou minha cabeça com um puxão, de modo que meus olhos se abriram como os de uma boneca. A luz não me atingiu com muita força, mas pelos primeiros segundos tudo o que consegui ver à minha frente foi uma névoa esbranquiçada, ardente, com algumas figuras desfocadas se movendo.

— Ele está acordado — disse a primeira voz. — Isso é bom.

A neblina começou a se dissipar. Eu estava na piscina coberta. O espaço era grande e tinha um longo e alto telhado de vidro arredondado, através do qual a luz do sol se infiltrava. As paredes e o chão eram revestidos de grandes ladrilhos de mármore branco com veios. A piscina devia ter quinze metros de comprimento. Eu não podia ver quem estava atrás de mim, ainda segurando um punhado dos meus cabelos. À minha frente e um pouco para o lado estava Hanson, pálido e com um aspecto doentio em seu casaco azul-claro e a gravata presa com um broche no formato da cabeça de um touro.

Ao lado de Hanson, estava um homem baixo e atarracado, idoso, completamente careca, com um crânio pontudo e pesadas sobrancelhas negras que pareciam pintadas. Usava botas marrons de cano longo, brilhantes como castanhas recém-debulhadas, calça de sarja e uma camisa preta com o colarinho aberto. Em torno de seu pescoço, tinha um conjunto de dentes de lobo enfiados em um cordão, junto com um amuleto indígena, feito de algum tipo de osso, com um grande olho azul, puxado, pintado no meio. Na mão direita, ele segurava uma vara leve e curta de bambu, semelhante a um bastão, em geral usada como símbolo de autoridade e arrogância. Ele parecia uma versão reduzida de Cecil B. DeMille cruzada com um domador de leões aposentado.

Ele aproximou-se de mim, espreitando-me com sua cabeça careca inclinada para um lado e batendo levemente na coxa com sua vara de bambu. Então parou, inclinou-se para baixo e colocou o rosto junto ao meu, os olhos azuis pétreos pareciam olhar dentro da minha própria alma.

— Eu sou Wilberforce Canning — disse ele.

Eu tive que fazer algum esforço para desembaralhar meus lábios e minha língua antes de poder fazer com que a minha voz entrasse em operação novamente.

— Eu já imaginava — disse eu.

— É mesmo? Muito bem. — Hanson estava pairando pelo seu ombro ansiosamente, como se ele achasse que eu pudesse me libertar das cordas e ir para cima do sujeitinho. Sem chance! Além das cordas prendendo-me à cadeira, eu tinha tanta força quanto um gato com sarna.

— Como foi que você conseguiu essa cicatriz no seu rosto? — perguntou Canning.

— Um mosquito me mordeu.
— Mosquitos não mordem, eles picam.
— Bem, este tinha dentes.

Eu estreitei os olhos para a piscina, além de Canning. A água azul parecia dolorosamente convidativa. Eu me imaginei flutuando em sua superfície fresca e sedosa, acalmado e aliviado.

— Floyd aqui me diz que você é um homem muito curioso, sr. Marlowe — disse Canning, ainda inclinado para a frente e me olhando fixamente. Ele tocou a ponta de sua vara gentilmente na cicatriz no meu rosto. — Isso pode ser muito inconveniente, a curiosidade.

— Ouviu-se outro gemido; veio de algum lugar à minha direita. Tentei olhar naquela direção, mas Canning pressionou a vara duramente contra o meu rosto e não permitiu que eu virasse a cabeça.

— Você só precisa prestar atenção em mim, agora — disse ele. — Apenas se concentre no assunto em questão. Por que você está fazendo todas essas perguntas sobre Nico Peterson?

— Que perguntas? — disse eu. — Há apenas uma, até onde eu saiba.

— E qual é?

— Se ele está morto ou apenas fingindo estar.

Canning balançou a cabeça e deu um passo para trás, e o sujeito atrás de mim finalmente soltou meus cabelos. Livre para olhar agora, eu virei a cabeça. Gómez e López estavam lá, a uns quatro metros de distância para o lado direito da piscina e de frente para a água, sentados lado a lado em cadeiras de encosto reto, às quais, como eu, tinham sido amarrados com cordas finas, firmemente trançadas. López, eu podia ver, já estava morto. Sua cabeça era uma massa de cortes e contusões, e havia uma cascata de sangue brilhante, quase seco, pela frente de sua camisa havaiana. Seu olho direito estava fechado com um grande inchaço, enquanto o esquerdo projetava-se da órbita, ensanguentado, desesperadamente arregalado. Alguém o atingira brutalmente no lado da cabeça, suficientemente forte para fazer o globo ocular saltar da órbita. Seu lábio leporino estava dividido em uma dúzia de lugares agora.

Gómez também estava destruído, seu terno azul-claro rasgado e todo manchado de sangue. Ao menos um deles tinha se sujado, e o cheiro não era agradável. Era Gómez quem estava gemendo. Ele parecia semiconsciente e aterrorizado, como um homem sonhando que estava caindo do telhado de um edifício alto. Pareceu-me que era apenas uma questão de tempo até ele ir se juntar ao seu *compañero* em outra vida mais feliz. Um homem espancado até a morte e outro indo pelo mesmo caminho é uma visão terrível, mas eu não estava disposto a prantear aqueles dois. Lembrei-me de Lynn Peterson estendida sobre as agulhas dos pinheiros na clareira ao lado da estrada, naquela noite, com a garganta cortada e Bernie Ohls dizendo-me o que tinha sido feito a ela antes de ser morta.

Nesse momento, o sujeito que me segurara pelos cabelos colocou-se onde eu podia vê-lo. Era Bartlett, o mordomo, o velho que servira chá para mim e Hanson na primeira vez que fui ao clube. Ele estava usando seu colete listrado e calça preta sob um longo avental branco, cujas alças estavam amarradas em um perfeito laço às costas, e as mangas de sua camisa tinham sido enroladas. Ele não parecia nem um pouco mais jovem do que antes, e sua pele ainda era acinzentada e flácida, mas fora isso era um homem diferente. Como eu não notara o quanto ele era vigoroso, rígido e musculoso, com braços curtos e robustos e um peito que parecia um barril? Um ex-boxeador, imaginei. Havia manchas de sangue na frente de seu avental. Na mão direita, ele segurava um belo cassetete, polido e lustroso pelo uso frequente. Bem, acho que os mordomos são chamados a executar todo tipo de serviço durante o seu trabalho. Eu me perguntei se ele teria tomado o cassetete de López, aquele que López tinha usado em mim.

— Você se lembra destes senhores, tenho certeza. — Canning gesticulou, indicando os mexicanos. — O sr. Bartlett aqui teve uma séria conversa com eles, como pode ver. Ainda bem que você se encontrava em um sono tão profundo, pois foi uma conversa barulhenta e às vezes dolorosa de presenciar. — Ele virou-se para o mordomo. — Tire-os daqui, sim, Clarence? Floyd vai ajudá-lo.

Hanson olhou para ele horrorizado, mas foi ignorado.

— Agora mesmo, sr. Canning — disse Bartlett. Virou-se bruscamente para Hanson. — Eu vou levar este cavalheiro aqui, você traz o outro.

Ele se posicionou atrás da cadeira de Gómez, agarrou-a pelo encosto, inclinou-a sobre duas pernas e começou a arrastá-la na direção da porta do outro lado da piscina, a porta que Lynn Peterson atravessara no dia em que eu a vi ali de relance, com a toalha em volta da cabeça. Hanson, com um olhar de profundo desagrado, pegou a cadeira de López, inclinou-a e seguiu atrás de Bartlett. As pernas das cadeiras faziam um barulho estridente no piso de mármore como unhas arrastadas em um quadro-negro. A cabeça de López caiu para o lado, o globo ocular pendurado.

Canning virou-se para mim novamente, e mais uma vez deu uma leve pancada com a vara na própria coxa.

— Eles não foram muito cooperativos — disse ele, indicando com a cabeça os dois mexicanos de saída.

— Cooperativos sobre o quê? — perguntei. Eu sentia um repentino e premente desejo por um cigarro. E me perguntava se iria acabar como os mexicanos, espancado até a morte e arrastado para fora dali ainda preso à maldita cadeira. Que maneira miserável, indigna, de partir.

Canning sacudia a cabeça de um lado para outro.

— Para dizer a verdade, eu não esperava mesmo obter muita coisa deles — disse ele.

— Isso deve ter sido um alívio para eles.

— Eu não estava empenhado em lhes oferecer alívio.

— Não, eu posso ver isso.

— Sente compaixão por eles, sr. Marlowe? Eles eram apenas uma dupla de animais. Não, animais não. Os animais não matam por diversão.

Ele começou a andar para cima e para baixo diante de mim, três passos firmes nessa direção, três passos firmes na outra, os calcanhares clicando no piso. Ele era um desses sujeitinhos inquietos, tensos, e no momento parecia terrivelmente agitado. Eu sentia aquele gosto metálico familiar por trás da minha língua, como se eu tivesse chupado uma moeda. Era o gosto do medo.

— Você acha que eu poderia fumar um cigarro? — perguntei. — Prometo não usá-lo para queimar estas cordas, ou algo parecido.

— Eu não fumo — disse Canning. — Hábito nojento.

— Você está certo, é mesmo.

— Você tem cigarros? Onde estão?

Apontei com meu queixo para o bolso interno do meu paletó.

— Aqui dentro. Fósforos também.

Ele enfiou a mão no meu casaco e retirou a cigarreira de prata com monograma, bem como uma caixa de fósforos que eu tinha esquecido que havia pegado no Barney's Beanery. Ele tirou um cigarro da cigarreira e colocou-o entre os meus lábios, acendeu um fósforo, aproximou a chama. Eu dei uma tragada longa e profunda de fumaça quente.

Canning colocou a cigarreira de volta no meu bolso e retomou seus passos de um lado para outro.

— Os latinos — disse ele. — Não tenho muito respeito por eles. Cantorias, touradas, brigas por causa de mulher, é só o que sabem fazer. Concorda?

— Sr. Canning — disse eu, fazendo o cigarro ir para o canto da minha boca —, não estou exatamente em posição de discordar de nada que você disser.

Ele riu, produzindo um som fraco e sibilante.

— De fato — disse ele —, não está. — Continuou suas passadas. Parecia que ele precisava continuar sempre em movimento, como um tubarão. Eu me perguntei como ele teria feito sua fortuna. Petróleo, imagino, ou talvez água, que era um bem quase tão precioso quanto petróleo neste desfiladeiro seco que os primeiros habitantes escolheram para construir uma cidade.

— Só há duas raças que prestam, em minha opinião — disse ele.
— Nem mesmo raças, na verdade. Espécimes, isto sim. Sabe quais são? — Sacudi a cabeça e imediatamente a dor fez com que eu me arrependesse. As cinzas do meu cigarro tombaram silenciosamente pela frente da minha camisa e aterrissaram no meu colo. — O índio norte-americano — disse ele — e o cavalheiro inglês. — Ele olhou para mim com um olhar divertido. — Um estranho emparelhamento, não acha?

— Ah, eu não sei — disse eu. — Posso ver algumas coisas que eles teriam em comum.

— Tais como? — Canning parou de andar e virou-se para mim com uma daquelas sobrancelhas grossas e pretas levantada.

— Devoção à terra? — disse eu. — Apego à tradição? Entusiasmo pela caça?

— É verdade, você tem razão!

— Além de uma tendência para matar qualquer um que se interponha em seu caminho.

Ele meneou a cabeça e brandiu um dedo reprovador para mim.

— Agora, você está sendo malicioso, sr. Marlowe. E eu não gosto de travessuras, tanto quanto não gosto de curiosidade. — Recomeçou a andar, de um lado para outro. Eu fiquei de olho naquela vara; um golpe no rosto com aquilo seria algo que eu não iria esquecer tão cedo.

— Matar é às vezes necessário — disse ele. — Ou melhor, chame a isso de eliminação. — Sua expressão se anuviou. — Algumas pessoas não merecem viver, isso é uma simples realidade. — Ele se aproximou novamente e agachou-se sobre os calcanhares ao lado da cadeira à qual eu estava amarrado. Eu tive a desagradável sensação de que ele ia fazer uma confissão. — Você conheceu Lynn Peterson, não? — disse ele.

— Eu não a conheci, não. Encontrei-me com ela...

Ele balançou a cabeça com desdém.

— Você foi o último ser humano a vê-la com vida. Sem contar aqueles dois — ele balançou a cabeça na direção da porta — vermes.

— Acho que sim — disse eu. — Eu gostei dela. Quero dizer, gostei do pouco que vi.

Ele olhou no meu rosto pelo lado.

— Gostou? — Um músculo torcia-se em sua têmpora esquerda.

— Sim. Ela parecia uma boa pessoa.

Ele balançou a cabeça, distraidamente. Uma expressão estranha, tensa, surgiu em seus olhos.

— Ela era minha filha — disse ele.

Levei algum tempo para absorver aquela informação. Não consegui pensar em nada para dizer e, portanto, não disse nada. Canning ainda me observava. Uma tristeza longínqua, profunda, atravessou o seu rosto; ela veio e se foi em uma questão de instantes. Ele se levantou, andou até a borda da piscina e permaneceu ali parado em silêncio, por alguns momentos, de costas para mim, olhando para dentro da água. Em seguida, ele se virou. — Não finja que não está surpreso, sr. Marlowe.

— Eu não estou fingindo — disse eu. — Eu estou surpreso. Só não sei o que dizer a você.

Eu havia fumado meu cigarro até o fim e, então, Canning veio e com uma expressão de nojo extraiu o toco de cigarro da minha boca, levou-o para uma mesa no canto, segurando-o à sua frente, entre o indicador e o polegar, como se fosse o cadáver de uma barata, e largou-o em um cinzeiro que estava ali. Depois, ele voltou.

— Como é que o nome da sua filha era Peterson? — perguntei.

— Ela adotou o nome da mãe, sabe-se lá por quê. Minha esposa não era uma mulher admirável, sr. Marlowe. Ela era parte mexicana, de modo que talvez eu já devesse saber. Ela se casou comigo pelo meu dinheiro, e depois de já ter gasto o suficiente, ou, eu deveria dizer, quando eu coloquei um ponto final nos seus gastos, ela fugiu com um sujeito que veio a ser um vigarista. Não é uma

história atraente, eu sei. Não posso dizer que sou orgulhoso dessa passagem da minha vida em particular. Tudo o que posso oferecer em minha defesa é que eu era jovem e, suponho, estava enfeitiçado. — Riu repentinamente, mostrando os dentes. — Ou será que é isso que todos os cornos dizem?
 — Eu não sei.
 — Então você é um felizardo.
 — Há todo tipo de sorte, sr. Canning. — Olhei para baixo, para as cordas. — A minha não parece estar muito atuante no momento.

A minha mente estava embaçada novamente, provavelmente devido a uma queda na circulação por causa das cordas. Mas as minhas forças estavam voltando, eu podia sentir, a menos que fosse apenas o efeito da nicotina. Perguntei-me quanto tempo tudo aquilo provavelmente iria durar. Perguntei-me também — mais uma vez — como deveria terminar. Pensei no olho saltado de López e no sangue na frente de sua camisa. Wilber Canning estava fazendo o papel do velho sentimental, mas eu sabia que ele não tinha nada de sentimental, exceto talvez no que dizia respeito a sua filha morta.
 — Ouça — disse eu —, posso concluir que se Lynn era sua filha, então Nico era seu filho?
 — Sim, ambos eram meus filhos — disse ele, sem olhar para mim.
 — Então, desculpe-me — disse eu. — Seu filho eu nunca conheci, mas, como eu disse, Lynn pareceu-me uma boa pessoa. Como é que você não estava no enterro dela?

Ele deu de ombros.
 — Ela era uma vagabunda. — Ele falou sem ênfase. — E Nico era um gigolô, quando não estava sendo pior. Ambos tinham muito de sua mãe. — Ele, então, olhou em minha direção. — Você está chocado com a minha atitude em relação a meu filho e a minha filha, sr. Marlowe, apesar de eu ter perdido os dois?
 — É difícil eu ficar chocado.

Ele não estava ouvindo. Havia recomeçado a andar de um lado para outro, o que, só de vê-lo, me deixava zonzo.

— Eu não posso reclamar — disse ele. — Não fui exatamente um pai perfeito. Primeiro, eles cresceram sem rédeas, depois fugiram. Eu não tentei encontrá-los. Depois disso, já era tarde demais para fazer as pazes com eles. Lynn me odiava. Nico, provavelmente, também, só que ele precisava de mim em algumas coisas.

— Que tipo de coisas? — Ele não se deu ao trabalho de responder. — Talvez você não tenha sido tão ruim quanto pensava — disse eu. — Os pais sempre se julgam muito severamente.

— Você tem filhos, Marlowe? — Sacudi a cabeça, e novamente o que parecia um monte de grandes dados de madeira chocalharam dentro do meu crânio. — Então você não sabe do que está falando — disse ele, soando mais triste do que qualquer outra coisa.

Embora o dia parecesse estar chegando ao fim, o calor no espaço enorme e de teto alto aumentava. Era como uma tarde de agosto em Savannah. Além disso, a umidade do ar parecia ter o efeito de apertar as cordas ao redor do meu peito e dos meus punhos. Eu achava que jamais recuperaria a sensibilidade nos meus braços.

— Olhe, sr. Canning — disse eu —, ou você diz o que quer de mim ou me deixa ir embora. Eu não ligo a mínima para os mexicanos, eles mereceram tudo que receberam do seu criado particular. Justiça bruta é a justiça certa, no caso deles. Mas você não tem motivo para me manter amarrado aqui como um frango de domingo. Eu não lhe fiz nada, nem a seu filho, nem a sua filha. Sou apenas um detetive tentando ganhar a vida, sem muito sucesso.

Ao menos as minhas palavras tiveram o efeito de fazer Canning parar de andar de um lado para outro, o que foi um alívio. Ele se aproximou e parou à minha frente com as mãos nos quadris e sua vara embaixo do braço.

— A questão, Marlowe — disse ele —, é que eu sei para quem você está trabalhando.

— Sabe?

— Ora, vamos... por quem você me toma?

— Eu não o tomo por nada, sr. Canning. Mas tenho que dizer, duvido muito que saiba a identidade do meu cliente.

Ele inclinou-se para frente e estendeu para mim o amuleto que estava pendurado em seu pescoço.

— Sabe o que é isso? É o olho de um deus Cahuilla. Muito interessante, a tribo Cahuilla. Eles têm poderes de adivinhação que são cientificamente comprovados. Não se pode mentir para esse povo, eles enxergam através de você. Eu tive o privilégio de ser nomeado um bravo honorário. Parte da cerimônia foi a apresentação desta preciosa imagem, este olho que tudo vê. Por isso, não tente me dizer mentiras ou me iludir bancando o inocente. Fale.

— Eu não sei sobre o que você quer que eu fale.

Ele meneou a cabeça tristemente.

— O meu criado particular, como você o chama, logo vai estar de volta aqui. Você viu o que ele fez com os mexicanos. Eu não gostaria de ser forçado a mandar que fizesse o mesmo com você. Apesar das circunstâncias, tenho um certo respeito por você. Eu gosto quando um homem mantém a cabeça fria.

— O problema, sr. Canning, é que eu não sei o que você quer de mim.

— Não?

— Realmente, não. Fui contratado para encontrar Nico Peterson. Meu cliente achava, como todo mundo, que Nico estava morto, mas, em seguida, ele o viu na rua, veio até mim e me pediu para rastreá-lo. Trata-se de um assunto privado.

— Onde é que ele supostamente viu Nico, o seu cliente, como você o chama?

Ele. Portanto, Canning não sabia o que achava que sabia. Era um alívio. Eu não queria pensar em Clare Cavendish ali, amarrada a uma cadeira, com esse assassino louco andando para cima e para baixo à sua frente.

— Em San Francisco — disse eu.

— Então, ele está aqui, não é?

— Quem?

— Você sabe quem. O que ele estava fazendo em San Francisco? Ele estava procurando por Nico? O que o fez suspeitar que Nico não estava morto?

— Sr. Canning — disse eu, o mais paciente e cuidadosamente que pude —, nada do que você está dizendo faz sentido para mim. Você entendeu errado. Foi por acaso que ele viu Nico, se é que era mesmo Nico.

Canning estava novamente parado à minha frente com os punhos cerrados plantados sobre os quadris. Ele me fitou em silêncio por um longo tempo.

— O que você acha? — disse ele finalmente. — Você acha que era Nico?

— Eu não sei, eu não sei dizer.

Houve outro silêncio.

— Floyd me disse que você mencionou Lou Hendricks. Por quê?

— Hendricks me pegou na rua e me levou para um passeio em seu carro de luxo.

— E?

— Ele também está à procura de Nico. Garoto popular, o seu filho.

— Hendricks acha que Nico está vivo?

— Ele não parecia saber se está ou não. Assim como você, ele soube que eu andava xeretando por aí, tentando encontrar a pista de Nico. — Não mencionei a mala, o que, para meu pesar, eu tinha mencionado a Hendricks. — Também não havia nada que eu pudesse lhe dizer.

Canning suspirou.

— Tudo bem, Marlowe, seja como quiser.

A porta na outra extremidade da piscina se abriu, bem na hora, e Bartlett e Floyd Hanson entraram. Hanson parecia mais transtornado do que nunca. Seu rosto estava cinza com matizes de verde. Ele tinha manchas de sangue em seu bonito casaco de linho e em sua anteriormente impecável calça branca também. Desfazer-se de dois cadáveres espancados até a morte — achei que era um pressuposto bastante exato que o segundo mexicano estivesse morto quando chegasse aonde quer que tivesse sido levado — seria uma desgraça para as suas roupas, especialmente se você fosse tão garboso quanto Floyd Hanson. Era óbvio que ele não estava acostumado à visão de cenas sangrentas, ao menos não com a quantidade de sangue derramado pelos dois mexicanos. Mas ele não havia dito que lutara nas Ardenas? Eu já devia saber que não era para levar aquilo a sério.

Bartlett se aproximou.

— Já está tudo arranjado, sr. Canning — disse ele, com seu sotaque cockney.

Canning balançou a cabeça.

— Dois já foram — disse ele —, e um para ir. O sr. Marlowe aqui não está querendo cooperar. Talvez uma boa imersão clareie sua cabeça. Floyd, dê uma mão ao sr. Bartlett, sim?

Bartlett passou para trás de mim outra vez e começou a desamarrar as cordas. Quando as retirou, ele teve que me ajudar a ficar em pé, já que minhas pernas estavam dormentes demais para me sustentar. Ele havia libertado minhas mãos também e eu flexionei os braços para fazer o sangue circular outra vez. Ele me conduziu para a borda da piscina, colocou a mão no meu ombro e me fez ajoelhar no piso de mármore. O nível da água estava apenas a alguns centímetros abaixo da borda. Bartlett segurou um dos meus braços e Hanson adiantou-se e segurou o outro. Achei que eles iam me jogar na água, mas, ao invés disso, puxaram meus braços para trás, Bartlett agarrou meus cabelos novamente, empurrou minha cabeça para frente e mergulhou-a na água. Eu não tinha inspirado ar suficiente e imediatamente comecei a experimentar o pânico de um afogamento. Tentei colocar o meu rosto virado lateralmente para que eu pudesse pegar um pouco de ar, mas os dedos de Bartlett eram tão fortes quanto as mandíbulas de um pit bull e eu não consegui me mover. Logo comecei a sentir como se meus pulmões fossem explodir. Por fim, fui içado novamente na posição vertical, com a água escorrendo por dentro da gola da minha camisa. Canning aproximou-se e se colocou ao meu lado, inclinou-se com as mãos apoiadas nos joelhos e o rosto junto ao meu.

— Agora — disse ele —, você está pronto para nos contar o que sabe?

— Você está cometendo um erro, Canning — disse eu entre arfadas. — Eu não sei de nada.

Ele suspirou novamente e fez um sinal com a cabeça para Bartlett, e mais uma vez eu estava dentro d'água. Engraçado as coisas que você observa, até mesmo nas circunstâncias mais desesperadoras. Meus olhos estavam abertos e eu pude ver, lá embaixo, no fundo azul-claro da piscina, um pequeno anel, uma aliança de ouro simples, que deve ter escorregado do dedo de alguma banhista sem que ela percebesse. Ao menos dessa vez, eu tinha sido suficientemente esperto para encher meus pulmões de ar, mas isso não fez muita diferença, e depois de mais ou menos um minuto eu era um homem se afogando outra vez. Nunca mergulhei muito e, sem dúvida, nunca tinha aprendido a prender minha respiração como fazem os grandes nadadores. Não teria feito muita diferença, de qualquer modo. Perguntei-me se talvez aquela aliança lá embaixo seria a última coisa que eu veria. Eu podia pensar em visões piores para se ter os olhos fixos enquanto está exalando — ou, no meu caso, não exalando — o último suspiro.

Bartlett sentiu quando eu comecei a entrar em pânico e estava prestes a abrir a boca e deixar meus pulmões se encherem de água, mas ele não estava pronto a me deixar morrer, ainda não. Ele e Hanson me puxaram para cima outra vez. Canning inclinou-se para baixo, espreitando meu rosto.

— Está pronto para falar, Marlowe? Você sabe o que dizem a respeito de mergulhar pela terceira vez. Você não vai querer se juntar àqueles dois cucarachos no monte de lixo, vai?

Eu não disse nada, apenas deixei minha cabeça pender, escorrendo. Hanson estava à minha direita, mantendo o meu braço torcido para trás; eu podia ver seus elegantes mocassins e a barra de sua calça de linho branco. Bartlett estava do outro lado, segurando meu braço esquerdo e com a mão direita ainda agarrando a parte de trás da minha cabeça. Achei que provavelmente iriam me afogar dessa vez. Eu tinha que fazer alguma coisa. Achei que eu preferia ser espancado até a morte a morrer dentro d'água. Mas o que eu poderia fazer?

Eu nunca fui um grande lutador — quando se passa dos quarenta, já não é mais possível. Já estive metido em brigas, muitas, mas apenas quando forçado. Há uma grande diferença entre defender-se de um ataque e lançar um ataque sozinho. Mas uma coisa eu havia aprendido — a importância do equilíbrio. Até mesmo o mais difícil dos casos — e Bartlett, não obstante a sua idade e a sua baixa estatura, era um osso duro de roer — pode ser derrubado se você pegá-lo no momento certo, na posição certa. Bartlett, enquanto se preparava para empurrar-me para dentro d'água mais uma vez, concentrava sua força na mão direita, a que estava segurando a parte de trás da minha cabeça, e por um segundo ele relaxou a mão no meu braço. Para me empurrar em direção à água, ele tinha que se levantar na ponta dos pés. Com um movimento brusco, libertei meu braço de sua mão, flexionei o cotovelo e o enfiei entre suas costelas. Ele deu um grunhido baixo e soltou minha cabeça. Hanson ainda segurava meu braço direito, mas ele não estava empenhado nisso, e eu consegui me libertar. Ele recuou um passo, com medo de que eu fizesse com ele o que tinha feito com Bartlett.

Atrás de mim, Canning gritou alguma coisa, não sei o quê. Eu me concentrava em Bartlett. Ao me levantar, descrevi um amplo arco com meu punho esquerdo e o peguei em cheio no lado do pescoço. Ele soltou outro grunhido abafado e cambaleou na borda da piscina, agitando os braços de uma forma que teria sido engraçada se fosse em um filme, depois caiu para trás, de cabeça, dentro da água. A pancada que ele deu na água foi incrível, formando um grande funil transparente que se levantou e caiu de novo com uma estranha lentidão — meu cérebro ainda devia estar letárgico por causa da droga.

Virei-me. Tudo acontecera em uma questão de segundos. Eu sabia que provavelmente iria ter ainda menos do que isso antes que Canning e Hanson se recobrassem o suficiente para se lançarem sobre mim. Mas não precisaram. Hanson, eu vi, tinha uma arma na mão, uma pistola grande e preta com um cano longo — uma Webley, pensei. De onde ela surgira? Provavelmente era de Canning. Ele iria preferir uma arma feita na Inglaterra, o tipo de arma utilizada pelo seu superior, um cavalheiro inglês.

— Pare onde está — disse Hanson, exatamente como todos os vilões que ele tinha visto em tantos filmes B.

Eu o examinei cuidadosamente. Ele não tinha os olhos de um assassino. Dei um passo à frente. O cano da pistola estremeceu.

— Atire nele! — gritou Canning. — Ande, puxe o maldito gatilho! — Ele podia gritar, é certo, mas ainda assim se mantinha afastado.

— Você não vai me matar, Hanson — disse eu. — Nós sabemos disso.

Eu podia ver o suor reluzindo em sua testa e no seu lábio superior. O fato de não conseguir atirar em um homem não faz de você um covarde. Matar nunca é fácil. Pelo canto do olho, pude ver Bartlett içando-se para fora da piscina. Dei mais um passo. A pistola estava apontada para o meu esterno. Agarrei a arma pelo cano e a torci violentamente para o lado. Talvez Hanson tenha ficado muito surpreso para resistir, ou talvez ele só quisesse se livrar da arma, mas ele a soltou e deu um passo para trás, levantando as mãos e estendendo-as na minha direção, como se pudessem aparar uma bala. Aquela arma maluca pesava quase tanto quanto uma bigorna, e eu tive que segurá-la com as duas mãos. Não era uma Webley, e não era britânica. Na verdade, era alemã, uma Weihrauch .38. Uma arma feia, mas terrivelmente eficaz.

Virei-me e acertei Bartlett no joelho direito. Não sei se era no seu joelho que eu estava mirando, mas foi o que atingi. Ele fez um estranho ruído choramingado, desabou de lado e ficou lá, encolhido e contorcendo-se. Uma grande mancha de sangue se espalhava pela perna de sua calça encharcada. Houve um ruído atrás de mim. Rapidamente, dei um passo para o lado e Canning passou tropeçando por mim, praguejando, os braços debatendo-se inutilmente à sua frente. Ele parou e girou nos calcanhares. Parecia prestes a se lançar novamente sobre mim. Pensei em atirar nele também, mas não o fiz.

— Não quero matá-lo, Canning — disse eu —, mas farei isso se for obrigado. — Brandi a arma na direção de Hanson. — Vá pra lá, Floyd — disse eu. Ele postou-se ao lado do seu chefe.

— Maricas desgraçado! — Canning sibilou para ele.

Eu ri. Não creio que já tenha ouvido alguém dizer a palavra *maricas* antes, na vida real. Em seguida, continuei rindo. Suponho que eu estivesse em uma espécie de choque. De qualquer forma, os eventos dos últimos trinta segundos, vistos a partir de um determinado ângulo, teriam parecido tão cômicos e tão grotescos quanto um número de Charlie Chaplin.

Bartlett agarrava sua perna logo abaixo do joelho estraçalhado e movia a outra perna em um círculo, sem parar, no piso — como um ciclista em câmera lenta. Ele ainda fazia aqueles sons choramingados. Por mais durão que você seja, uma rótula estilhaçada deve doer como o inferno. Iria levar um bom tempo, pensei, até ele voltar a servir o chá da tarde.

Meus braços, ainda formigando com alfinetes e agulhas, doíam de segurar o peso daquele canhão alemão e manter o cano em um plano mais ou menos horizontal. Canning me observava com um maligno lampejo de desprezo.

— Bem, Marlowe — disse ele —, o que você vai fazer agora? Acho que vai ter que me matar, afinal. Sem mencionar o meu fiel mordomo aqui. — Hanson lançou-lhe um olhar de ódio.

— Entrem na piscina — disse eu para os dois. Ambos me fitaram.
— Agora — disse eu, gesticulando com a arma. — Entrem na água.
— Eu... eu não sei nadar — disse Hanson.
— É a sua chance de aprender — disse eu, rindo novamente. Era mais uma risadinha nervosa. Eu estava fora de mim. Hanson engoliu em seco e começou a tirar seus sapatos lustrosos. — Não — disse eu —, deixe os sapatos, deixe tudo.

Canning ainda me fuzilava com os olhos. Seus olhinhos desvairados chispavam de raiva, mas havia uma qualidade fixa e quase sonhadora em seu olhar. Suponho que ele estivesse imaginando com muita satisfação o que ele iria mandar Bartlett — ou, mais provavelmente, o sucessor de Bartlett — fazer comigo, se um dia tivesse a oportunidade.

— Vamos, Canning — disse eu —, para a água, a menos que você queira que eu faça com você o que eu fiz ao seu criado. E, aliás, largue a vara.

Canning atirou a vara no piso de mármore, como uma criança pirracenta atirando o brinquedo de outra que lhe disseram para devolver, virou-se e começou a andar para a outra ponta, mais rasa, da piscina. Eu não havia notado antes o quanto ele tinha as pernas tortas. Seus punhos estavam cerrados ao lado do corpo. Gente como ele não sabe como se comportar, como proceder, quando de repente é outra pessoa que lhe diz o que fazer e ele é impotente para não obedecer.

Hanson lançou-me um olhar suplicante e começou a dizer alguma coisa. Brandi o cano da arma em seu rosto para fazê-lo se calar — eu estava cansado de ouvir a sua voz, tão entediada e fria antes, tão fina e lamuriante agora.

— Ande, Floyd — disse eu —, a água está ótima. — Ele balançou a cabeça miseravelmente, virou-se e seguiu Canning. — Bom garoto — disse eu às suas costas.

Quando Canning alcançou a outra extremidade da piscina, virou-se e me olhou ao longo do seu comprimento. Eu podia quase ouvi-lo perguntando a si mesmo se ainda poderia haver uma forma de saltar sobre mim.

— Eu posso acertá-lo igualmente daqui — gritei para ele, minha voz fazendo ecos sob a alta cúpula de vidro do telhado. Ele hesitou mais um instante, depois entrou na piscina, pisando com seu gingado de pernas tortas nos degraus brancos que levavam ao fundo. — Continue andando — disse eu —, até o meio da piscina.

Floyd Hanson tinha chegado ao fim da piscina agora e, depois de se demorar para trás por alguns segundos, ele também desceu cautelosamente para dentro da água.

— Continue andando até ficar com água até o queixo — disse-lhe eu —, então pode parar. Não queremos que você se afogue.

Canning foi andando com dificuldade, até a água atingir seu tórax, depois se lançou para a frente e nadou o resto do percurso até o centro da piscina, onde parou e ficou se equilibrando, movendo os braços e as pernas. Hanson também foi andando pela água, parando quando seus ombros ficaram cobertos.

— Vamos, Floyd — gritei. — Como eu disse, até que esteja com água até o queixo. — Ele avançou mais um passo angustiado. Mesmo àquela distância, eu podia ver o pânico em seus olhos. Pelo menos, ele não tinha alegado que fora na marinha que ele havia servido. — Isso mesmo — disse eu. — Agora pare. — Parecia estranha, a forma como a sua cabeça sem corpo parecia flutuar na água. Pensei em são João Batista.

Há momentos na vida que você sabe que nunca irá esquecer, que irá se lembrar para sempre em detalhes alucinantes, nítidos e brilhantes.

— Tudo bem — disse eu. — Vou sair por esta porta e esperar por algum tempo, vocês não vão saber por quanto. Nesse tempo, se eu ouvir um de vocês saindo da piscina, eu volto aqui e atiro em qualquer um dos dois. Entenderam? — Apontei a arma para Canning. — *Você* entendeu isso, meu velho?

— Você acha que vai chegar longe com isso? — disse ele. — Para onde quer que você corra, eu vou caçá-lo.

— Você não vai caçar nada por algum tempo, sr. Canning — disse eu. — Não enquanto estiver na cadeia vestindo um terno listrado e fazendo a própria cama à noite.

— Para o inferno com você, Marlowe — disse ele. Ele já estava arfando, boiando e batendo os pés. Se ele tivesse de permanecer ali por muito mais tempo, iria se afogar. Eu realmente não me importava se isso acontecesse.

É claro que, uma vez atravessada a porta, eu não me demorei por ali. Canning provavelmente não tinha acreditado que eu o faria, de qualquer modo. Resolvi não correr o risco de sair pela porta da frente — poderia haver um botão que a recepcionista apertasse, convocando um bando de capangas. Assim, busquei uma saída lateral. Logo achei uma que, aliás, eu conhecia. Eu tinha aberto umas duas portas e atravessado apressadamente uns dois aposentos, quando entrei em um corredor que me pareceu familiar e abri outra porta — aleatoriamente, eu achava — e lá estava eu na sala de estar com as poltronas de chintz e a lareira alta, aonde Hanson havia me levado naquela outra vez, depois de nosso passeio, e onde Bartlett, em seu papel de venerável servidor, havia nos servido chá. Atravessei a sala, abri a porta de painéis de vidro e saí para a luz do dia e o delicado perfume de laranjeiras.

Os Shriners ainda estavam cambaleando pelo terreno. Metade deles estava bêbada e a outra metade ia pelo mesmo caminho. Seus chapéus turcos já estavam tortos e suas vozes soavam mais roucas. Em meu estado alterado pela droga, pensei por um minuto que tivesse invadido uma cena de *Ali Babá e os quarenta ladrões*. Parti pelo caminho ao lado das buganvílias suspensas em toda a sua glória exuberante.

Eu tinha uma vaga noção de como chegar ao ponto onde havia estacionado o meu carro e estava indo nessa direção quando, em uma curva do caminho, fui bloqueado por um sujeito corado, de cabelos ruivos, usando um fez um pouco surrado, com uma compleição do porte de uma geladeira tamanho família. Ele usava uma camisa verde-limão e short roxo, e segurava um copo alto em sua enorme pata cor-de-rosa. Ele me olhou com um sorriso largo e satisfeito nos lábios, em seguida franziu a testa em pretensa desaprovação e apontou para a minha cabeça.

— Você está sem chapéu, amigo — disse ele. — Isso não é permitido. Onde está o seu fez?

— Um macaco o roubou e fugiu com ele para o meio das árvores — disse eu.

Isso fez o grandalhão rir animadamente, a barriga sacudindo-se sob a ofuscante camisa verde. Eu percebi que estava carregando a Weihrauch e, nesse momento, ele a viu.

— Que arma bacana você tem aí. Onde a conseguiu?

— Eles estão distribuindo lá na sede — disse eu. — O gerente desviou fundos do clube e estão formando um grupo para ir atrás dele. Ande depressa e talvez ainda consiga aderir.

Ele me olhou boquiaberto; em seguida, um sorriso dissimulado espalhou-se pelo seu rosto, que tinha a cor e a textura brilhante de um presunto de Natal. Ele sacudiu um dedo jocosamente para mim.

— Você está caçoando de mim, amigo — disse ele. — Não é? Eu sei que está.

— Tem razão — disse eu, pesando a arma em minha mão. — Este é só um modelo da arma verdadeira. O chefão aqui, um homem chamado Canning, coleciona armas, quero dizer, os modelos. Você devia pedir a ele para ver a sua sala de armas. É incrível.

O sujeito colocou a cabeça para trás e estreitou os olhos em minha direção.

— Ora — disse ele —, acho que vou fazer isso. Onde eu posso encontrá-lo?

— Ele está na piscina — disse eu.

— Ele está onde?

— Na piscina. Se refrescando. Vá por ali — sacudi o polegar por cima do ombro — e vai encontrá-lo. Ele vai ficar feliz em vê-lo.

— Bem, obrigado, amigo. É muita gentileza sua.

Ele saiu bamboleando alegremente na direção da sede do clube.

Assim que dobrou a curva e ficou fora de vista, olhei ao redor — um pouco desvairadamente, imagino. Eu me perguntava o que fazer com a arma. Meu cérebro ainda não estava funcionando muito bem, tendo em conta todos os insultos que ele tinha sofrido nos últimos dias e horas. Eu estava ao lado de um muro alto com pesados galhos pendentes da flor oficial de São Clemente e simplesmente arremessei a arma para longe de mim. Eu a ouvi bater contra a parede e cair na terra ao pé do muro com uma pancada abafada. Mais tarde, os homens de Bernie Ohls levariam quase dois dias para encontrá-la.

O sol batia em cheio no carro, é claro, e o interior estava quente como um forno. Não me importei — o volante podia torrar a palma das minhas mãos até o osso que eu nem iria sentir. Dirigi na direção do portão principal. Em uma das curvas no caminho, eu me senti repentinamente tonto e o carro quase bateu em uma árvore. Meus braços ainda doíam por causa daquelas cordas. Marvin, o porteiro, lançou-me um olhar desconfiado e fez cara feia, mas levantou a barreira sem questionar. Parei na primeira cabine de telefone público que vi e liguei para Bernie. Minha voz não estava funcionando bem e, no começo, ele não conseguiu entender o que eu estava dizendo. Depois, entendeu.

20

O que se seguiu foi desalentador, ou assim me pareceu, tendo em vista todos os acontecimentos pitorescos e emocionantes que tinham acontecido anteriormente. Bernie e sua tropa invadiram o Cahuilla Club e encontraram Bartlett ainda lá, à beira da piscina, desmaiado por causa da perda de sangue. Eles tiveram alguma dificuldade em abrir caminho através da multidão de Shriners bêbados vagando pelos jardins. Floyd Hanson eles prenderam em seu apartamento em frente ao mar em Bay City. Ele estava fazendo as malas. Bernie disse que, se Hanson não tivesse tentado levar tantos de seus pertences com ele, poderia ter tido tempo de escapulir.

— Caramba, você devia ter visto o lugar — disse Bernie. — Enormes fotos emolduradas de homens musculosos nas paredes e robes de seda roxa nos armários. — Ele balançou a mão mole, dobrada no pulso, e assoviou baixinho. — Uhhh!

Eu queria saber a respeito de Canning, é claro. Por que não fiquei surpreso ao ouvir que ele, ao contrário de Hanson, havia conseguido escapar? Naquela noite, Bernie tinha levado um esquadrão à casa de Canning em Hancock Park, mas o pássaro já tinha voado. Os empregados não sabiam dizer para onde ele teria ido. Tudo que sabiam era que ele chegara a casa muito apressado, as roupas parecendo que ele tinha sido alcançado por um dilúvio, ordenara que fizessem uma mala e o carro fosse trazido imediatamente para levá-lo ao aeroporto. O escritório do delegado começou a esquadrinhar as listas de passageiros para voos de partida, enquanto os homens de Bernie partiam para o aeroporto e mostravam a fotografia de Canning entre os funcionários das companhias aéreas. Uma jovem do serviço de check-in achou tê-lo reconhecido, mas o nome que ele dera não fora Canning. No entanto, como ele chamara a si próprio ela não lembrava. Ele tomara um voo direto para Toronto, com conexão para Londres, Inglaterra, mas ela não sabia que destino estava escrito em seu bilhete. Bernie ligou para o escritório e disse aos seus homens para se concentrarem na lista de passageiros do voo noturno da Air Canada para Toronto e ver o que conseguiam descobrir.

Bernie e eu saímos para um drinque. Eu sugeri o Victor's, e Bernie nos levou até lá. Pedi um gimlet para cada um. Victor's é o único bar que eu conheço capaz de preparar um gimlet perfeito — isto é, metade gim e metade suco de limão Rose's, misturados a gelo triturado. Outros lugares adicionam açúcar, bitters e coisas do gênero, mas está tudo errado. Foi Terry Lennox quem me apresentou o Victor's, e de vez em quando eu vou lá e faço um brinde à memória de uma velha amizade. Bernie havia conhecido Terry, mas não da forma como eu o conheci.

Perguntei onde Floyd Hanson estava agora, e Bernie disse-me que o haviam levado para o centro da cidade, onde os rapazes da sala dos fundos começaram a trabalhar com ele imediatamente. Eles não tiveram de trabalhar muito.

Quando perguntaram de onde tinha vindo o sangue na beira da piscina, Hanson lhes contou tudo sobre os mexicanos e como Bartlett, sob as ordens de Canning, os tinha torturado para obter informações e, depois, acabara com eles. Hanson até se ofereceu para levá-los ao Cahuilla Club e mostrar-lhes o poço de cal, em um canto distante do terreno do clube, onde ele e Bartlett tinham jogado os dois corpos.

— Parece que o solo é realmente ácido lá — disse Bernie.

— Daí a cal? Prático, ter um poço cheio de cal, quando você precisa desovar uns defuntos.

Bernie não fez nenhum comentário.

— Esta é uma boa bebida — disse ele, tomando do seu drinque e estalando os lábios. — Refrescante.

Ele não estava olhando para mim, mesmo com os olhos bem abertos. Bernie tem um jeito de parecer não estar olhando para absolutamente nada.

— Posso adivinhar que informações Canning queria, de você e dos mexicanos — disse ele. — Nosso velho amigo Peterson, certo? Conversar sobre um escroque.

Peguei minha cigarreira e ofereci-lhe um cigarro. Ele sacudiu a cabeça.

— Você continua sem fumar? — perguntei.

— Não é fácil.

Coloquei a cigarreira e a caixa de fósforos em cima do balcão. Bernie não é o tipo que deveria deixar de fumar; isso apenas o tornava mais irritável. Acendi meu cigarro e soprei três anéis de fumaça, todos os três absolutamente perfeitos — eu não tinha imaginado que era tão bom nisso.

Bernie amarrou a cara. Ele realmente queria um cigarro. Seu rosto se anuviou e ele me lançou seu olhar vai-batendo-logo-com-a-língua-nos-dentes.

— Muito bem, Marlowe — disse ele —, estou ouvindo.

— Bernie — disse eu —, seria muito difícil você me chamar pelo nome de vez em quando?

— Por quê?

— Porque o dia todo as pessoas têm me chamado de Marlowe, seguido de ameaças e xingamentos e, em seguida, uma grande quantidade de violência. Estou cansado disso.

— Então, você quer que eu o chame de Phil...

— "Philip" está bom.

— ... e então seríamos camaradas e tudo o mais, certo?

Virei-me para o outro lado.

— Esqueça — disse eu.

O barman estava passando e ergueu uma das sobrancelhas inquisitivamente, mas eu fiz sinal para que ele seguisse em frente. Com gimlets você tem que ser cauteloso, a menos que queira acordar na manhã seguinte com uma cabeça como uma gaiola cheia de cacatuas. Eu podia ouvir Bernie ao meu lado respirando ruidosamente. Você sempre sabe que está ficando perigoso quando Bernie começa a resfolegar dessa maneira.

— Deixe-me explicar-lhe, *Marlowe*. — E ele começou a enumerar os itens em seus dedos grandes e carnudos. — Primeiro, esse sujeito, Peterson, está morto, depois ele talvez não esteja morto. Alguém contrata você para averiguar. No curso de suas investigações, você se depara com a irmã de Peterson. Em seguida, a irmã de Peterson está morta, e nesse caso não há a menor dúvida, uma vez que a vimos com a garganta cortada de orelha a orelha. Eu o convido à cena do crime e lhe peço, gentilmente, para me contar o que sabe. Você me diz para ir para aquele lugar e...

— Sem essa! — protestei. — Eu fui perfeitamente educado!

— E, em seguida, recebo outro telefonema de você, e dessa vez há dois cadáveres, uma espécie de lacaio caído ao lado de uma piscina com uma bala na perna, um sujeito rico em fuga e outro sujeito tentando fugir. Digo a mim mesmo: *Bernie, que negócio infernal*. O tipo de negócio, *Marlowe*, que o delegado, quando ele ouvir falar disso a qualquer momento, vai querer que eu esclareça tudo o mais rápido possível. Esse Canning, sabe quem ele é?

— Não, não verdade, não. Mas você vai me dizer.

— Ele é um dos maiores investidores imobiliários destas paragens. Possui lojas de departamentos, fábricas, conjuntos habitacionais, pode escolher o que quiser.

— Ele é também o pai dos Peterson — disse eu. — Lynn e Nico, quero dizer.

Isso o calou por um ou dois minutos. Ele lançou a cabeça para frente e cerrou as sobrancelhas, parecendo um touro prestes a atacar um toureiro particularmente irritante.

— Você está brincando — disse ele.
— E eu brincaria com você, Bernie?

Ele ficou sentado, pensando. Era algo incrível, a visão de Bernie imerso em pensamento. De repente, ele estendeu a mão, agarrou minha cigarreira, tirou um cigarro, prendeu na boca e acendeu um fósforo. Manteve a chama suspensa por um ou dois segundos, com a expressão nos olhos, sofrida, mas desafiadora, de um pecador prestes a ceder ao pecado. Em seguida, aplicou a chama à ponta do cigarro e tragou longa e lentamente.

— Ah — suspirou, expelindo fumaça. — Santo Deus, como isso é bom.

Consegui atrair a atenção do barman e ergui dois dedos. Ele assentiu. Seu nome era Jake. Foi ali, no Victor's, que eu conheci Linda Loring, e Jake ainda se lembra dela. Não é de admirar. Linda é o tipo de mulher que você não esquece. Talvez eu devesse me casar com ela, se ela ainda estiver interessada, o que provavelmente não está. Já mencionei que ela é cunhada de Terry Lennox? Sylvia Lennox, a mulher de Terry, foi assassinada, e ele levou a culpa. Na verdade, Sylvia foi morta por uma mulher louca de ciúmes — o marido da mulher e Sylvia tinham sido amantes — e também simplesmente louca. Terry queria desaparecer, de qualquer forma, e foi por isso que ele forjou o seu suicídio em uma cidadezinha miserável em algum lugar do México chamado Otatoclán — embora não muitas pessoas saibam que foi uma fraude, inclusive Bernie. Por que eu deveria lhe contar? Terry era um patife, mas eu gostava dele mesmo assim. Ele era um patife com estilo, e estilo é algo que eu aprecio.

Jake trouxe os dois novos drinques. Bernie agora estava pensando e fumando ao mesmo tempo, e respirando com força entre uma baforada e outra. Eu precisava daquela bebida, e talvez até mesmo de outra depois dessa.

— Ouça, Bernie — disse eu —, antes de você recomeçar a contar as coisas nos dedos e assim por diante, deixe-me repetir o que já lhe disse: o meu envolvimento na questão do Peterson é acidental. Não tem nada a ver com Canning e os mexicanos, nem com o assassinato de Lynn Peterson, nem...

— Ei, espere aí, sabichão! — disse Bernie, erguendo a mão de tal modo que poderia parar o trânsito na Bay City Boulevard. — Volte um pouco. Está me dizendo que Canning é o pai desse sujeito, Peterson?

— Isso é o que eu estou dizendo.

— Mas como...?

— Porque Canning me disse. Ele tinha ouvido falar que eu estava no encalço de seu filho. Foi por isso que ele me raptou e fez seus capangas me afundarem na piscina.

— E quanto aos dois mexicanos que ele mandou seus "capangas" surrarem até a morte? Onde é que eles entram?

— Eles entram porque mataram sua filha, mataram Lynn Peterson.

— Eu sei disso, mas por quê?

— Por que o quê?

— Por que a mataram? Por que a sequestraram na casa do Nico Peterson? Por que eles estavam na casa do Peterson, para começar? — Ele parou, suspirou e apoiou a testa na mão. — Diga-me que sou idiota, Marlowe, diga-me que meu cérebro fritou depois de todos esses anos como policial, mas eu simplesmente não compreendo.

— Tome sua bebida, Bernie — disse eu. — Fume outro cigarro. Relaxe.

Ele levantou a cabeça repentinamente e me fitou com raiva.

— Eu vou relaxar — disse ele — quando você parar de me enrolar e me disser que diabos está acontecendo.

— Não posso lhe dizer isso. Não posso porque não sei. Fui apanhado nessa confusão por acaso. Deixe-me lhe dizer mais uma vez: fui contratado para procurar um sujeito que, supostamente, estaria morto. Logo em seguida, estou afundado até os joelhos em cadáveres, e eu próprio quase me tornei um deles. Mas ouça-me,

Bernie, por favor, ouça quando eu digo mais uma vez. Não sei, assim como você não sabe, o que está acontecendo aqui. Eu me sinto como se tivesse saído numa bela manhã para dar um pequeno passeio e na primeira esquina me vi envolvido em um engavetamento de dez carros. Sangue e corpos por toda parte, veículos em chamas, sirenes de ambulância soando, uma completa confusão. E eu estou parado bem no meio, coçando a cabeça como Stan Laurel. Trata-se de uma grande bagunça, está certo, Bernie. *Mas essa bagunça não é minha.* Será que você podia, por favor, acreditar em mim?

Bernie praguejou e, em sua agitação, pegou seu novo drinque quase cheio e entornou-o goela abaixo em um único gole. Eu me encolhi. Não se faz isso com um gimlet, um dos drinques mais sofisticados do mundo — simples, mas sofisticado. Além disso, um dos mais sofisticados drinques do mundo tem que ser consumido lentamente, em pequenos goles, ou o atingirá como uma bomba.

Bernie piscou algumas vezes, conforme o gim afundou e encontrou seu alvo. Em seguida, pegou minha cigarreira outra vez e acendeu outro bastão cancerígeno. Eu o observei e pensei como eu não gostaria de ser a mulher de Bernie, mais tarde, ou o gato de Bernie, uma vez que era provável que houvesse muita gritaria e pontapés na residência dos Ohls esta noite.

— Você tem que me dizer — disse ele, em uma voz rouca por causa da fumaça de cigarro e da bebida que ele acabara de lançar sobre suas cordas vocais —, você tem que me dizer quem o contratou para encontrar Peterson. — Eu havia tirado minha gaita, mas ele agarrou o meu pulso. — E não comece a tocar essa maldita coisa!

— Tudo bem, Bernie — disse eu, em tom tranquilizador —, tudo bem. — Coloquei minha gaita de volta no bolso e peguei um cigarro, imaginando que era melhor eu pegar logo um antes que Bernie fumasse todos eles. Procurei uma nova tática para distraí-lo.

— Conte-me o que Hanson tinha a dizer.

— O que é que você quer dizer com o que ele tinha a dizer?

— Quero dizer, o que contou aos seus rapazes quando eles começaram a apertá-lo? O que ele deixou escapar?

Bernie virou-se para o lado como se fosse cuspir, depois se virou novamente para mim.

— Nada interessante — disse ele, com repugnância. — Ele não tinha nada. Meu palpite é que Canning não confiava nele, não com o que era importante, ao menos. Ele disse que Canning queria descobrir o que você sabia sobre Nico Peterson, se ele podia estar vivo e, em caso afirmativo, onde poderia ser encontrado. Isso não era nenhuma novidade. Quanto aos mexicanos, Canning sabia que eles tinham assassinado a garota, e se vingou.

— Como Canning conseguiu pegar os mexicanos? — perguntou Hanson.

— Ele tem aliados ao sul da fronteira. Eles prenderam os mexicanos e os despacharam para cá. Vale a pena ter amigos influentes, hein? — Ele pegou seu copo vazio e olhou dentro dele melancolicamente. — Que bagunça — disse. — A mais turbulenta, a maior bagunça de todos os tempos, do tamanho do Empire State Building. — Ergueu seu olhar tristonho e fixou-o em mim. — Você sabe por que estou aqui, Marlowe? Você sabe por que estou aqui, bebendo com você e fumando? Porque, quando eu for para casa, meu chefe já terá me ligado umas doze vezes, querendo saber se eu já prendi os canalhas, se já tranquei você no xilindró e como é que ele vai explicar aos importantes amigos de Canning na prefeitura e não sei mais onde, que são colegas *dele* também, a maioria, como foi que conduzimos uma incursão repentina em seu clube... como é mesmo o nome?

— Cahuilla.

— ... como conduzimos um ataque surpresa ao Cahuilla Club, de onde todos são membros, sem consultá-lo e obter sua permissão.

— O quê? — indaguei. — Você foi lá sem contar ao chefão?

O delegado Donnelly tinha sido eleito recentemente, vencendo seu antecessor por uns dois mil votos em uma zebra eleitoral que surpreendeu a todos, inclusive ao próprio Donnelly, imagino. O sujeito que ele havia deposto estava no cargo desde antes da Primeira Guerra Mundial, ou, pelo menos, assim parecia, e Donnelly tinha muito a provar. A cadeira do delegado ainda estava quente quando ele se sentou nela, e desde o primeiro dia ele vinha lançando seu peso considerável para todos os lados, principalmente sobre Bernie e os outros oficiais sob seu comando. Talvez eles merecessem, provavelmente haviam ficado molengas demais sob o antigo regime.

— Parecia urgente — disse Bernie —, da forma como você descreveu as peripécias lá no clube. Se eu tivesse envolvido Donnelly, teria havido tantos obstáculos para saltar antes de podermos agir que todo mundo naquela espelunca, inclusive os empregados do bar e os jardineiros, já teria fugido muito antes de chegarmos lá. — Ele parou e olhou para mim. — Qual foi o problema agora?

Eu devo ter dado aquilo que chamam de um sobressalto involuntário. Um pensamento havia me ocorrido, um pensamento grande, sujo, asqueroso e óbvio.

— Existe uma lista de pessoas que trabalham lá, no clube? — perguntei.

— Uma lista? O que quer dizer?

— Deve haver algum tipo de registro de quem faz parte da equipe — disse eu, falando mais comigo mesmo do que com Bernie. — Uma lista de funcionários, um rol de pagamentos, algo assim.

— De que você está falando?

Tomei um pouco da minha bebida, percebendo mais uma vez como o suco de limão complementava perfeitamente o travo de zimbro do gim. Bom e velho Terry — se ele não tivesse feito mais nada, certamente havia me apresentado a um magnífico coquetel.

— Quando eu estava lá, no clube — disse eu —, esse sujeito, o nome dele é Lamarr, começou a falar comigo. Ele é um pouco, você sabe — toquei um dedo na têmpora —, mas não é completamente louco, e inofensivo, eu diria. Ele disse que tinha me visto conversando com o Capitão Gancho e que ele era um dos Meninos Perdidos.

— Capitão Gancho — repetiu Bernie com uma voz sem entonação, balançando a cabeça. — Meninos Perdidos. O que é isso, pelo amor de Deus?

— Floyd Hanson me disse que o clube possui uma política de contratação de gente como Lamarr, solitários, vagabundos, pessoas sem nenhum passado e sem muito futuro. Uma espécie de filantropia, embora eu não consiga ver Wilber Canning como um filantropo, deve ter sido seu pai.

Parei. Bernie esperou, depois disse impacientemente:

— E então? Qual é o lance?

— Se Nico Peterson está vivo e sua morte foi falsa, tem que ter havido um corpo. Mostraram um defunto para Lynn Peterson no necrotério e ela o identificou como seu irmão. Talvez ela estivesse mentindo, para encobrir o fato de que Nico estava vivo e a coisa toda era uma armação.

Bernie pensou no assunto.

— Você está dizendo que o corpo no necrotério pode ser de um dos vagabundos que trabalham no clube? Que Nico matou alguém de lá, trocou de roupa com ele, atropelou o corpo um número suficiente de vezes para torná-lo irreconhecível, em seguida desovou-o ao lado da estrada e fugiu às pressas?

Balancei a cabeça lentamente. Eu ainda estava refletindo sobre aquilo.

— "Os Meninos Perdidos", Lamarr disse. "Nós somos os Meninos Perdidos."

— Que diabos, quem são os Meninos Perdidos? E quem é o Capitão Gancho?

— É um personagem de *Peter Pan*. Você sabe, de J. M. Barrie?

— Louco, mas letrado, então, esse Lamarr.
— Ele estava falando de Floyd Hanson. Hanson era o Capitão Gancho. E na noite em que Nico Peterson supostamente morreu Hanson foi um dos primeiros na cena do acidente e fez uma identificação preliminar. Traga Hanson de volta e, dessa vez, faça-o suar de verdade. Aposto que você vai arrancar toda a história dele.

Bernie ficou em silêncio por um tempo, brincando com minha caixa de fósforos, girando-a entre os dedos, lado por lado, sobre o balcão.

— Você ainda alega que não sabe nada sobre tudo isso, exceto o que o resto de nós sabe?

— Sim, isso é o que estou dizendo, Bernie. Você pode notar que eu já disse isso algumas vezes. Isso lhe dá a ideia de que talvez eu esteja dizendo a verdade?

— Tudo começou com você, Marlowe — disse Bernie com os olhos baixos, fitando a caixa de fósforos, seu tom quase gentil. — Você é a chave para tudo isso, de certa forma, sei que é.

— Como eu poderia...?

— Cale-se. Não me importo com Peterson, nem mesmo com a irmã dele. Os mexicanos, a mesma coisa. O que é uma dupla de cucarachos mortos? Posso viver sem o bicha Hanson, assim como também sem o artista do cassetete e da roupa de risca. Mas Canning... Canning é outra conversa. É o nome dele que vai estar estampado em todos os jornais amanhã, a menos que alguém se meta e aplique uma mordaça.

— É mesmo? — disse eu. — Quem pode ser esse alguém? — Eu estava perguntando, mas tive a súbita ideia da resposta, e o meu coração começou a desfalecer por antecipação.

— Eu acho que uma das muitas coisas que você não sabia — disse Bernie, naquele seu jeito meio irritado, meio presunçoso — é que Wilber Canning é um estreito parceiro de negócios de Harlan Potter.

Ele tinha guardado aquela para o final. Olhei dentro do meu copo. Perguntei-me quem teria inventado o gimlet. E como ele tinha pensado no nome? O mundo está cheio de pequenas perguntas como essa, e somente Ripley sabe a resposta para todas elas.

— Ah! — exclamei.

— O que isso significa?

— Isso significa "Ah!".

Harlan Potter era proprietário de uma grande fatia desta faixa da costa da Califórnia, junto com quase uma dúzia de grandes jornais, segundo o último levantamento. Ele também era o pai de Linda Loring e da falecida sra. Sylvia Lennox, o que naturalmente o tornava o sogro de Terry Lennox. A cada reviravolta em minha vida, parecia, lá estava Terry, sorrindo seu sorriso pesaroso e girando um copo de gimlet em seus dedos muito brancos. Engraçado — a maioria das pessoas achava que ele estava morto, como achava que Nico Peterson estava morto, mas ele não estava, apesar de sempre me assombrar como se estivesse.

Se eu me casar com Linda Loring, pensei, Harlan Potter será meu sogro. Essa era uma perspectiva de três gimlets. Fiz um sinal para Jake, o barman, e ele respondeu com seu aceno de cabeça, tão discreto que nem chegava a ser um sinal.

— Bem — disse eu, soltando lentamente a respiração —, Harlan Potter. Ora, ora. Cidadão Kane em pessoa.

— Demonstre algum respeito! — disse Bernie, tentando não fazer troça. — Você é quase da família. Soube que a filha de Potter ainda arrasta a asa por você. Vai deixar que ela ilumine a sua vidinha sem graça?

— Não abuse da sorte, Bernie — disse eu sem me alterar.

Ele levantou as mãos em sinal de paz.

— Ei, calma. Você está perdendo seu senso de humor, Marlowe.

Girei no banquinho do bar de modo a ficar de frente para ele. Seus olhos desviaram-se dos meus. Ele sabia que havia ultrapassado a linha, mas eu continuei mesmo assim.

— Ouça, Bernie, você pode me surrar o quanto quiser sobre assuntos que são de interesse legítimo para você, mas fique fora de minha vida privada.

— Tudo bem, tudo bem — resmungou ele, acanhado, ainda franzindo a testa e olhando para o chão. — Me desculpe.

— Obrigado.

Virei-me novamente para o bar, não querendo que ele visse a sombra de um sorrisinho afetado que não consegui disfarçar. Não era sempre que eu tinha a chance de fazer Bernie corar e, quando tinha, não perdia a oportunidade.

Jake trouxe nossas bebidas. Eu podia ver que Bernie não queria realmente mais uma, mas, tendo em vista que metera os enormes pés pelas mãos, ele não podia recusar.

— De qualquer forma, você provavelmente está certo — disse eu, dando-lhe uma folga.

— Sobre o quê?

— Sobre Potter certificando-se de que seu amigo Canning não seja completamente crucificado nas edições de amanhã.

— Hum-hum. — Ele tomou um gole de sua bebida e recolocou o copo no bar com um esgar de preocupação. Ele provavelmente ia ter que ver Donnelly dentro de pouco tempo, e não iria cair bem se estivesse cheirando a gim, o que agora, de qualquer forma, estaria, uma vez que já tinha bebido dois gimlets. — Esta cidade — disse ele, estalando a língua em desaprovação. — Já estou até aqui com ela. — Ele colocou uma das mãos horizontalmente sob o queixo. — Sabe que estou na força há quase um quarto de século? Pense nisso. É um triturador de carne, e eu nem sequer sou carne de primeira.

— O que é isso, Bernie? — disse eu. — Daqui a pouco, você vai me fazer chorar.

Ele me olhou de forma impertinente.

— E quanto a você? — disse ele. — Vai querer dizer que o seu mundo é mais limpo do que este em que estou atolado?

— É o mesmo em toda parte — disse eu. — Mas olhe dessa maneira. Com gente como você e eu em um dos lados da balança, o outro, onde os Cannings e os Potters estão sentados com seus sacos de ouro no colo, não vai descer até o fim.

— Sim, com certeza — disse Bernie. — Você é uma Pollyanna esta noite, não é?

Calei a boca, não por causa do sarcasmo de Bernie, mas porque eu tinha o receio de colocar Harlan Potter no mesmo saco de Wilber Canning. Potter era durão, e você não ganha essa quantidade de dinheiro — diziam que ele valia cem milhões — sem cortar algumas arestas, e talvez algumas gargantas também. Mas um homem que tinha gerado uma mulher como Linda Loring não podia ser de todo mau. Eu já tinha tido uma conversa com ele antes. Ele começou me ameaçando, continuou me dando uma aula sobre o lote deplorável que o resto de nós era, depois me ameaçou outra vez e terminou com a sugestão descontraída que ele talvez tivesse algumas oportunidades de negócio para mim, se eu me mantivesse longe de problemas. Eu agradeci, mas recusei. Ao menos, achei que tinha recusado.

Bernie consultou seu relógio. Era do tamanho de uma batata, mas ainda parecia pequeno em seu braço.

— Tenho que me mandar — disse ele, começando a descer do banquinho.

— Você ainda não terminou sua bebida — disse eu. — Coquetéis não custam barato, sabe.

— Escute, eu estou oficialmente de serviço. Tome — ele tirou a carteira e atirou uma nota de cinco no balcão —, deixe que eu pago.

Olhei para ele, peguei a nota, dobrei-a e enfiei-a no bolso superior de seu enorme terno de sarja azul.

— Não me insulte, Bernie — disse eu. — Se eu convido você para um drinque, eu pago. Isso faz parte do que chamam de contrato social.

— Hum. Não sou muito bom em regras sociais. — Ele sorriu e eu devolvi o sorriso. — Vejo você por aí, Phil — disse ele.

— Você tem mesmo que ir?

— É o meu trabalho. — Ele colocou o chapéu, arrumou-o e deu um piparote na aba em uma espécie de cumprimento. — Até logo, por enquanto.

Terminei meu drinque e pensei em terminar o que Bernie havia deixado, mas há certos limites que nós, Marlowes, não atravessamos. Ao invés disso, paguei a conta e peguei meu próprio chapéu.

Eu podia ver Jake preparando-se para me perguntar como estava indo a minha amiga, referindo-se a Linda Loring. Para cortar a conversa, fingi lembrar-me de um compromisso urgente em outra parte e escapuli.

Era uma noite clara e límpida, e uma grande estrela solitária pairava baixa no céu, lançando um longo estilete de luz no coração das colinas de Hollywood. Os morcegos também estavam circulando, chiando e adejando como pedaços de papel chamuscado de uma fogueira. Procurei a lua, mas não a encontrei. Tanto melhor — a lua sempre me faz sentir melancólico. Eu não tinha aonde ir, nem nada a fazer. Lembrei-me que eu não tinha o carro comigo, então chamei um táxi e disse ao motorista para me levar para casa. Ele era um italiano, tão grande quanto Bernie Ohls e com mais ou menos o mesmo humor. Cada vez que um farol de trânsito se tingia de vermelho, ele praguejava baixinho. Os palavrões eram italianos, mas eu não precisava de uma tradução para saber o que significavam.

Dentro de casa, o ar era abafado, como se um bando de gente tivesse se escondido ali o dia inteiro, com as janelas fechadas. Montei um jogo de xadrez a partir de um livro, Lasker *vs.* Capablanca, em que Capablanca demoliu o mestre alemão com um de seus mais doces e mortais fins de jogo. O xadrez nunca fica melhor. De qualquer modo, eu não estava com disposição. E ainda tinha um zumbido na cabeça de todo o gim que havia ingerido, e não queria que ele se dissipasse. Há momentos em que você gostaria que sua mente parasse de trabalhar e essa noite a minha estava ocupada demais para o meu conforto. Você tenta manter alguns pensamentos afastados, mas eles se infiltram em sua mente de qualquer modo.

Entrei no Olds e fui ao Barney's Beanery, onde bebi seis bourbons puros diretamente, e teria continuado a beber se não fosse pelo bom e velho Travis, meu anjo da guarda por trás do bar, que se recusou a me servir mais. Em vez disso, ele me fez entregar-lhe minhas chaves do carro, ajudou-me a sair para a rua e me enfiou em um táxi. Depois disso, eu não me lembro de muita coisa. De alguma forma, consegui subir os degraus de madeira, atravessar a porta da frente e até mesmo ir para o quarto, onde acordei por volta de meia-noite, esparramado em diagonal em cima da cama, de barriga para baixo, com todas as minhas roupas. Eu cheirava a gambá e tinha a sede de um camelo.

Entrei tropegamente na cozinha, inclinei-me sobre a pia e bebi quase um litro de água direto da torneira; logo em seguida, cambaleei para o banheiro, inclinei-me sobre a privada e vomitei uns dois litros. O primeiro foi de água, seguido de outro litro de um líquido verde-claro composto, imagino, em parte de gimlet e em parte de bílis. Tinha sido um longo dia.

E ainda não tinha terminado. No meio da noite, o telefone me acordou. No começo, achei que fosse um alarme de incêndio, e eu teria saído correndo para a rua, exceto que, por algum motivo, não consegui abrir a porta da frente. Peguei o receptor como se fosse a cabeça de uma cascavel. Era Bernie, ligando para me dizer que Floyd Hanson acabara de ter sido encontrado em sua cela pendurado em uma das barras da janela. Ele havia rasgado o lençol da cama em tiras e feito uma corda improvisada. A janela não era alta o suficiente e ele teve que se deixar ficar lá pendurado com os pés no chão e os joelhos flexionados. Devia ter levado muito tempo para morrer.

— Portanto, esse é um canário que não vai mais cantar — disse Bernie. Eu disse a ele como ele era sensível. Ele riu, sem realmente achar graça. — Qual é o seu problema? — perguntou ele. — Parece que você está usando uma mordaça.

— Estou bêbado — disse eu.

— Você o quê? Não consigo entender o que você está dizendo.

— Eu disse que estou *bêbado*. Embriagado. Chapado. Mamado.

Ele riu novamente, com convicção dessa vez. Imagino que deva ter sido engraçado ouvir alguém no estado em que eu estava tentando pronunciar aquelas palavras.

Respirei fundo, o que me fez sentir tonto, mas depois a minha cabeça desanuviou o suficiente para eu perguntar por Bartlett.

— Quem é Bartlett? — perguntou Bernie.

— Santo Deus, Bernie, não grite — disse eu, segurando o receptor longe do ouvido. — Bartlett é o mordomo, o sujeito com o cassetete, o que eu atingi no joelho.

— Ah, ele. Ele não vai muito bem. Em estado de coma, da última vez que ouvi. Perdeu muito sangue. Estão lhe dando transfusões. Talvez ele se recupere, talvez não. Está orgulhoso de si mesmo, Wild Bill?

— Ele quase me afogou — resmunguei.

— Aquele velho? Você está perdendo o jeito, Marlowe.

— Lá vem você, me chamando de Marlowe outra vez.

— Sim, bem, há coisas muito piores de que eu poderia chamá-lo. E só porque você me pagou uns drinques não significa que eu tenha que ser seu melhor amigo e parceiro. E a bebida se dissipou assim que pisei no escritório. Donnelly tinha estado em algum sofisticado evento de arrecadação de fundos e entrou de smoking e blacktie, cheirando a perfume e mulheres de classe. Já notou como o cheiro de mulheres está por toda parte nesse tipo de evento?

— Será que eu já fui a esse tipo de evento?

— Faz a sua cabeça girar. Tem efeitos mais embaixo também. De qualquer forma, Donnelly estava bastante chateado de ter sido arrastado do baile, mas isso não foi nada em comparação a como ele ficou quando soube o que tinha acontecido no Cahuilla Club, com você atirando em mordomos, Canning fazendo o velho truque indígena da corda e desaparecendo no ar sem deixar vestígios.

— Bernie — disse eu, na voz de alguém infinitamente gentil, infinitamente sofredor, como escreve o poeta —, Bernie, estou bêbado e estou enjoado e tem um sujeito com uma britadeira trabalhando arduamente na parte de trás do meu crânio. Quase fui afogado hoje. Também atirei em alguém que talvez não sobreviva, e provavelmente não mereça, mas ainda assim, mesmo matar um bandido deixa você arrasado. Portanto, será que eu posso, por favor, voltar para a cama?

— Sim, vá dormir e curar a bebedeira, Marlowe, enquanto o resto de nós fica a noite toda acordado tentando resolver um imbróglio que, até onde eu posso ver, foi *você* quem começou.

— Sinto muito que você esteja no cargo errado, Bernie. O que você queria ser, um professor de jardim de infância?

Ele explodiu, então, no tipo de linguagem bombástica que você não encontra nem em um desses livros embrulhados em papel pardo comum que se compra de uma loja onde as cortinas estão sempre abaixadas e não há nenhum letreiro sobre a porta. Eu o deixei arengando e, por fim, ele perdeu o gás e calou a boca, embora eu pudesse ouvi-lo respirar furiosamente no bocal. Então, ele perguntou o que eu tinha feito com a arma.

— Que arma?

— *Que arma?* A arma com a qual você atirou em Bartleby.

— Bartlett. Eu joguei fora.

— Onde?

— No meio das buganvílias.
— No meio de *quê*?
— Dos arbustos. No Cahuilla Club.
— Seu desgraçado idiota. O que você estava pensando?
— Eu não estava pensando em nada — disse eu. — Estava operando no instinto. Lembra-se do que o instinto é, Bernie? É o que na maioria das vezes orienta o comportamento dos seres humanos comuns, as pessoas que não tenham permanecido na força policial por um quarto de século.

Então, bati o telefone na cara dele.

21

Eu dormi até o meio-dia. Como me senti quando acordei? Havia uma gata de rua na vizinhança que estava sempre se aconchegando a mim na esperança de que eu a adotaria e a deixaria administrar a minha vida por mim. Era uma siamesa devoradora de mariposas, mas obviamente ela achava que era a reencarnação de uma princesa egípcia. No outro dia, abri a porta dos fundos e lá estava a filha do faraó, sentada na escada, segurando na boca os restos do que havia sido uma espécie de passarinho. Ela me lançou um olhar cativante e delicadamente depositou o cadáver do passarinho aos meus pés. Eu acho que ela pretendia que fosse um presente para mim, uma espécie de adiantamento antes que ela se mudasse para a minha casa.

Pois bem, esse passarinho era eu, os olhos vidrados e com a sensação de ter sido todo mastigado, enquanto ficava lá em um emaranhado de lençóis molhados de suor e observava a luminária no teto, que parecia estar girando lentamente, sem parar, em uma órbita elíptica. Aceite o meu conselho: nunca beba seis bourbons em cima de um trio de gimlets. Quando consegui desgrudar meus lábios o suficiente para abrir a boca, fiquei surpreso que uma densa fumaça verde não tenha jorrado de dentro.

Levantei-me e arrastei-me para a cozinha, movendo-me com extremo cuidado, como um homem muito velho, frágil e fraco. Despejei umas colheres de pó de café na cafeteira, coloquei-a no fogão e acendi a chama. Em seguida, permaneci por um longo tempo encostado na borda da pia, olhando inexpressivamente para o quintal. A luz do sol lá fora parecia tão ácida quanto suco de limão. Apesar disso, a recente chuva tinha revigorado extremamente as plantas. A maioria das flores da trepadeira da sra. Paloosa já estavam começando a se transformar em bagos, mas o oleandro por trás da lata de lixo se transformara numa profusão de flores cor-de-rosa, onde meia dúzia de pequenos beija-flores ocupava-se da polinização. Ah, a natureza, e a minha ressaca a única mancha na paisagem.

A cafeteira começou a roncar, soando exatamente como o meu estômago.

Vesti um roupão, saí e peguei o jornal que o entregador arremessara na varanda. Fiquei parado na sombra fresca e corri os olhos pela primeira página. Havia um relato na sétima coluna de um "incidente" no Cahuilla Club. Uma dupla de intrusos não identificados havia invadido o clube e foi impedida pelo pessoal da segurança — o nome de Bartlett não era citado —, resultando em duas mortes. Verificou-se que o gerente do clube, Floyd Henson [*sic,* como dizem], tinha sido cúmplice no ataque e mais tarde morreu acidentalmente enquanto estava sob a custódia da polícia. O proprietário do clube, Wilberforce Canning, partira no final da noite de ontem para um destino ignorado no exterior. Assobiei, sacudindo a cabeça. É preciso dar o merecido crédito a Harlan Potter. Quando ele sufocava uma história, fazia isso com impressionante rigor.

Voltei para dentro de casa, servi uma xícara de café da cafeteira e bebi. Estava forte demais e tinha um gosto amargo. Ou talvez o travo amargo já estivesse em minha boca, por causa do que eu acabara de ler.

Um pouco mais tarde, tirei a parte de cima do pijama no banheiro e fiquei impressionado com as contusões que as cordas de Bartlett tinham deixado nos meus braços, pelo meu peito e caixa torácica. Variavam de cor, do cinza-escuro, passando pelo púrpuraclaro, até um tom doentio, sulfuroso, de amarelo. Meus pulmões estavam doloridos, da pressão de ter ficado amarrado por tanto tempo e depois por ter tido que fazer tanto esforço para não estourar quando minha cabeça estava dentro d'água, sem mencionar os cigarros que eu havia fumado à noite passada no Beanery, conforme eu me afundava cada vez mais naquela garrafa de bourbon.

Por pior que eu me sentisse, entretanto, era melhor do que estar morto, embora apenas por pouco.

Depois que eu tinha me barbeado, tomado banho e me arrumado da melhor forma possível, vesti um terno cinza, uma camisa branca e uma gravata escura. É sempre melhor se vestir sobriamente após uma noite de bebedeira. Servi mais uma xícara do café com aspecto de lama, o qual já estava morno a essa altura, levei-a para a sala de estar, sentei-me com ela no sofá e acendi um cigarro experimentalmente. Tinha gosto de absinto, ou daquilo que eu imaginava como absinto. Tenho uma vaga suspeita de que a pior coisa que você pode fazer quando tem uma ressaca é beber café e usar nicotina, mas você tem que fazer alguma coisa.

Quando o carteiro fez a segunda entrega de correspondência do dia através da fenda de correio na porta e ela caiu sobre os pisos no hall, eu dei um salto de uns trinta centímetros com o barulho que fez. Eu me encontrava nesse tipo de estado. Fui até lá e recolhi o maço de envelopes. Contas de serviços públicos. Uma proposta de uma companhia em Nebraska para me fornecer bifes de primeira, embalados em sal e despachados por via aérea. Uma notificação da companhia de gás e eletricidade dizendo que a minha conta estava vencida. E um envelope de cor creme com meu nome e endereço escritos com tinta roxa em uma caligrafia elegante e floreada. Cheirei o envelope. Langrishe Lace, fraco, mas agora inconfundível.

Levei a carta de volta ao sofá, sentei-me, segurei-a entre o polegar e o indicador e fiquei olhando para ela. Lembrei-me de Clare Cavendish em sua pequena mesa de ferro no jardim de inverno naquele dia, um dia que agora parecia há muito tempo, escrevendo em seu caderno de anotações com sua sofisticada caneta-tinteiro. Eu coloquei o envelope na mesinha de centro e fiquei olhando para ele mais algum tempo, enquanto terminava o meu cigarro. O que seria, uma carta do tipo que começa com "Caro Fulano", comunicando a minha demissão final, o golpe de misericórdia? Uma nota acusando-me de ter me envolvido em relações impróprias com um cliente? Eu estava prestes a ser mandado embora? Ou talvez fosse um cheque, acertando as contas e dando um curto adeus.

Só havia uma maneira de descobrir. Eu peguei o envelope e corri o dedo sob a aba e, ao fazê-lo, pensei em Clare lambendo-o, a ponta pequena, fina e vermelha de sua língua deslizando rapidamente ao longo da borda e umedecendo a cola.

Eu gostaria de saber se você já fez algum progresso no assunto que o contratei para investigar. Espero que tenha resultados significativos a essa altura. Por favor, aguardo informações o mais breve possível.
CC

Somente isso. Nenhum endereço de remetente, nenhuma saudação e nenhum nome, apenas as iniciais. Ela não estava disposta a correr nenhum risco. Era a versão escrita de um pontapé no estômago. Eu comecei a ficar com raiva, mas depois disse a mim mesmo para não ser tão idiota. Ficar com raiva coloca pressão sobre o fígado e não traz nenhuma vantagem.

Deixei de lado o bilhete curto e frio de Clare Cavendish, recostei-me no sofá, acendi outro cigarro e, como não havia meios de evitar, comecei a pensar. O caso Nico Peterson não tinha feito muito sentido desde o início, mas agora não estava fazendo sentido algum. Recentemente, eu me deparei com uma bela palavra: palimpsesto. O dicionário dizia que era um manuscrito onde o texto original é apagado para que um novo seja escrito por cima. Ali, eu estava lidando com uma situação similar. Estava convencido de que por trás de tudo que havia acontecido havia outra versão das coisas que eu não conseguia ler. Ainda assim, eu sabia que ela estava lá. Você não exerce o meu tipo de trabalho por tanto tempo quanto eu tenho exercido sem desenvolver um faro para os fatos que estão faltando.

Repassei todo o caso mais uma vez, sentado ali no meu sofá, na calma do meio-dia — a vantagem de morar em uma rua sem saída é que não há muito tráfego e, consequentemente, o nível de ruído permanece baixo. Mas o texto era o mesmo de antes e não cheguei a lugar algum, ou pelo menos nenhum lugar novo. O que eu tinha certeza, a *única* coisa de que eu tinha certeza, era que Clare Cavendish era a única peça do quebra-cabeça que não se encaixava. Nico Peterson eu mais ou menos entendia. Era filho de um homem rico, cujo objetivo na vida era ele próprio ficar rico e cuspir na cara do pai, só que ele não tinha o cérebro do pai, ou a audácia, ou a crueldade, ou o quer que você precise ter para fazer um milhão de dólares. Ele não tinha chegado a nenhum lugar no negócio de agenciamento — até mesmo Mandy Rogers podia ver que ele era inútil — e provavelmente havia se envolvido com o pessoal errado.

Eu também suspeitava que qualquer que fosse o contrabando que Nico estava remetendo em uma mala do México para entrega a Lou Hendricks valia muito dinheiro: você não forja sua própria morte por alguns trocados. E eu tinha absoluta certeza de que Floyd Hanson trabalhava em conivência com Nico e tinha fornecido um de seus Meninos Perdidos como um cadáver substituto. Meu palpite era que Wilber Canning não tinha conhecimento do que Hanson e Nico haviam tramado entre si e tivesse acreditado que Nico estava morto, até eu meter o meu nariz na história. Quanto a Gómez e López, presumo que fossem os proprietários originais do que quer que houvesse na mala com que Nico fugira e tinham vindo para encontrar Nico e reaver a sua mercadoria.

O que deixava Clare Cavendish. Ela me contratara para encontrar um namorado que a enganara de forma espetacular, primeiro fingindo estar morto e depois aparecendo vivo, mas eu também não acreditava nessa versão. Desde o começo, não conseguira acreditar que uma mulher como Clare tivesse se envolvido com um homem como Peterson. Claro, há mulheres que gostam de chapinhar na sujeira — excita-as arriscar sua reputação e talvez até mesmo sua saúde. Mas Clare Cavendish não era do tipo. Eu podia vê-la atirando-se nos braços de um grosseirão, mas ele teria que ser o seu tipo de grosseirão, com classe, estilo e dinheiro. Tudo bem, Clare tinha ido para a cama comigo, um sujeito que não saberia como funcionam as marchas em um sofisticado carro esporte importado. Isso eu não sabia explicar. Como poderia, quando toda vez que pensava nisso eu não conseguia ver nada além dela na minha cama, naquela noite, inclinando-se sobre mim à luz do abajur, tocando meus lábios com a ponta dos dedos e deixando seus cabelos louros caírem sobre meu rosto? Talvez eu a fizesse se lembrar de alguém que ela conheceu um dia — até mesmo amou. Ou talvez ela só estivesse me mantendo manso, para poder continuar a me usar para o que quer que esteja pretendendo. Essa era uma possibilidade que eu preferia não considerar. Mas, depois que um pensamento lhe ocorre, ele permanece gravado em sua mente.

 Eu já tinha o telefone na mão e estava discando o seu número antes de perceber o que estava fazendo. Há ocasiões em que você apenas segue seus instintos como um cão bem treinado seguindo os calcanhares de seu dono. Uma criada atendeu e pediu-me para aguardar um instante. Eu podia ouvir seus passos, conforme ela caminhava por um ressoante corredor. Uma casa tem que ser extraordinariamente grande para produzir ecos tão altos. Lembrei-me do olhar enleado de Dorothea Langrishe quando ela comentou como tinha feito fortuna das pétalas esmagadas de uma flor. Este mundo é engraçado.

 — Sim? — disse Clare Cavendish, em uma voz que teria colocado uma camada de gelo sobre a superfície do lago Tahoe. Eu disse a ela que queria vê-la.

— Oh, sim? — disse ela. — Você tem alguma coisa a relatar?
— Tenho uma coisa a lhe perguntar — disse eu.
— Não pode perguntar pelo telefone?
— Não.
Houve um silêncio. Eu não sabia por que ela estava sendo tão fria. Não havíamos nos separado nos melhores dos termos naquela noite na minha casa, mas eu tinha atendido quando ela me pediu ajuda com seu irmão sob os efeitos de uma overdose. Isso não fazia de mim um Sir Galahad, mas eu acho que não merecia um tom tão frio, tampouco aquele antipático bilhete que ela me enviara.
— O que você sugere? — disse ela. — Não é uma boa ideia vir aqui em casa.
— Que tal no almoço?
Mais uma vez, ela deixou alguns segundos se passarem.
— Tudo bem. Onde?
— No Ritz-Beverly — disse eu. Foi o primeiro lugar que me veio à mente. — Foi onde eu me encontrei com sua mãe quando tivemos nossa conversa.
— Sim, eu sei. Mamãe está fora da cidade hoje. Estarei lá em meia hora.
Fui para o quarto e dei uma olhada em mim mesmo no espelho do guarda-roupa. O terno cinza parecia surrado e, além do mais, era quase do mesmo tom do meu rosto. Troquei para um terno azul-marinho, tirei a gravata que estava usando e coloquei uma vermelha. Até pensei em engraxar os sapatos, mas no meu delicado estado eu não concebia a perspectiva de curvar-me para fazê-lo.
Quando saí pela porta da frente e vi o espaço vazio junto ao meio-fio, pensei, no começo, que o Olds tinha sido roubado. Em seguida, lembrei-me que Travis tinha tomado as chaves de mim na noite anterior e me mandado de táxi para casa. Desci a rua em direção a Laurel Canyon. O sol estava sobre os eucaliptos e o ar estava fresco com o cheiro aromático. Eu disse a mim mesmo que não

me sentia tão mal, e quase acreditei. Um táxi passou por mim, eu assoviei e ele parou. O motorista era do tamanho de um alce, e quando olhei para ele espantei-me: era o mesmo italiano para quem eu fizera sinal à noite passada do lado de fora do Victor's. Esta cidade parece ficar menor a cada dia. Seu humor não tinha melhorado em nada e, como era de esperar, ele praguejou em cada sinal de trânsito que fechava para nós, como se alguém no controle dos semáforos mudasse para a luz vermelha toda vez que nos aproximávamos.

Aquele parecia ser um dia de coincidências. No Beverly, fui conduzido para a mesma mesa onde eu me sentei com mamãe Langrishe. Era o mesmo garçom, também. Ele se lembrou de mim e perguntou, em um tom preocupado, se a sra. Langrishe iria se juntar a mim. Eu disse que não, e ele sorriu como se tivesse acabado de pensar no Natal. Eu pedi um martíni de vodca — ora bolas! — e disse-lhe para fazê-lo tão seco quanto Salt Lake City.

— Entendi, senhor — disse ele em voz bem baixa, e eu não teria ficado surpreso se ele tivesse piscado o olho. Ele era um garçom experiente e que sem dúvida podia identificar uma ressaca a cem passos de distância.

Olhei ao redor, enquanto esperava pela minha bebida. Mesmo as belas formas de frente e de trás das estátuas de Nefertiti não conseguiam me interessar muito. Algumas mesas tinham as mesmas senhoras que costumavam almoçar ali, de chapéu e luvas brancas, e havia alguns homens de negócio de ternos sóbrios parecendo muito profissionais e sérios. Um jovem casal sentava-se lado a lado em um banco sob uma palmeira inclinada. Um casal em lua de mel — ele tinha aquele inconfundível sorriso pateta estampado no rosto e havia uma mancha de beijo no lado do pescoço dela, do tamanho e da cor de um mexilhão. Silenciosamente, eu lhes desejei felicidade e boa sorte. Por que não? Nem mesmo um homem com uma cabeça estúpida como um nabo poderia deixar de sorrir benignamente diante de uma exibição tão terna de amor jovem.

O meu martíni chegou em uma reluzente bandeja. Estava gelado e somente um pouco oleoso, e correu alegremente sobre os meus dentes com um tinido ressonante.

Ela não demorou muito. O garçom conduziu-a à minha mesa. Ela usava um costume de lã branca com um casaquinho curto e uma saia reta. Seu chapéu era de ráfia creme com uma faixa preta e uma grande aba ondeada. Minha boca ficou seca. Ela me fitava com uma expressão chocada — eu podia imaginar a minha aparência — e, quando inclinei meu rosto para ela, ela beijou o ar rapidamente a alguns milímetros da minha face e murmurou:

— Meu Deus, o que aconteceu?

O garçom estava pairando ao redor, e eu me virei para ele.

— A senhora vai se juntar a mim em um martíni — disse eu.

Clare começou a protestar, mas eu fingi não perceber; aquele iria ser um almoço líquido. Ela colocou a sua bolsa de couro legítimo sobre a mesa e sentou-se lentamente, ainda olhando fixamente para mim.

— Você está com uma aparência terrível — disse ela.

— E você tem a aparência do saldo bancário de sua mãe.

Ela não sorriu. Esse não foi um bom começo.

— O que aconteceu? — perguntou ela novamente.

— Ontem foi um dia que você provavelmente poderia descrever como "penoso". Viu a reportagem esta manhã no *Chronicle*?

— Que reportagem?

Eu sorri para ela com todos os meus dentes.

— Os terríveis incidentes no Cahuilla Club — disse eu. — Não sei o que vai acontecer com esse estabelecimento, depois da notícia de mexicanos mortos pelo lugar e o gerente se revelando um crápula. Você conhecia Floyd Hanson, é claro.

— Eu não diria que o *conhecia*.

O garçom veio com a sua bebida e colocou o copo quase com reverência em frente a ela. Eu pude vê-lo dando-lhe aquele olhar de alto a baixo, rápido e avaliador, em que os garçons são especialistas. Provavelmente sua boca tinha ficado seca também. Ela o agraciou com um leve sorriso de agradecimento e ele se afastou, fazendo uma mesura.

— Imagino que o que apareceu no jornal não foi o que realmente aconteceu, não? — Clare disse. Ela olhava para mim com um único olho por baixo da aba inclinada do seu chapéu.

— Raramente é.

— Você estava no clube? Suponho que seja por isso que o seu dia foi... qual foi a palavra que você usou?... "penoso".

Eu não disse nada, apenas continuei olhando para o olho solitário, inquisitivo, e mantendo meu sorriso glacial.

— Como é que você não foi citado? — perguntou ela.

— Tenho amigos em cargos altos — respondi.

— Você se refere ao pai de Linda?

— Harlan Potter provavelmente deu um telefonema, sim — disse eu. — Linda lhe disse o quanto ela e eu nos conhecemos bem?

Nesse ponto, ela realmente esboçou um sorriso.

— Ela não me *contou*, mas pelo modo como fala de você posso adivinhar. O sentimento é mútuo?

Acendi um cigarro.

— Eu não vim aqui para falar de Linda Loring — disse eu, mais severamente do que pretendia. Ela contraiu-se um pouco, mas achei que foi somente porque ela achava que era o que deveria fazer.

— Me desculpe — disse ela. — Não tive a intenção de bisbilhotar.

Ela abriu a bolsa e tirou seus cigarros — portanto, era um dia de Black Russians — e encaixou um em sua piteira de ébano. Inclinei-me sobre a mesa e lhe ofereci um fósforo aceso.

— Muito bem — disse ela, soprando fumaça na direção do teto —, e sobre *o que*, então, você veio falar?

— Bem — disse eu —, acho que só há um assunto entre mim e você, sra. Cavendish.

Ela ficou calada por um momento, absorvendo o tom em que eu dissera seu nome.

— É um pouco tarde, você não acha — disse ela calmamente —, para revertermos às formalidades?

— Eu acho que é melhor — disse eu — se mantivermos as coisas no âmbito estritamente profissional.

Ela me deu outro esboço de sorriso.

— Acha mesmo?

— Bem, aquela nota que você me enviou, sem dúvida, era bem séria.

Ela corou um pouco.

— Sim, acho que fui um pouco brusca.

— Ouça, sra. Cavendish — repeti —, temos tido alguns mal-entendidos, você e eu.

— Que tipo de mal-entendidos?

Eu disse a mim mesmo que não era hora de eu me dar ao luxo de me irritar.

— Mal-entendidos — disse eu — que eu gostaria de esclarecer.

— E como é que faremos isso?

— Cabe a você. Você podia começar sendo franca comigo a respeito de Nico Peterson.

— Ser franca com você? Não sei se entendi o que você quer dizer.

Meu copo estava vazio, eu havia até mesmo comido a azeitona. Fiz sinal para o garçom, ele balançou a cabeça e girou nos calcanhares em direção ao bar. Senti-me cansado de repente. O meu peito e meus braços ainda doíam como o inferno, e havia as batidas surdas e distantes martelando na minha cabeça que, a essa altura, pareciam ter estado ali toda a minha vida. Eu precisava me deitar em algum local fresco e com sombra, e descansar por um longo tempo.

— O que estou dizendo não é difícil, nem enigmático, sra. Cavendish — disse eu —, embora eu *esteja* intrigado. Olhe do meu ponto de vista. No começo, parecia simples. Você vem ao meu escritório e me pede para encontrar seu namorado que desapareceu.

Não foi a primeira vez que uma mulher se sentou naquela cadeira em que você se sentou e me pediu para fazer a mesma coisa. Os homens tendem a ser fracos e covardes, e geralmente, quando o amor acaba, eles preferem dar no pé, em vez de encarar sua amante e lhe dizer que, no que lhe diz respeito, ela já é passado. Eu a ouvi, e embora eu tivesse algumas reservas no fundo da minha mente...

— E quais eram?

Ela estava inclinada para frente, ouvindo muito atentamente, a piteira estava em um ângulo agudo e a fumaça do cigarro fluindo para cima numa linha fina e rápida.

— Como eu já disse, não conseguia realmente colocar você ao lado do tipo de homem que entendi que Nico Peterson era, a partir de sua descrição dele.

— E que tipo era esse?

— Não do seu tipo. — Ela começou a dizer algo mais, mas eu a cortei. — Pare — disse eu. — Deixe-me continuar. — Ela não era a única que podia ser brusca.

O garçom veio com meu novo martíni. Fiquei feliz com a interrupção. O som da minha própria voz estava se tornando um som baixo e rangente, ao lado do tambor na minha cabeça. Tomei um gole refrescante do meu drinque e pensei naquele trecho da Bíblia sobre o cervo que anseia por água. Ainda bem que o autor do salmo não conhecia a vodca.

Acendi outro cigarro e continuei:

— De qualquer forma, apesar das minhas dúvidas, eu lhe digo está bem, eu o encontrarei. Então, descubro que ele passou para o Feliz Campo de Caça, e em seguida verifico que não, já que você o viu caminhando alegremente ao longo da Market Street na elegante cidade de San Francisco. Isso é interessante, penso; na verdade, esse é "um problema de três cachimbos", como disse Sherlock Holmes; preciso do tempo de fumar três cachimbos para pensar nele. Então, coloco meu chapéu de caçador e parto novamente para a caça. Quando dei por mim, as pessoas começaram a ser assassinadas à minha volta. Além disso, eu mesmo quase fui morto, mais de uma vez. Isso me faz parar e pensar. Refaço o caminho emaranhado que percorri e a vejo lá longe, a distância, atrás de mim, no ponto de onde eu parti, exibindo essa expressão inescrutável que vim a conhecer tão bem. Pergunto a mim mesmo: isso pode ser tão simples como parecia no começo? Claro que não.

Eu também estava inclinado para frente agora, até que nossos rostos por cima da mesa não estivessem a mais do que trinta centímetros de distância.

— Então, sra. Cavendish, eu estou lhe perguntando, é tão simples quanto parecia? Isso é o que eu quero dizer quando digo que desejo que seja franca comigo. Você uma vez me pediu para fazer como Pascal e fazer uma aposta. Foi o que fiz. Acho que perdi. E, aliás, você não tocou em sua bebida.

Recostei-me para trás em minha cadeira. Clare Cavendish olhou à direita, depois à esquerda e, em seguida, franziu a testa.

— Acabei de perceber — disse ela — que esta é a mesa preferida de minha mãe.

— Sim — disse eu. — É uma coincidência.

— É claro, vocês se encontraram aqui, não?

— Aqui mesmo.

Ela balançou a cabeça distraidamente. Parecia estar pensando em muitas coisas, avaliando, calculando, decidindo. Ela tirou o chapéu e o colocou sobre a mesa, ao lado da bolsa.

— Meu cabelo está horrível? — perguntou ela.

— Está lindo — disse eu. — O seu cabelo.

Eu estava sendo sincero. E ainda estava apaixonado por ela, de uma forma dolorosa, sem esperança. Que imbecil eu era.

— O que estávamos dizendo? — perguntou ela.

Acho que ela realmente tinha perdido o fio da meada. Passou pela minha mente que talvez ela não soubesse mais do que eu, que talvez o fato de ter me contratado para procurar por Nico Peterson realmente não tivesse nenhuma ligação com o resto dos acontecimentos que se seguiram. Era possível, afinal. A vida é muito mais complicada e desconexa do que nos permitimos admitir. Ao querer que as coisas façam sentido, que sejam bem-ordenadas e agradáveis, ficamos criando planos e tramas, e forçando-os sobre a maneira como as coisas realmente são. É um dos nossos pontos fracos, mas apegamo-nos a isso com todas as nossas forças, uma vez que sem isso não haveria absolutamente nenhuma vida.

— Nós dizíamos, ou seja, *eu* dizia, eu *perguntava*, se você pode me explicar como o fato de você me contratar para ir atrás de Nico Peterson se liga ao fato de a irmã de Nico ter sido sequestrada e assassinada, depois os próprios assassinos dela terem sido mortos, Floyd Hanson ter se suicidado, Wilber Canning ter fugido do país, e eu acabar me sentindo como se todas essas pessoas correndo por aí estivessem correndo à minha volta, como uma manada de búfalos.

Ela levantou a cabeça rapidamente e olhou para mim.

— O que você disse sobre Floyd Hanson? O jornal disse...

— Eu sei o que o jornal disse. Mas Hanson não morreu por acidente. Ele rasgou um lençol, fez uma corda com ele, colocou-o em volta do pescoço com um nó corrediço, amarrou a outra ponta a uma das barras de ferro da janela e deixou-se cair. Só que a janela não era suficientemente alta, então ele teve que deixar as pernas moles e ficar lá pendurado até o último suspiro. Pense em quanto esforço e determinação foram necessários.

Seu rosto tinha ficado cinzento, o que fez aqueles seus olhos negros se destacarem, enormes, úmidos e brilhantes.

— Meu Deus — sussurrou. — Pobre homem.

Observei-a atentamente. Eu sempre sei dizer quando um homem está fingindo, mas com as mulheres nunca tenho certeza.

— É um caso imundo — disse eu, mantendo a minha voz baixa e tão suave quanto consegui torná-la. — Lynn Peterson morreu de uma forma cruel e dolorosa. Assim como Floyd Hanson, embora talvez ele merecesse. Uma dupla de mexicanos foi espancada até a morte e mesmo que ninguém sinta a falta deles foi brutal e desumano. Talvez você não compreenda toda a extensão daquilo em que está envolvida. Espero que você não entenda, ou eu espero que você não entendesse, ao menos. Agora, você não pode mais fingir. Então, está pronta para me dizer o que sabe? Está pronta para me falar das coisas que estou convencido que vem me escondendo o tempo todo?

Ela olhava fixamente para a frente, vendo horrores, e talvez realmente estivesse vendo-os pela primeira vez.

— Não posso — disse ela, depois hesitou. — Eu não...

Ela cerrou o punho e pressionou as juntas dos dedos exangues contra os lábios. Uma mulher em uma mesa próxima a observava e nesse momento falou com o homem à sua frente, que virou a cabeça e olhou também.

— Tome um pouco de sua bebida — disse eu. — É forte, vai lhe fazer bem.

Ela sacudiu a cabeça rapidamente, ainda com o punho pressionado com força contra a boca.

— Sra. Cavendish... Clare — disse eu, inclinando-me para frente sobre a mesa outra vez e falando em um sussurro premente —, eu mantive o seu nome fora disso o tempo todo. Um policial muito agressivo, na realidade, dois policiais me pressionaram com força para que eu lhes contasse quem havia me contratado para procurar Nico Peterson. Eu não lhes contei nada. Disse a eles que minha busca por Peterson nada tinha a ver com tudo que estava acontecendo, que era apenas uma coincidência que eu estivesse envolvido. Tiras não gostam de coincidências, ofendem a sua noção de como as coisas são no mundo que conhecem. Curiosamente, neste caso eles se contentaram em acreditar no que eu disse, por mais que resmungassem. Se eu estiver errado, eles não vão acreditar que seja um erro e vão cair em cima de mim como a vingança de Jeová. Eu não me importo, já passei por coisas como essa antes, e pior ainda.

Mas, se me investigarem, significa que vão chegar até você. E você não vai gostar da experiência, acredite em mim. Ainda que por alguma razão não esteja preocupada consigo mesma, pense no que um escândalo como esse faria a sua mãe. Há muito tempo ela viu violência suficiente e sofreu o suficiente para durar uma vida inteira. Não a faça passar por tudo isso outra vez.

Parei. Eu já estava farto do som da minha própria voz e o tambor solitário em minha cabeça agora era acompanhado por uma seção de percussão inteira, um bando de amadores que compensavam com energia o que lhes faltava em proficiência. Eu não tinha comido nada ainda e a vodca queimava como ácido as minhas entranhas indefesas. Clare Cavendish, sentada toda encolhida diante de mim e ainda olhando fixamente para a frente, repentinamente me pareceu feia, e tive vontade de estar longe dali, qualquer lugar que fosse longe dali.

— Dê-me tempo — disse ela. — Eu preciso de tempo para pensar, para...

Eu esperei. Eu podia ver que ela não iria continuar.

— Para fazer o quê? — perguntei. — Há alguém que você tenha que consultar?

Ela olhou para mim rapidamente.

— Não. Por que diz isso?

— Eu não sei — disse eu. — Você simplesmente olha para mim como se estivesse calculando o que outra pessoa vai dizer quando você apresentar um relatório sobre o que conversamos aqui hoje.

Isso era verdade: ela realmente parecia estar pensando em outra pessoa, a mesma em que ela estivera pensando naquela noite em seu quarto, embora eu não soubesse como eu tinha imaginado isso. A mente tem portas que insiste em manter firmemente fechadas, até que chega o dia em que o que está lá fora não pode mais ser contido, as dobradiças cedem, as portas de escancaram e toda espécie de coisas vem de enxurrada.

— Dê-me tempo — disse ela novamente. Ela havia cerrado os dois punhos e pressionava-os para baixo com força, lado a lado, sobre a mesa. — Tente entender.

— Isso é exatamente o que estou fazendo — disse eu —, tentando entender.

— Eu sei. E sou grata por isso — ela ergueu os olhos para mim outra vez, de uma forma suplicante —, realmente sou.

De repente, ela tornou-se muito ocupada, recolhendo seus cigarros e a piteira e guardando-os na bolsa. Ela pegou o chapéu também e colocou-o. A aba inclinou-se preguiçosamente sobre sua testa, como se uma brisa a tivesse apanhado em sua carícia. Como pude achá-la feia, mesmo por um segundo? Como poderia achá-la qualquer outra coisa senão a mais bela criatura que eu já vira ou jamais veria novamente? Meu diafragma elevou-se como uma rodovia ondulando em um terremoto. Eu a estava perdendo, estava perdendo aquela preciosa mulher, mesmo que, para começar, eu nunca a tivesse realmente tido. A ideia de perdê-la encheu-me de uma tristeza que eu achava que uma pessoa não podia sentir e ainda sobreviver.

— Não vá — disse eu.

Ela olhou para mim e piscou rapidamente, como se tivesse esquecido que eu estava lá ou já não soubesse quem eu era. Ela se levantou. E tremia um pouco.

— Já é tarde — disse ela. — Eu tenho... tenho um compromisso.

Ela estava mentindo, é claro. Não importava. Ela havia sido treinada desde a mais tenra idade para dizer tais mentiras, as pequenas, sociais, as mentiras que todos aceitam como verdades, ou todos em seu mundo, pelo menos. Levantei-me, minhas costelas rangendo em seu invólucro de músculos machucados.

— Vai me ligar? — disse eu.

— Sim, claro.

Não creio que ela tivesse me ouvido; não tinha importância, de qualquer modo.

Ela virou-se para ir embora. Eu queria estender a mão para impedi-la, para segurá-la ali, para mantê-la comigo. Eu me vi tomando-a pelo cotovelo, mas foi só na minha imaginação, e, com uma palavra murmurada que eu não consegui entender, ela virou-se de costas para mim e afastou-se, passando entre as mesas, ignorando os muitos olhares masculinos que se ergueram para observá-la.

Sentei-me novamente, por outro lado parecia mais um colapso. Na mesa, permanecia sua bebida intocada, com uma azeitona solitária submersa no líquido. Seu cigarro esmagado no cinzeiro tinha uma mancha de batom. Olhei para o meu próprio copo, parcialmente vazio, um guardanapo de papel amassado, alguns flocos de cinzas sobre a mesa, que um sopro teria levado para longe. Isso é o que fica para trás; isso é o que fica na lembrança.

Peguei um táxi até Barney's Beanery para recolher meu carro. Havia três bilhetes de estacionamento presos no para-brisa. Eu os rasguei e joguei-os no turbilhão de um ralo de águas pluviais. Não estava chovendo; apenas parecia estar, para os meus olhos.

22

Essa foi a segunda vez que cheguei perto de desistir. Eu estava ferido no corpo e na alma, e não conseguia ver como avançar pelo caminho que eu vinha percorrendo no que me parecia um tempo muito longo, embora não tivesse sido mais do que uma semana, mais ou menos. O calor não mostrava nenhum sinal de arrefecimento e, no período da manhã, um manto de névoa azul-acastanhada pairava acima das ruas, o sol tentando o melhor possível penetrar por essa camada, sem muito sucesso. A cidade parecia um grande pulmão congestionado.

Sentava-me por horas a fio no meu escritório, com os pés sobre a mesa, sem casaco, o colarinho da camisa aberto, fitando o espaço ou observando um pequeno esquadrão de moscas circulando interminavelmente à volta da luminária pendurada do teto. Mais de uma vez, fiquei tentado a retirar a garrafa da gaveta da minha mesa, mas eu sabia o que iria acontecer se o fizesse.

Alguns clientes em potencial apareceram, mas nenhum deles permaneceu. Uma era uma mulher que estava convencida de que o seu vizinho do lado estava tentando envenenar o seu gato. Havia algo familiar nela e, então, percebi que ela já estivera no escritório antes, havia alguns anos, com a mesma queixa, e que eu a havia rejeitado do mesmo modo. Acho que ela já havia passado por todos os detetives particulares do catálogo telefônico e agora estava percorrendo a lista pela segunda vez. Eu devia tê-la mandado embora aos berros, mas tive pena dela. Eu próprio inundado de tristeza, estava me sentindo deprimido por tudo, até mesmo pela árvore bonsai, um bordo japonês, que eu comprara certo dia por um capricho, para alegrar o escritório e me fazer companhia nas longas horas em que nada estava acontecendo e ninguém telefonava, e que estava morrendo, apesar de todos os meus esforços para salvá-la, ou por causa deles, talvez.

Em uma manhã particularmente arrastada, quando até mesmo as moscas pareciam entediadas, telefonei para Bernie Ohls, para perguntar-lhe como as coisas estavam indo no que os jornais, naqueles dois dias em que Harlan Potter havia permitido que continuassem interessados, tinham apelidado de o Caso do Cahuilla Club. Não havia nada de novo, Bernie afirmou. Ele soou tão apático quanto eu me sentia. Havia uma rouquidão em sua voz, e imagino que ele tenha continuado a fumar depois da recaída que teve naquela noite no Victor's. Eu o ajudara a recair e agora me sentia culpado por isso.

— Nenhum sinal de Canning — disse ele. — Bartlett ainda não está falando, porque não pode. Você certamente acabou com ele com aquele seu saque rápido. Parece que a bala que você colocou em seu joelho abriu um buraco em uma artéria. Eles não estão com muita esperança para ele. E os mexicanos permanecem não identificados.

— Você falou com os seus amigos na patrulha de fronteira em Tijuana novamente? — perguntei.

— Para quê? Eles não sabem de nada, aqueles sujeitos, e nem se importam. Imagino que aqueles dois estivessem atrás de algo que lhes pertencia e com o qual seu amigo Peterson fugiu, e então cometeram o erro de se envolver com Canning e seu pretenso mordomo.

Ele parou para tossir. Soava como um velho sedã Nash com problemas realmente graves de carburador.

— E você? — perguntou ele. — Ainda mantém contato com o homem misterioso que o contratou para encontrar Peterson?

— Mantemos um contato esporádico — disse eu. — Eu ainda não fui pago.

— É mesmo? E pensar em todas as dificuldades que você passou em nome dele.

— Vá com calma, Bernie — disse eu. — Não quero que fique todo emocionado de comiseração.

Ele deu uma risadinha, mas isso o fez tossir novamente.

— Corra atrás da sua grana — ele grasnou quando o acesso de tosse passou. — Bebidas e cigarros não estão ficando mais baratos.

— Obrigado pelo seu conselho, vou tentar mantê-lo em mente.

Ele riu novamente.

— Até logo, bobalhão — disse ele, e eu pude ouvir sua respiração sibilante enquanto desligava.

Eu acabara de colocar o fone no gancho quando o telefone tocou, fazendo-me saltar, como de costume. Pensei que era Bernie chamando-me de volta com mais uma de suas piadinhas. Mas não era o caso.

— Marlowe? — disse uma voz de homem, baixa e cautelosa.

— Sim, eu sou Marlowe.

— Philip Marlowe?

— Isso mesmo.

— O investigador particular?

— Quanto tempo vai durar esse interrogatório, amigo? — perguntei.

Houve uma pausa.

— Aqui é Peterson. Nico Peterson.

Era hora do rush na Union Station. O terminal principal sempre me parece uma gigantesca igreja de tijolos de adobe. Estacionei na Alameda Street e me juntei à multidão apressada. Foi como mergulhar em um rio caudaloso, agitado, exceto pelo calor e pelos cheiros misturados de suor, cachorro-quente e trens. O sistema de alto-falantes emitia tanto chiado que ninguém conseguia entender o que estava sendo anunciado ao público. Um carregador de bagagens, cruzando na minha frente, passou por cima do meu pé com a roda traseira de seu carrinho e nem sequer pediu desculpas.

Eu estava um pouco adiantado, e para passar o tempo parei em uma banca de jornal e comprei uma caixa de chicletes. Eu não masco chiclete, mas não consegui pensar em mais nada — já tinha visto jornais suficientes por um bom tempo. O dono da banca era gordo e seu rosto brilhava de suor. Nós nos solidarizamos um com o outro sobre o calor, e ele me deu uma cópia gratuita do *Chronicle*, que eu, por educação, não pude recusar. Tão logo fiquei longe de sua vista, joguei-o numa lixeira.

Sentia-me tão tenso quanto uma menina adolescente a caminho de seu primeiro concerto de Frank Sinatra. Eu ainda estava bem distante quando avistei Peterson através de uma brecha na multidão. Eu soube imediatamente que era ele. Não havia dúvida, com aquele bigode fino, os cabelos ondulados e untados, o casaco azul espalhafatoso e a calça clara. Ele estava sentado em um banco embaixo do grande quadro de partidas dos trens, que era onde dissera que estaria à minha espera. Parecia muito assustado. Havia uma mala ao seu lado e ele segurava a alça como se achasse que ela fosse criar pernas de repente e fugir.

Deixei-me ficar um pouco para trás, lutando com um surto de surpresa e confusão que me atingiu como um soco inesperado. O choque foi que eu reconheci a mala. Era de couro de porco branqueado pelo uso, com maltratadas ferragens de metal dourado. Eu não a via havia bastante tempo, mas não havia dúvidas de que se tratava da mesma mala.

Eu me desloquei lateralmente através da multidão e parei na frente dele.

— Olá, sr. Peterson — disse eu. Ele ergueu os olhos para mim com desconfiança e hostilidade. Era exatamente como eu tinha esperado, e mais ainda. Estava muito bronzeado, e um único e reluzente cacho negro caía em sua testa, com muito charme, como se tivesse sido arrumado ali, o que provavelmente era verdade. A gola da sua camisa estava aberta, as duas abas cuidadosamente dobradas para trás, sobre as lapelas do casaco. Ele usava um belo cordão de ouro em volta do pescoço, com um crucifixo quase escondido em um ninho de pelos grossos e pretos do peito.

— Sou Marlowe — disse eu.

— Ah, é mesmo?

Ele olhou para além de mim, para ver se eu tinha trazido reforço, eu suponho.

— Vim sozinho — disse eu —, como você disse que eu deveria.

— Que tal mostrar alguma identidade? — Ele não tinha se levantado. Continuou ali sentado, olhando-me com os olhos estreitados. Estava tentando parecer despreocupado e insolente, mas segurava a alça da mala com tanta força que as juntas dos seus dedos estavam brancas sob o bronzeado. Ele tinha os olhos verdes de sua irmã. Era estranho, olhar para eles e ver os olhos dela.

Quando coloquei a mão dentro do casaco, ele não pôde deixar de se encolher. Tirei minha licença devagar e mostrei-a a ele.

— Está bem — disse ele. — Vamos a algum lugar onde a gente possa conversar. — Ele se levantou e flexionou os ombros para fazer seu casaco assentar-se bem. Eu podia ver que ele era um homem profundamente apaixonado por si mesmo.

Estávamos prestes a nos afastar, quando os números no quadro de partidas acima de nós mudaram com uma barulheira de matraca, e ele encolheu-se outra vez. Quando se está no estado em que ele estava, os simples estalidos de uma tigela de cereais crocantes no café da manhã soam como um pelotão de fuzilamento engatilhando seus rifles. Ele estava apavorado.

Ele pegou a mala.

— Isso parece pesado — disse eu. — Por que não deixa um carregador levá-la para você?

— Não faça piadas, Marlowe — disse ele, com os dentes cerrados. — Não estou com disposição para brincadeiras. Está carregando uma arma?
— Não.
— Não? Que tipo de detetive você é?
— O tipo que não carrega uma arma aonde quer que vá. Além disso, uma dupla de mexicanos se apoderou da minha arma.

Mas ele não reagiu a isso da maneira como eu pensava que reagiria. Ele não teve nenhuma reação.

Encontramos um café longe do saguão principal e nos sentamos a uma mesa no canto, de frente para a porta. O local não estava muito movimentado. Os clientes ficavam olhando para os seus relógios, levantando-se apressadamente e saindo, mas logo outros entravam, mais lentamente, para substituí-los. Peterson empurrou a mala encostando-a à parede atrás de sua cadeira.
— Bonita mala — disse eu.
— O quê?
— A mala. Bonita, com as ferragens douradas e tudo o mais.
— Não é minha. — Ele vigiava a porta. Seus olhos verdes eram penetrantes e um pouco protuberantes, como os de uma lebre.
— Muito bem — disse eu —, então você não está morto.
— Você é muito observador — disse ele, com um risinho desagradável.

A garçonete veio e pedimos café. Peterson não tirava o olho de um tipo valentão de pé junto ao balcão, usando um chapéu cinza e uma gravata com a figura de um dragão.
— Por que você me chamou? — perguntei.
— Como é que é?
— Por que eu?
— Eu tinha ouvido o seu nome, em seguida vi você mencionado no jornal quando estavam publicando notícias sobre Lynn.

— Então, você sabia que eu estava atrás de você.
— O que quer dizer, atrás de mim?
— Tenho investigado as circunstâncias do seu triste falecimento.
— É mesmo? Em nome de quem?
— Você não pode adivinhar?
Seu rosto assumiu uma expressão amarga.
— Certo, posso adivinhar.
O sujeito de chapéu no balcão acabou de tomar o café e saiu calmamente, assoviando. Pude sentir Peterson relaxar um pouco.
— Eu conversei com Mandy Rogers — disse eu.
— Ah, é? — disse ele, indiferente. — Boa menina. — Era óbvio que Mandy já não era mais uma parte significativa de sua paisagem. Se é que um dia tinha sido.
— Sinto muito sobre sua irmã — disse eu.
Ele simplesmente deu de ombros.
— Sim, ela nunca teve sorte.
Tive vontade de lhe dar um soco, mas, em vez disso, eu disse:
— O que você quer comigo, Peterson?
Ele coçou o maxilar com uma unha, fazendo um som áspero.
— Eu preciso que você faça um serviço para mim — disse ele. — Pago cem verdinhas.
— Que tipo de serviço?
Ele vigiava a porta novamente.
— É fácil — disse ele. — Preciso que a mala seja entregue a uma determinada pessoa.
— Ah, é mesmo? E por que você não pode fazer isso por conta própria?
— Muito ocupado — disse ele. Deu aquele risinho outra vez. Era o tipo de ruído que me deixaria muito irritado se eu tivesse de ouvir com frequência.
— Você quer o trabalho ou não?
— Vamos ouvir alguns detalhes — disse eu.

Nosso café veio, naquelas xícaras grandes, branco encardido, que só se vê nas estações de trem, com colheres gordurosas. Provei o café e me arrependi de tê-lo feito.

— Bom — disse Peterson, baixando a voz —, o negócio é o seguinte. Eu me levanto e saio daqui, deixando a mala encostada à parede ali. Você espera, digamos, meia hora e, em seguida, pega a mala e leva-a para um sujeito chamado...

— Lou Hendricks? — disse eu.

Ele me deu aquele olhar de lebre novamente.

— Como é que você sabia...?

— Porque — disse eu — o sr. Hendricks me convidou para um passeio em seu enorme carro preto e emitiu ameaças, assegurando-me que ele quebraria minhas pernas se eu não lhe dissesse onde você estava.

Ele franziu a testa.

— Não foi ele que contratou você para me encontrar?

— Não.

— Ele simplesmente o pegou na rua?

— Isso mesmo.

Ele amarrou a cara e mastigou um pouco a junta de um dedo.

— Então o que foi que você disse a ele? — perguntou, finalmente.

— Eu disse que não sabia do seu paradeiro e que, mesmo que soubesse, não lhe diria. Eu disse que, até onde eu sabia, você estava morto. Ele não acreditou. Alguém já tinha buzinado no ouvido dele.

Peterson concordou, balançando a cabeça e pensando. Havia uma fina película de suor em sua testa. Ele alisou o bigode, marejado de gotículas de umidade. Não gostei de olhar para aquilo. O pior era a pequena lacuna no centro do bigode, um entalhe pálido, que parecia uma parte muito íntima dele para estar em exibição pública.

Afastei a xícara de café e acendi um cigarro.

— Quer me contar o que aconteceu, Nico?

Ele partiu diretamente para a arrogância.

— Eu não tenho que lhe dizer mais nada! Estou lhe oferecendo cem dólares por um trabalho, e pronto. Está disposto a fazer isso?

Eu fingi considerar a proposta.

— Se você quer dizer pelo dinheiro, posso viver sem ele. Quanto ao trabalho, vamos ver.

Ele pegou uma caixinha de prata do bolso do casaco, tirou uma pequena pílula branca e colocou-a debaixo da língua.

— Está com dor de cabeça? — perguntei.

Ele pareceu achar que não valia a pena responder.

— Escute aqui, Marlowe — disse ele —, tenho certa pressa. Você vai pegar a mala e entregá-la para a pessoa que mencionamos ou não?

— Ainda não sei — respondi. — E é melhor você ir com mais calma. Está com medo, está fugindo, e se eu sou o único a quem você pode recorrer, então, é óbvio que está com sérios problemas. Estou no seu rastro há algum tempo e há algumas coisas que eu gostaria de ver esclarecidas. Agora, você está disposto a falar?

Ele fez beicinho, aborrecido, e eu pude vê-lo como um menino emburrado.

— O que você quer saber? — resmungou ele.

— Basicamente, tudo. Vamos começar com a mala. O que há nela que Lou Hendricks está tão ansioso para botar as mãos?

— Só algumas coisas.

— Que tipo de coisas?

— Olhe, Marlowe...

Eu agarrei seu pulso onde estava apoiado sobre a mesa e apertei até os ossos rangerem no interior. Ele tentou livrar-se, mas segurei-o com força.

— Você está me machucando! — ele resmungou.

— Sim, e vou machucá-lo muito mais se você não começar a falar. O que há na mala?

Ele tentou novamente se libertar, mas apertei seu pulso ainda com mais força.

— Solte-me — ele choramingou. — Vou lhe dizer, pelo amor de Deus!

Afrouxei meus dedos e ele deixou-se cair para trás em sua cadeira, como se todo o ar tivesse repentinamente escapado dele.

— Ela tem um fundo falso — disse ele, em um tom soturno. — Embaixo, há dez quilos de "farinha", em vinte sacos de celofane.

— Heroína?

— Fale baixo! — Ele lançou um rápido olhar ao redor. Ninguém estava prestando qualquer atenção a nós. — Heroína, sim, foi o que eu disse.

— Para ser entregue a Lou Hendricks. Da parte de quem?

Ele encolheu os ombros.

— Um fulano aí. — Ele massageava seu punho com os dedos da outra mão. Seus olhos estavam cheios de raiva. Eu disse a mim mesmo para me lembrar de nunca deixá-lo em posição de vantagem sobre mim.

— Que fulano? — perguntei.

— Um sujeito do sul.

— Me dê o nome.

Ele pegou um lenço branco do bolso interno de seu casaco e limpou a boca.

— Você conhece Mendy Menendez?

Parei. Esse não era o nome que eu esperava. Menendez era um bandido, costumava ser um dos grandes por aquelas bandas — um dos maiores, na verdade.

Mas ele se mudara para o México e, a última vez que ouvi falar dele, estava operando perto de Acapulco. Bom trabalho se você pode obtê-lo, se é que se pode chamar de trabalho.

— Sim, eu o conheço — disse eu.

— Ele e Hendricks têm um negócio juntos. Menendez envia uma remessa a cada dois meses mais ou menos e Hendricks trata da distribuição.

— E você é o "avião".
— Eu fiz isso algumas vezes. Dinheiro fácil.
— Você traz toda essa carga a cada vez?
— Mais ou menos.
— O que dez quilos de heroína valem?
— Na rua? — Ele enrugou os lábios, em seguida abriu um largo sorriso. — Dependendo da procura, tanto quanto um pé-rapado como você vai ganhar em uma vida inteira.

Os lábios de Peterson eram cor-de-rosa e quase tão bem delineados como os de uma mulher. Esse não era o homem por quem Clare Cavendish estava apaixonada, aquele de quem falara com tanta paixão naquela noite em seu quarto, sentada na cama, ao lado de seu irmão inconsciente; bastava eu olhar para Peterson, ver aqueles olhos maus e ouvir seu tom lamuriento, para saber que ela não o teria tocado nem com uma piteira de ébano. Não, havia outra pessoa, e agora eu sabia quem era. E já sabia havia algum tempo, eu creio, mas você pode saber alguma coisa e ao mesmo tempo não saber. É uma das coisas que nos ajudam a suportar o nosso quinhão na vida sem enlouquecer.

— Você sabe quantas vidas essa quantidade de drogas destruiria? — perguntei.

Ele sorriu com sarcasmo.

— Você acha que vale a pena salvar a vida de um viciado?

Examinei a ponta do meu cigarro. Eu esperava que em algum momento antes de nos separarmos eu tivesse a oportunidade de dar um soco no rosto bonito e bronzeado de Peterson.

— Então, o que você fez — disse eu —, resolveu guardar o bagulho para você mesmo e fazer negócio próprio com outra pessoa?

— Há um sujeito que eu conheci em Frisco, ele disse que, por uma participação, poderia pegar tudo que eu tivesse e vender para a máfia, sem perguntas.

— Mas não funcionou.

Peterson engoliu em seco; eu o ouvi fazer isso. Pensei que talvez ele fosse chorar. Devia ter parecido tão simples para o idiota vira-casaca.

Ele iria ficar com a mala e deixar o amigo vender a droga para um cliente, que nem mesmo Lou Hendricks, se viesse a saber do negócio, se atreveria a desafiar. Enquanto isso, Peterson estaria a caminho de algum lugar distante e seguro, os bolsos abarrotados com uma quantidade de dinheiro que ele nunca sonhou que poderia ter.

— O sujeito que eu conhecia — disse Peterson — sofreu um acidente fatal. Sua mulher pegou-o pulando a cerca e deu um tiro na cara dele, antes de estourar os próprios miolos.

— Uma história trágica — disse eu.

— Sim. Sem dúvida. Trágica. E ali estava eu, empacado com vinte sacos da droga e ninguém para quem vender.

— Você mesmo não poderia ter procurado a máfia?

— Eu não tinha os contatos. Além do mais — ele deu uma risadinha triste —, eu estava apavorado. Então, soube o que aconteceu a Lynn e isso me deixou ainda mais apavorado. As coisas pareciam estar... pareciam estar se fechando ao meu redor. Eu sabia o que iria acontecer se Hendricks botasse as mãos em mim.

— Por que você simplesmente não se rendeu, não ligou para o Hendricks, pediu desculpas e devolveu a mala?

— Ah, claro. Hendricks diria obrigado, pegaria a mercadoria e, em seguida, mandaria um dos seus rapazes arrancar minhas unhas com um alicate. E isso seria apenas o começo. Você não conhece essa gente.

Ele estava errado nesse ponto, mas não valia a pena contradizê-lo. O café na minha xícara havia desenvolvido uma película brilhante, como um derramamento de óleo em miniatura. A fumaça do meu cigarro tinha um sabor amargo na boca. Você pode se sentir manchado só por estar nas proximidades de um vigarista barato como Peterson.

— Vamos voltar no tempo um pouco — disse eu. — Conte-me como você fingiu sua morte.

Ele deu um suspiro de raiva.

— Quanto tempo você vai me manter aqui, Marlowe — perguntou ele —, respondendo às suas malditas perguntas idiotas?

— O tempo que for necessário. Eu sou um homem propenso à curiosidade. Vamos, faça a minha vontade.

Distraidamente, ele começou a massagear o pulso novamente. Já começava a apresentar manchas roxas. Eu não sabia que tinha garras tão poderosas.

— Eu conhecia Floyd Hanson — disse ele, em seu modo rabugento. — Ele costumava me deixar entrar no clube quando o velho estava fora.

— O que você quer dizer?

Ele torceu o rosto mais uma vez daquela forma que não o deixava nada bonito.

— O meu pai tinha me renegado, me proibido de chegar perto dele ou de seu precioso Cahuilla Club. Eu gostava de ir lá, me embebedar e vomitar nos seus tapetes indígenas.

— O que é que você tinha contra Hanson?

— Eu tinha que ter alguma coisa contra ele?

— Eu diria que sim. Ele estava correndo um grande risco, permitindo que você entrasse lá. Eu conheci o seu pai. Não me pareceu um homem tolerante. Você estava pagando Hanson?

Ele riu. Foi a primeira risada genuína que ouvi dele.

— Não — disse ele. — Eu não precisava pagar. Eu sabia coisas sobre ele. Ele tentou me seduzir uma vez, quando eu era jovem. Disse mais tarde que não sabia o que tinha dado nele e me implorou para jurar que eu não iria contar nada ao velho. Eu disse que sim, claro, eu não iria contar. Mas deixei claro para Hanson que dali em diante nós tínhamos um trato.

Ele sorriu consigo mesmo, orgulhoso de sua própria esperteza.

— O corpo que você vestiu com suas roupas naquela noite e deixou à beira da estrada — perguntei —, de onde ele veio, quem era?

— Alguém que trabalhava no clube — disse ele.

— Você o matou?

Ele se empertigou para trás, afastando-se de mim, arregalando os olhos.

— O quê, está brincando?

— Então, Hanson deve ter feito isso. — Fiz uma pausa. — Engraçado, eu não o tomava por um assassino. Eu não achava que ele pudesse ter essa índole.

Peterson refletiu um pouco.

— Eu não lhe perguntei sobre o corpo — disse ele, impaciente. — Acho que eu pensei que quem quer que fosse tinha morrido de causas naturais. Eu não vi nenhuma marca nele. Floyd e eu vestimos o terno nele, lá nos fundos da sede do clube, depois o levamos em um carrinho de mão para a estrada. Eu tinha me fingido de bêbado a noite toda, certificando-me de que todos me vissem.

— Inclusive Clare Cavendish.

— Sim. — Ele balançou a cabeça. — Clare estava lá. Além do mais, eu tinha combinado com Lynn para identificar o corpo e organizar a cremação. Tudo estava arranjado, tudo estava no lugar. Eu tinha um carro estacionado mais abaixo na estrada, e, assim que Floyd e eu jogamos o corpo na estrada, eu fugi para o norte, com a mercadoria no porta-malas. Devia ter funcionado. — Ele bateu um punho cerrado na palma da outra mão. — *Devia ter funcionado.*

— Seu pai tem conhecimento de tudo isso?

— Eu acho que não. Como ele poderia saber? Floyd não diria nada. — Ele pegou um fósforo usado do cinzeiro e começou a rolá-lo entre dois dedos e o polegar. — Como foi que você o conheceu?

— Quem? Seu pai? Eu fui ao clube para perguntar sobre você. Falei com Hanson, que não ajudou em nada. Depois, mais tarde, apareceram dois mexicanos, os que mataram sua irmã, também à sua procura, e o seu pai e Bartlett, o mordomo, os pegaram e espremeram até virarem uma polpa. Eu cometi o erro de fazer uma nova visita ao mesmo tempo que isso estava acontecendo, e quando dei por mim estava sendo submergido na piscina, a fim de me encorajarem a dizer tudo o que eu sabia sobre você e o seu suposto paradeiro. Impressionante, o seu pai. Convincente. Eu posso ver por que você e ele não se davam tão bem.

Eu estava observando a garçonete em seu posto, junto ao balcão, tirando um momento de folga. Ela era uma loura sem graça, com olhos tristes e uma boca infeliz. A todo momento, ela empurrava o lábio inferior para fora e soprava para cima, de modo que a franja de cabelos úmidos em sua testa se levantasse e caísse novamente. Senti uma súbita pontada de compaixão por ela, pela vida medíocre a que tinha sido condenada, andando de um lado para outro ali o dia todo, entre o barulho, os cheiros e o interminável tumulto de pessoas apressadas, mal-humoradas e impacientes. Então, eu pensei, quem sou eu para ter pena dela? O que eu sei sobre ela e sua vida? O que eu sei sobre quem quer que seja?

— Eu odeio o velho filho da mãe — disse Peterson, em um tom distante. — Ele estragou tudo para mim, desde o começo.

Oh, com certeza, tive vontade de dizer, *é tudo culpa do velho pai, sempre é, com pessoas como você*. Mas não o fiz.

— Você sabe que ele está foragido — disse eu —, seu pai.

Isso o animou um pouco.

— Está? Por quê?

— Ele matou aqueles mexicanos ou mandou matá-los.

— Ah, é? — Ele pareceu achar divertido. — E para onde ele foi?

— Isso é o que muita gente gostaria de saber.

— Deve estar em algum lugar da Europa. Ele tem grana guardada lá. Deve estar sob um nome falso. — Deu uma risadinha, quase com admiração. — Nunca o encontrarão.

Ficamos em silêncio por algum tempo, nós dois; então, Peterson se remexeu.

— Eu tenho que ir, Marlowe — disse ele. — O que vai ser? Você vai levar a mercadoria para Hendricks?

— Está bem — disse eu. — Eu levo.

— Ótimo. Mas não vá ter ideias você mesmo. Vou informar a Hendricks que a mala está com você.

— Faça como quiser — disse eu.

Ele enfiou a mão dentro do casaco, tirou uma carteira de notas, segurou-a no colo, sob o nível da mesa, e começou a contar um maço de notas de dez dólares. Havia muitas delas ali. Eu esperava que ele não tivesse bancado o engraçadinho com a droga de Mendy Menendez, como tirar uma fatia para si mesmo e substituí-la por alguns sacos de gesso de Paris. Hendricks não era burro para se deixar enganar por esse velho truque.

— Eu não quero o seu dinheiro, Peterson — disse eu.

Ele me lançou um olhar enviesado, desconfiado e calculista.

— Como é que é? — disse ele. — Está fazendo caridade agora?

— Esse dinheiro passou por mãos que eu preferiria não tocar.

— Então por quê...?

— Eu gostei de Lynn — disse eu calmamente. — Sua irmã tinha coragem. Vamos dizer que estou fazendo isso por ela. — Ele teria dado uma gargalhada, se não fosse pela expressão do meu olhar. — E quanto a você, quais são os seus planos? — perguntei. Não que eu me importasse, só que eu queria ter certeza de que nunca mais o veria novamente.

— Eu tenho um amigo — disse ele.

— Outro?

— Ele trabalha para uma linha de cruzeiro sul-americana. Ele pode me arranjar um emprego. Então, quando chegarmos ao Rio ou a Buenos Aires ou a um lugar como esses, eu abandonarei o barco e começarei uma vida nova.

— Que tipo de trabalho o seu amigo está lhe oferecendo?

Ele deu um sorriso forçado.

— Nada de muito exigente. Ser agradável com os passageiros, ajudando-os com quaisquer pequenos problemas que possam surgir. Esse tipo de coisa.

— Então, seu pai estava certo — disse eu. — Vai ser oficial.

— O que quer dizer?

— Você vai ser um membro genuíno, quitado, da ilustre ordem dos gigolôs.

O sorrisinho desapareceu.

— Isso é brilhante — disse ele —, vindo de um xereta. Mas, pense no seguinte, você ainda estará aqui gastando a sola do sapato e espionando maridos para pegá-los trepando com as amigas da mulher, enquanto eu estarei em uma rede, deleitando-me ao sol ao sul do equador.

Ele começou a se levantar, mas eu o peguei pelo pulso novamente e o prendi de volta.

— Tenho uma última pergunta — disse eu.

Ele lambeu aqueles lindos lábios rosados, lançou um olhar anelante em direção à porta, em seguida sentou-se novamente, devagar.

— O que é?

— Clare Cavendish — disse eu. — Ela diz que você e ela estavam romanticamente envolvidos.

Ele arregalou os olhos de tal forma que eles quase saltaram das órbitas.

— Ela disse isso? — Ele soltou uma risada. — Verdade?

— Você está me dizendo que isso não é verdade?

Ele sacudiu a cabeça, não para negar, mas em uma espécie de espanto.

— Não estou dizendo que eu a teria recusado, quero dizer, quem faria isso?, mas ela nunca teve interesse por mim. Uma mulher fina como aquela, ela estava muito acima do meu nível.

Soltei seu pulso.

— Isso é tudo o que eu queria saber — disse eu. — Agora você pode ir.

Mas ele permaneceu onde estava, os olhos estreitando-se.

— Foi ela quem o contratou para vir atrás de mim, certo? — disse ele, balançando a cabeça. — Sim, faz sentido.

Ele estava olhando para mim da forma como eu olhara para a garçonete, com uma expressão de pena.

— Ele a enviou para você, não foi? Ele costumava falar sobre você, foi onde ouvi seu nome mencionado pela primeira vez. Ele sabia que você iria se apaixonar por ela, por aqueles olhos, aquele cabelo, aquela pose de mulher de gelo. Você seria o tipo que não conseguiria resistir a ela.

Ele se inclinou para trás, um largo sorriso espalhando-se lentamente pelo rosto, como melado.

— Nossa, Marlowe, você é um pobre tolo.

Então, ele se levantou e foi embora.

Havia uma cabine de telefone ao lado da caixa registradora. Eu me comprimi no espaço exíguo e fechei a porta dobrável atrás de mim. O ar ali dentro cheirava a suor e baquelite morna. Através do painel de vidro da porta, eu podia ver toda a sala até a mala sob a mesa, junto à parede. Talvez eu estivesse esperando que alguém a arrebatasse e saísse correndo com ela, mas eu sabia que isso não iria acontecer; coisas assim nunca acontecem, não quando você deseja que aconteçam.

Liguei para Langrishe Lodge. Foi Clare quem atendeu.

— Aqui é Marlowe — disse eu. — Diga a ele que quero vê-lo.

Eu a ouvi prender a respiração.

— Quem?

— Você sabe muito bem de quem estou falando. Diga a ele para pegar um avião, o próximo a sair. Ele chegará aqui esta noite. Ligue para mim quando ele chegar.

Ela começou a dizer mais alguma coisa, mas eu desliguei.

Voltei para a mesa e a garçonete se aproximou. Ela sorriu para mim, do seu jeito cansado, e recolheu as duas xícaras.

— Você não tomou o seu café — disse ela.

— Tudo bem. O meu médico está sempre me dizendo que eu bebo café demais. — Dei a ela uma nota de cinco dólares e disse-lhe para guardar o troco. Ela olhou para mim, seu sorriso cada vez mais incerto.

— Compre um chapéu para você — disse eu.

23

Eu deveria saber esperar, dada a forma como escolhi ganhar a vida — se é que escolhi, e não apenas caí nela, como você cairia por um bueiro aberto —, mas não tenho disposição para isso. Eu posso perder tempo, não há problema. Posso ficar horas sentado no escritório, em minha cadeira giratória, olhando pela minha janela para aquela secretária do outro lado da rua, curvada sobre o ditafone, até mesmo sem vê-la, na maior parte do tempo. Posso ficar vadiando sobre um Gambito do Rei até as peças ficarem desfocadas e o desenho do tabuleiro de xadrez fazer meu cérebro começar a girar lentamente. Posso ficar bebericando um copo de cerveja em algum bar bolorento, enquanto o barman me conta como sua mulher é burra e como seus filhos não têm nenhum respeito por ele, e nem sequer bocejar. Sou um desperdiçador de tempo inato. Mas me dê algo específico pelo qual eu devo esperar e em cinco minutos começo a ficar inquieto.

Naquele dia, almocei cedo no Rudy's Bar-B-Q na La Cienega: costelinhas de porco reluzindo com o que parecia ser um verniz vermelho-escuro — também tinha gosto de verniz. Tomei uma cerveja mexicana; pareceu adequada, de uma maneira um pouco macabra. O México tinha sido o tema ao longo de todo o tempo, se ao menos eu tivesse sido bastante inteligente para perceber. Depois, voltei ao escritório por algum tempo, na esperança de que algum cliente aparecesse. Eu teria ficado contente de ver até mesmo aquela senhora cujo vizinho estava tentando envenenar seu gato. Porém, uma hora se passou, uma hora que pareceu três, e eu continuava sozinho. Sorrateiramente, tomei um ou dois goles da garrafa do escritório. Fumei mais um cigarro. A srta. Remington do outro lado havia desligado o gravador e colocava a capa em sua máquina de escrever. Em seguida, ela tiraria seu estojo de pó compacto da bolsa, empoaria o nariz, olhando-se no minúsculo espelho e enrugando os lábios, depois passaria o pente pelos cabelos, fecharia a bolsa com um estalido e iria para casa. Sim, eu passara a conhecer os seus hábitos muito bem.

Verifiquei os filmes em cartaz. Estavam reapresentando *O gênio da pelota* no Roxie. Parecia a opção certa — Groucho e os rapazes fariam passar uma ou duas horas felizes para mim. Assim, fui caminhando até lá, comprei um bilhete para o balcão e a lanterninha me mostrou a minha cadeira. Ela era uma ruiva com uma franja curta, uma boca bonita e olhos amistosos. Lá embaixo, nas primeiras filas, havia outra jovem bonita, posando na frente da tela com uma bandeja de sorvete, doces e cigarros. Ela usava uma espécie de uniforme de arrumadeira, com uma saia preta curta, uma gola de renda branca e um chapeuzinho branco, parecendo um barquinho de papel virado de cabeça para baixo. Não havia mais do que uma dezena de clientes no local, almas solitárias como eu, sentados o mais longe possível uns dos outros.

As cortinas vermelhas abriram-se, as luzes se apagaram e surgiu o trailer de *A noiva do gorila,* protagonizado por Lon Chaney e Barbara Payton, com Raymond Burr como o gerente de uma fazenda no meio das selvas da América do Sul, que é amaldiçoado por uma bruxa indígena e todas as noites se transforma em você-sabe-o-quê e faz belas mulheres gritarem e homens crescidos tremerem de medo. Seguiram-se alguns anúncios publicitários, da Philip Morris, Clorox e coisas do gênero, e então as cortinas foram fechadas novamente e um refletor iluminou a garota do sorvete à frente da plateia.

Ela fez pose, flexionando um dos joelhos, inclinando a cabeça e mostrando seus dentes em um sorriso coquete, mas ainda assim não houve nenhum comprador e, depois de um minuto, o refletor se apagou com um clique desencorajado, as cortinas se abriram e o filme começou.

Fiquei lá sentado à espera que os irmãos Marx me animassem, mas de nada adiantou. Eu não ri, nem qualquer outra pessoa. Comédias só são engraçadas em uma casa cheia. Quando o local está quase vazio, você percebe como depois de cada piada há uma pausa deliberada na ação para permitir uma onda de risos da plateia, e, como naquela noite ninguém estava rindo, a coisa toda começou a parecer triste. No meio do filme, eu me levantei e saí. Do lado de fora da porta de vaivém, a lanterninha ruiva estava sentada em uma cadeira lixando as unhas. Ela perguntou se eu estava me sentindo mal e eu disse-lhe que não, só queria tomar um pouco de ar fresco. Ela sorriu seu sorriso meigo, mas isso só fez tudo parecer ainda mais triste.

Já era hora do crepúsculo e o ar estava quente e enfumaçado, como o ar em uma estação de metrô. Caminhei despreocupadamente ao longo da avenida sem pensar em mais nada. Eu estava nesse estado de suspensão em que você entra quando está esperando para ser submetido a uma operação cirúrgica. O que tiver que ser será; o que tiver que acontecer acontecerá. De qualquer forma, o que a noite iria trazer seria para mim como a consequência de algo que já tivesse acontecido. Eu achava que não havia muito mais danos que poderiam ser feitos a mim que já não tivessem sido feitos. A vida o endurece dando-lhe pancadas desde que você tinha idade suficiente para se sentir deprimido, mas, em seguida, vem uma pancada que é maior do que qualquer outra que você já tenha sofrido até então, e você percebe o quanto é vulnerável, o quanto sempre será.

Parei em uma caixa de correio, verifiquei os horários de coleta e vi que ela acabara de ser esvaziada. Tirei um envelope do bolso interno do meu paletó, deslizei-o para dentro pela abertura e ouvi quando ele caiu no fundo da caixa.

O Cahuenga Building estava vazio, exceto pelo vigia noturno, em sua cabine de vidro ao lado do elevador, e pelo zelador, um negro muito alto chamado Rufus. Rufus sempre tinha uma palavra amável para mim. Às vezes, eu lhe dava dicas para as corridas de cavalos, mas não sei se ele algum dia fez uma aposta. Quando saí do elevador, ele estava lá, no corredor, arrastando um esfregão molhado para frente e para trás pelo chão, com seu modo pensativo. Ele devia ter uns dois metros de altura, com uma grande e bonita cabeça africana.

— Vai trabalhar até tarde da noite hoje, sr. Marlowe? — perguntou ele.

— Estou esperando uma chamada telefônica — disse eu. — Você está bem, Rufus?

Ele abriu um largo sorriso.

— Você me conhece, sr. Marlowe. O velho Rufe está sempre bem.

— Sem dúvida — disse eu. — Sem dúvida.

No escritório, não acendi nenhuma lâmpada. Sentei-me nas sombras e girei minha cadeira para que eu pudesse olhar pela janela para as luzes da cidade e para a lua suspensa acima das colinas azuladas ao longe. Tirei a garrafa da gaveta, mas guardei-a novamente. A última coisa que eu precisava nesta noite era de uma cabeça confusa.

Telefonei para Bernie Ohls. Ele não estava no escritório, olhei no meu caderninho de endereços cheio de "orelhas" e encontrei o número de sua residência. Ele não gostava de ser chamado em casa, mas eu não me importava. Sua mulher atendeu e, quando eu disse o meu nome, achei que ela fosse desligar na minha cara, mas ela não o fez. Eu a ouvi chamar Bernie e, mais fracamente, ouvi Bernie berrando de volta. Em seguida, houve o barulho de Bernie descendo do andar de cima.

— É o seu amigo Marlowe. — Eu ouvi a sra. Ohls dizendo de mau humor. A seguir, Bernie atendeu.

— O que é que você quer, Marlowe? — ele grunhiu.

— Olá, Bernie. Espero não estar perturbando-o.

— Vamos dispensar a conversa fiada. O que é?

Eu disse-lhe que tinha visto Peterson. Eu quase podia ver suas orelhas ficando em pé.

— Você o viu? Onde?

— Union Station. Ele me telefonou e me disse para ir lá. Escolheu a estação porque tinha uma mala com ele e não queria chamar atenção.

Houve uma pausa.

— Que tipo de mala?

— Apenas uma mala. De fabricação inglesa, pele de porco, ferragens douradas.

— E o que havia nela?

— Heroína no valor de zilhões de dólares. Propriedade de um certo sr. Menendez. Lembra-se do nosso velho amigo Mendy, agora morando ao sul da fronteira?

Novamente, Bernie fez uma pausa. Eu tinha a impressão de um homem apertando a tampa de uma panela de pressão. Com o passar dos anos, o pavio de Bernie estava cada vez mais curto; eu realmente achava que ele devia fazer alguma coisa a esse respeito.

— Está bem, Marlowe — disse ele, em uma voz controlada com dificuldade —, comece a explicar.

Foi o que fiz. Ele ouviu em silêncio, exceto em uma ou outra ocasião em que bufava de surpresa ou indignação. Quando terminei, ele respirou fundo. Isso o fez começar a tossir. Segurei o receptor longe do meu ouvido até ele terminar.

— Então, deixe-me entender direito — disse ele, um pouco ofegante. — Peterson era a mula das drogas de Menendez, pegando-as no México e trazendo-as para Lou Hendricks, até que ele teve a ideia brilhante de guardar uma remessa para si e vendê-la a alguns senhores de ascendência italiana. Mas o negócio azedou e os corpos começaram a se empilhar, e Peterson perdeu a coragem e contratou você...

— Tentou me contratar.

— ... para entregar a mala a Hendricks.

— Sim, é mais ou menos isso. — Houve alguns sons meio desastrados na linha e, em seguida, o riscar de um fósforo. — Bernie, você está acendendo um cigarro? — perguntei. — Já não tossiu o suficiente?

Eu o ouvi inspirar, depois expirar.

— Então, onde está a mala agora?

— Está em um compartimento de bagagem na estação de trem. E a chave para o armário está em um envelope em uma caixa de correio na South Broadway. Você vai recebê-la na segunda entrega amanhã. E, antes que você pergunte, eu fiz isso porque prometi a Peterson que lhe daria tempo para ele sumir.

— E onde ele está?

— Ele partiu em um cruzeiro para a América do Sul.

— Muito engraçado.

— Não vale a pena persegui-lo, Bernie — disse eu. — Não desperdice suas energias, nem fique ainda mais irritado do que já está.

— E o Hendricks?

— O que tem ele?

— Eu deveria levá-lo à delegacia para uma conversinha.

— E com base em quê? A mercadoria não foi entregue. Em vez disso, é você quem a tem, ou vai ter, quando aquela chave do armário da estação cair no seu capacho amanhã ao meio-dia. Não há como conectar Hendricks a nada disso.

Bernie tragou novamente o seu cigarro. Ninguém aprecia um cigarro como um homem que supostamente deixou de fumar.

— Você percebe — disse ele — que depois de tudo isso, com... o quê?... cinco pessoas mortas, inclusive o capanga de Canning, aliás... qual é o nome dele?

— Bartlett.
— Inclusive ele, morreu esta tarde.
— Que pena — disse eu, como se realmente sentisse muito.
— De qualquer modo, depois de todos esses assassinatos e confusão, eu não fiz uma única acusação nem coloquei nenhum suspeito na cadeia.
— Você poderia me prender por atirar em Bartlett — disse eu —, se isso o fizer feliz. Mas não seria um grande caso.
Bernie suspirou. Ele era um homem cansado. Pensei em sugerir que ele começasse a considerar a aposentadoria, mas não o fiz. Depois de uma pausa, ele perguntou:
— Você vê as lutas, Marlowe?
— Na TV, você quer dizer?
— Sim.
— Às vezes.
— Eu estava lá em cima assistindo a uma luta esta noite. Quando você ligou, Sugar Ray estava esfregando o chão com Joey Maxim. Acabei de ouvir, agora mesmo, lá de cima, do meu esconderijo, onde eu tenho a minha própria TV, o som de um sino e uma gritaria da torcida. Isso provavelmente significa que Joey está no chão, sangue e dentes quebrados pela lona. Eu gostaria de tê-lo visto cair pela última vez. Não tenho nada contra o grande Joey, é um belo rapaz e um bravo lutador. E aposto que ele ainda deu um bonito espetáculo antes de as luzes se apagarem para ele. É uma pena que eu não tenha conseguido ver o final da luta. Sabe o que eu quero dizer?
— Desculpe-me, Bernie — disse eu. — Eu jamais o teria afastado dos seus prazeres, de modo algum, é só que achei que você poderia querer saber sobre Peterson e todo o resto.
— Tem razão, Marlowe. Eu sou grato a você por me deixar a par do que está acontecendo, realmente sou. Apenas, você sabe o que você pode fazer agora? Quer saber o que você pode fazer?

— Na verdade, não, mas suponho que você vá me dizer assim mesmo.

Eu estava certo. Foi o que ele fez. As suas sugestões foram escandalosas, vívidas e, em sua maior parte, anatomicamente inviáveis.

Quando ele terminou, eu disse um educado boa-noite e desliguei. Ele não é um mau sujeito, Bernie. Como eu disse, ele tem o pavio curto, e está ficando cada vez mais curto.

Coloquei meus pés para cima sobre a mesa. Eu ainda podia ver pela janela. Por que as luzes da cidade, vistas de longe, parecem piscar? Quando você olha para elas mais de perto, elas têm um brilho constante. Deve ter alguma coisa a ver com a intervenção do ar, com os milhões de diminutas partículas de poeira rodopiando nele, talvez. Tudo parece fixo, mas não é; está em movimento. A mesa em que eu apoiava os pés, por exemplo, não era sólida de modo algum, mas um enxame de partículas tão pequenas que o olho humano jamais conseguirá ver uma. O mundo, no final das contas, é um lugar assustador. E isso mesmo sem contar as pessoas.

Eu costumava pensar que Clare Cavendish poderia partir meu coração. Eu não percebia que já estava partido. Viva e aprenda, Marlowe, viva e aprenda.

24

Passava um pouco das dez horas quando ela ligou. Eu tinha fraquejado e tirado a garrafa mais uma vez da sua profunda toca na gaveta da mesa e servido a mim mesmo uma dose modesta de bourbon. De alguma forma, a bebida alcoólica não parece algo tão grave quando você bebe de um copo de papel. O uísque ardeu na minha boca, que já estava sensível por causa de todos os cigarros que eu havia fumado no decorrer daquele longo dia. Sem dúvida, eu não era a pessoa certa para dizer a Bernie Ohls que ele devia largar o vício.

Eu sabia que o telefone iria tocar um segundo antes de realmente o fazer. A voz dela era abafada, quase um sussurro.

— Ele está aqui — disse ela. — Venha pelo caminho habitual, através do jardim de inverno. E não se esqueça de desligar os faróis.

Eu não consigo me lembrar do que eu disse em resposta. Talvez não tenha dito nada. Eu ainda estava naquele estado de suspensão estranhamente sonhador, parecendo flutuar fora de mim mesmo, observando os meus próprios atos, mas de alguma forma sem tomar parte neles. Imagino que tenha sido o efeito de toda a espera e da perda de tempo.

Rufus tinha ido embora e o assoalho que ele estivera limpando havia muito já tinha secado, embora a sola dos meus sapatos rangesse sobre ele como se ainda estivesse molhado. A noite do lado de fora estava fresca e a fumaça de poluição do dia já tinha finalmente se dissipado do ar. Eu havia estacionado o carro na Vine, embaixo de um poste de luz. Ele parecia um grande animal escuro, agachado ali junto à calçada, e os faróis pareciam me lançar um olhar maligno. O motor custou a pegar, tossindo e cuspindo, antes de finalmente chocalhar e ganhar vida. Ele provavelmente estava precisando de uma troca de óleo, ou algo assim.

    Dirigi bem devagar, mas mesmo assim não demorou muito para eu avistar o mar. Virei à direita na autoestrada, com as ondas formando uma linha branca, turbulenta e fantasmagórica na escuridão à minha esquerda. Liguei o rádio. Era algo que eu raramente fazia e, na realidade, chegava a esquecer por longos períodos de tempo que ele estava ali. A estação em que estava sintonizado tocava um velho sucesso da orquestra de Paul Whiteman, música empolgante suavizada para as massas. Admira-me como um sujeito com o nome de Whiteman tenha tido a coragem de tocar jazz.

    Um coelho atravessou correndo a estrada à minha frente, a cauda estranhamente incandescente sob os faróis. Eu poderia ter feito uma comparação entre mim e o animal, mas eu me sentia muito distante para me dar ao trabalho.

    Quando cheguei ao portão, apaguei os faróis, tirei o pé do acelerador e deixei o carro deslizar até parar. A lua se escondera e havia escuridão por toda parte. As árvores assomavam como grandes brutamontes cegos, metendo o nariz para fora da noite. Permaneci lá sentado por algum tempo, ouvindo o ruído do motor. Eu me sentia como um viajante ao fim de uma longa e cansativa jornada. Eu queria descansar, mas sabia que não podia, ainda não.

    Saí do carro e fiquei parado ao lado dele por um minuto, cheirando o ar. Havia um cheiro de queimado do motor, mas fora isso o ar da noite era perfumado com o aroma de grama, rosas e outras plantas das quais eu não sabia os nomes. Comecei a atravessar o gramado. A casa à minha frente estava às escuras, exceto por algumas janelas iluminadas no primeiro andar. Cheguei à subida de cascalho abaixo da porta principal e virei para a esquerda. O cheiro de rosas era intenso ali, inebriante e quase avassalador.

Houve uma rápida agitação do ar em algum lugar por perto e eu me detive, mas não consegui ver nada na escuridão. Em seguida, vi um lampejo azul, um azul brilhante, forte, e houve um som farfalhante que rapidamente desapareceu. Devia ter sido o pavão. Eu esperava que ele não emitisse o seu grito, meus nervos não suportariam.

Quando contornei o lado da casa e me aproximei do jardim de inverno, ouvi o som de um piano e parei para escutar. Chopin, achei, mas provavelmente estava errado — para mim tudo ao piano soa como Chopin. A música, minúscula a essa distância, parecia comoventemente adorável e, bem, apenas comovente. Imagine, pensei, imagine ser capaz de tirar um som como aquele de uma grande caixa preta feita de madeira, marfim e fios esticados.

As amplas portas que levavam ao jardim de inverno estavam trancadas, mas eu podia confiar naquele artifício que eu tinha no meu chaveiro e, após alguns segundos, entrei.

Segui o som da música. No escuro, atravessei o que me parecia ser a sala de estar e caminhei ao longo de um corredor curto, acarpetado, no final do qual estava uma porta fechada para o que imaginei que deveria ser a sala de música. Avancei silenciosamente, tentando não fazer nenhum ruído, mas eu ainda estava a uns cinco metros da porta quando a música parou, bruscamente interrompida. Parei também, e fiquei prestando atenção, mas não ouvi nada, a não ser um zumbido baixo e contínuo de uma lâmpada defeituosa em uma luminária alta, ao meu lado. O que eu estava esperando? Estaria esperando que a porta se escancarasse de repente e uma multidão de amantes da música saísse como uma onda gigante, me conduzisse apressadamente para dentro e me fizesse sentar na primeira fila?

Não bati, apenas girei a maçaneta, empurrei a porta e entrei.

Clare estava sentada ao piano. Quando entrei, ela fechava a tampa e se virava de lado para olhar para mim. Ela deve ter me ouvido no corredor. Seu rosto estava impassível; ela nem mesmo parecia surpresa com o meu aparecimento sem aviso prévio. Ela usava um vestido comprido, azul-escuro, de gola alta. Seus cabelos estavam presos para cima e ela usava brincos e um colar de pequenos diamantes brancos. Parecia vestida para um concerto. Onde estava o seu público?

— Olá, Clare — disse eu. — Não deixe que eu interrompa a música.

As cortinas estavam cerradas diante das duas janelas altas na parede atrás do piano. A única luz na sala vinha de um grande abajur de metal em cima do piano. Tinha um globo de vidro branco e sua base era moldada na forma de uma pata de leão. Era o tipo de coisa que a mãe de Clare acharia que era a última palavra em termos de decoração. Em torno dele, viam-se algumas dezenas de fotografias em molduras de prata de tamanhos variados. Em uma delas, reconheci Clare ainda muito jovem, usando uma tiara de flores nos cabelos louros e curtos.

Ela levantou-se, a seda do seu vestido produziu um leve e delicado sussurro; era o tipo de som feminino que sempre faz o coração de um homem bater mais depressa, quaisquer que sejam as circunstâncias. Seu rosto ainda não revelava nada do que ela estaria sentindo.

— Eu não ouvi o seu carro — disse ela. — Talvez estivesse tocando alto demais.

— Eu o deixei no portão — disse eu.

— Sim, mas normalmente eu ouço quando um carro para em qualquer lugar nos arredores.

— Foi a música, então.

— Sim. Eu estava distraída.

Ficamos ali parados, com cerca de cinco metros de assoalho entre nós, fitando-nos mutuamente de uma maneira impotente. Eu não tinha previsto o quanto aquilo seria difícil. Eu segurava o meu chapéu na mão.

— Onde ele está? — perguntei.

Ela empertigou os ombros e levantou a cabeça, as narinas se alargando, como se eu tivesse dito alguma coisa ofensiva.

— Por que você veio aqui? — perguntou ela.

— Você me disse para vir. Ao telefone.

Ela franziu a testa.

— Eu?

— Sim, você mesma.

Sua mente parecia estar em algum outro lugar; ela estava distraída, sem dúvida. Quando falou novamente, sua voz havia se tornado estranhamente alta, como se ela quisesse ser ouvida mais longe.

— O que você quer com a gente?

— Sabe de uma coisa? — eu lhe disse. — Agora que você pergunta, eu não tenho mais certeza. Pensei que talvez eu pudesse ter alguns esclarecimentos, mas de repente parece que não consigo me lembrar o que são, exatamente.

— Você pareceu muito irritado, quando telefonou.

— É porque eu estava. Ainda estou.

Sua boca se torceu no que poderia ser um sorriso.

— Não parece.

— É o que ensinam a você na escola de detetives. Acho que se chama "mascarar suas emoções". Você mesma é muito boa nisso.

— Importa-se de me dizer com o que você está irritado?

Eu ri, ou fiz um ruído de risada, e sacudi a cabeça.

— Ah, querida — disse eu —, por onde eu iria começar?

Houve um ruído à minha esquerda, uma espécie de golfada estrangulada, e, quando me virei para ver de onde tinha vindo, fui surpreendido ao ver Richard Cavendish esparramado em um sofá, dormindo ou desmaiado, eu não saberia dizer qual. Como eu não o havia notado assim que entrei na sala? Um corpo sobre um sofá — é o tipo de coisa que eu não devia ignorar. Ele estava encostado com os braços atirados para os lados e as pernas abertas. Estava vestindo calça jeans, brilhantes botas de caubói e uma camisa xadrez. Seu rosto tinha uma palidez cinzenta e sua boca estava aberta.

— Ele chegou aqui cambaleando há pouco tempo, muito embriagado — disse Clare. — Ele vai dormir durante horas e não se lembrará de nada pela manhã. Acontece com frequência. Ele é atraído pelo som do piano, eu acho, embora deteste música, ou assim gosta de me dizer. — Ela mostrou aquele sorrisinho tenso outra vez. — É como a mariposa e a chama, suponho.

— Importa-se se eu me sentar? — perguntei. — Estou um pouco cansado.

Ela apontou para uma cadeira extremamente ornamentada, com um encosto em forma de lira, estofada em seda amarela. Parecia delicada demais para suportar o meu peso, mas eu me sentei nela ainda assim. Clare voltou para a banqueta do piano e acomodou-se ali, as pernas cruzadas sob o vestido e um braço languidamente estendido sobre a tampa do piano. Mas ela sentava-se com as costas muito retas. Por alguma razão, eu não havia notado antes o quanto seu pescoço era longo e delgado. Os diamantes em seu pescoço cintilavam, fazendo-me lembrar as luzes da cidade que eu estivera observando mais cedo da janela do meu escritório, enquanto esperava o telefonema dela.

— Eu vi Peterson — disse eu.

Isso obteve uma resposta. Ela inclinou-se rapidamente para a frente, como se fosse ficar de pé com um salto, e eu vi as juntas dos seus dedos da mão esquerda se enrijecerem onde ela a pousava sobre a tampa do piano. Seus olhos negros arregalaram-se e uma luz quase febril se apoderou deles. Quando ela falou, sua voz estava engasgada.

— Por que você não me contou?

— Acabei de contar — disse eu.

— Quero dizer, antes. Quando você o viu?

— Hoje, por volta do meio-dia.

— Onde?

— Não importa onde. Ele me telefonou, disse que queria se encontrar comigo, eu fui ao seu encontro.

— Mas... — Ela piscou rapidamente e um ligeiro tremor percorreu-a até a ponta do sapato, de onde espreitava por baixo da bainha do vestido azul.

— O que ele disse? Ele... ele deu alguma explicação para o fato de ter fingido estar morto? Ele não pode simplesmente ter aparecido assim, com uma chamada telefônica e um pedido para encontrar-se com você. Conte-me. *Conte-me.*

Peguei minha cigarreira. Não perguntei se ela se importava se eu fumasse; eu não estava com disposição para bancar o educado.

— Ele nunca foi seu amante, não é? — disse eu. — Isso foi apenas uma informação falsa que você me forneceu, de modo que houvesse uma razão para me contratar e eu ir procurar por ele. — Ela começou a dizer alguma coisa, mas eu a interrompi. — Não se preocupe em mentir — disse eu. — Olhe, o fato é que eu não me importo. Realmente nunca acreditei na história de por-favor-encontre-meu-namorado-perdido. Só pela descrição que fez dele, eu sabia que Peterson era o tipo de sujeito a quem você não daria a menor atenção.

— Então, por que fingiu acreditar em mim?

— Eu estava curioso. Além disso, para ser sincero, não gostava da perspectiva de você sair do meu escritório e eu nunca mais vê-la novamente. Patético, não?

Ela corou. Isso me deixou estarrecido e me fez pensar se eu deveria rever, ainda que só um pouquinho, todas as duras conclusões a que eu tinha chegado sobre ela e seu caráter desde que conversei com Peterson naquela manhã. Talvez ela fosse o tipo de mulher que facilmente se deixa enredar pelos homens. Quem era eu para julgá-la? Mas, em seguida, pensei em todas as mentiras que ela havia me contado, ainda que por omissão, pensei em todas as maneiras com que ela havia me enganado desde o começo, e a raiva tomou conta de mim outra vez.

Ela estava sentada agora, com o rosto virado para o lado esquerdo, mostrando-me seu perfil perfeito. Você pode odiar uma mulher e ainda saber que tudo o que ela tem que fazer é acenar e você se jogaria aos seus pés e cobriria seus sapatos de beijos.

— Por favor — disse ela —, conte-me o que aconteceu quando você se encontrou com ele.

— Ele tinha uma mala. Queria que eu a entregasse a um homem chamado Lou Hendricks. Conhece o nome?

Ela deu de ombros desdenhosamente.

— Acho que já o ouvi.

— É claro que ouviu. Ele é o sujeito para quem Peterson devia trazer a droga.

— Que droga?

Eu ri. Ela continuava a olhar para o lado, continuava a mostrar para mim o perfil clássico, que era muito melhor do que o de Cleópatra.

— Ora, vamos — disse eu. — Você pode parar de fingir agora. A farsa acabou. Você nada tem a perder sendo honesta, ou já se esqueceu de como fazer isso?

— Não há necessidade de me insultar.

— Não, eu concordo, mas de certa forma é divertido.

Eu andara batendo o cigarro na minha mão em concha. Clare, então, levantou-se, pegou um grande cinzeiro de cristal da tampa do piano e entregou-o a mim. Eu esvaziei as cinzas da minha mão no cinzeiro e depois o coloquei no chão ao lado da minha cadeira. Ela virou-se com novo farfalhar de seda, caminhou de volta e sentou-se novamente na banqueta do piano. Apesar de estar com raiva dela, muita raiva, doeu em mim o conhecimento de que eu tinha perdido para sempre qualquer pequeno fragmento dela que por um breve instante ela permitiu que eu pensasse que era meu.

— Diga-me uma coisa — continuei. — Foi tudo uma farsa?

Notei as cortinas na janela à esquerda mexendo-se um pouco, embora eu não pudesse sentir a menor corrente de vento.

— O que é que você quer dizer com "tudo"?
— Você sabe o que eu quero dizer.
Ela baixou os olhos, para as suas mãos, entrelaçadas no colo. Eu estava pensando no abajur ao lado da minha cama, com as rosas cor de sangue pintadas sobre ele, e seus gemidos em meus braços, suas pálpebras trêmulas e suas unhas fincando-se em meu ombro.
— Não — disse ela, em uma voz tão baixa e suave que eu mal podia ouvi-la. — Não, tudo não.
Ela levantou os olhos para os meus e, com um olhar suplicante, colocou um dedo sobre os lábios e meneou a cabeça muito de leve. Eu lhe devolvi um olhar perplexo. Ela não precisava ter se preocupado, eu não iria dizer em voz alta o que ela silenciosamente me pedia para não dizer. De que valeria? Para que causar mais estrago ao que já tinha sido feito? Além do mais, eu estava desesperado para acreditar que ela fora para a cama comigo porque queria, que não havia sido mais uma coisa que ela fizera pelo homem que realmente amava.
As cortinas mexeram-se novamente.
— Você está pedindo muito, sra. Cavendish — disse eu, alto o suficiente para que todos na sala pudessem ouvir. Clare balançou a cabeça, antes de abaixá-la outra vez. Amassei meu cigarro no cinzeiro no chão e levantei-me.
— Tudo bem, Terry — disse eu, bem alto. — Pode sair daí agora. Já acabamos de representar.

No começo, não aconteceu nada, exceto que Clare Cavendish deu um gritinho engraçado, sufocado, como se algo a tivesse picado, e colocou a mão sobre a boca. Em seguida, aquelas cortinas que se mexiam misteriosamente se afastaram e o homem que eu conhecia como Terry Lennox entrou na sala, exibindo aquele sorriso de que eu tão bem me lembrava: infantil, envergonhado, um pouco pesaroso. Ele usava um terno escuro trespassado e uma gravata-borboleta azul. Ele era alto, magro e elegante, a elegância ainda mais ressaltada por seu aparente desconhecimento dela. Ele tinha cabelos escuros e um bigode aparado.

Lembrei-me que eu nunca tinha visto o seu verdadeiro rosto. Quando eu o conheci, há alguns anos, seus cabelos eram brancos e sua face e maxilar direitos eram paralisados, a pele morta coberta de cicatrizes longas e finas. Durante a guerra, ele tinha sido atingido pela explosão de um morteiro e depois fora capturado pelos alemães, que o haviam remendado de qualquer maneira. Essa, ao menos, era a história que ele havia contado. Depois, mais tarde, quando sua mulher foi assassinada e tudo indicava que ele seria condenado por isso, ele fugira para o México — com a minha ajuda, devo dizer —, tendo forjado o seu suicídio e feito uma extensa cirurgia plástica, dessa vez um trabalho caro e especializado, e se transformado em um sul-americano. Eu o vira uma vez sob sua nova identidade; em seguida, ele desapareceu da minha vida. E agora estava de volta.

— Olá, garoto — disse ele. — Pode me dar um cigarro? Senti o cheiro da fumaça do seu e tive uma súbita vontade.

Eu tenho que dar o merecido crédito a Terry — quem mais poderia ter se escondido atrás de uma cortina por meia hora e sair dali tão seguro de si e *nonchalant* quanto Cary Grant? Dei um passo à frente, tirando minha cigarreira, abrindo-a com um rápido movimento do meu polegar e estendendo-a para ele.

— Sirva-se — disse eu. — Você largou ou o quê?

— Sim — disse ele, pegando um dos meus cigarros e enrolando-o entre os dedos com satisfação. — Estava afetando a minha saúde. — Ele colocou a mão no peito. — O ar seco lá embaixo não é bom para mim.

Estranho como até mesmo em um momento como esse as pessoas mergulham em uma conversa fútil, não? Clare ainda estava sentada na banqueta do piano com a mão sobre a boca. Ela não tinha nem mesmo se virado para olhar para Terry. Bem, ela não precisava.

Ofereci um fósforo e Terry inclinou-se para a chama.

— Como foi o voo? — perguntei. — Você veio de Acapulco, certo?

— Não — disse ele —, eu estava em Baja tirando umas pequenas férias quando Clare me chamou. Felizmente, consegui pegar um avião pulverizador local para Tijuana e, em seguida, um voo da Mexicana Airlines até aqui. O avião era um DC-3. Eu segurava os braços do assento com tanta força que meus dedos ainda estão dormentes.

Ele fez aquele truque que sempre costumava fazer, puxando profundamente a fumaça e deixando-a parada em seu lábio inferior por um segundo antes de inalá-la.

— Ah — disse ele com um suspiro —, que bom. — Inclinou a cabeça de lado e me percorreu com um olhar crítico. — Você parece bem maltratado, Phil — disse ele. — Andou tendo dificuldades com todo esse negócio com o Nico e tudo o mais? Sinto muito, realmente, sinto muito.

Ele estava sendo sincero. Terry era assim, ele roubaria a sua carteira, derrubaria você no chão e o pisotearia, mas um segundo depois o ajudaria a se levantar, sacudir a poeira e lhe pediria as mais profundas desculpas. E você acreditaria nele. Você até mesmo se veria perguntando se ele estava bem e dizendo que esperava que não tivesse distendido o pulso ou algo assim, por ter tido que manter aquela arma pesada apontada para você enquanto ele revirava seus bolsos. Estou sendo injusto? Talvez um pouco. Nos velhos tempos, quando eu pensava que o conhecia, ele era bastante correto. Não negava sua bebida, nem seu dinheiro, e sempre tinha um problema com alguma mulher, mas eu nunca soube que ele fosse realmente um canalha. Essa última parte havia mudado agora.

— Como está o Menendez? — perguntei.

Ele sorriu com certa ironia.

— Oh, você conhece o Mendy. Ele é aquele sujeito que sempre dá a volta por cima.

— Você o vê muito?

— Ele mantém contato. Devo-lhe muito, como você sabe.

Sim, eu sabia. Foi Menendez, junto com outro velho amigo de Terry do tempo da guerra, Randy Starr, que o tinha ajudado a desaparecer e arranjar uma nova identidade após o seu suposto suicídio em Otatoclán. Os três tinham estado juntos em uma trincheira em algum lugar na França, quando aquela granada de morteiro aterrissou, e fora Terry quem salvara a vida de todos eles agarrando a granada, correndo para fora e atirando-a no ar, como um zagueiro de futebol americano arremessa uma bola em um passe desesperado. Ou assim, pelo menos, é como a história era contada. Eu nunca soube o quanto acreditar sobre Terry e suas aventuras, e continuava não sabendo. Por exemplo, mais tarde, descobri que ele não era Terry Lennox de Salt Lake City, como ele alegava, mas Paul Marston, um canadense, nascido em Montreal. Mas quem mais ele poderia ter sido, antes disso? E quem ele seria, eu me perguntava, da próxima vez que eu o visse, se é que o veria de novo um dia? Quantas camadas tem uma cebola?

— Mendy está baseado em Acapulco, certo? — disse eu. — É lá que você está também?

— Sim. É agradável lá, à beira-mar.

— Como é mesmo que você passou a se chamar? Esqueci.

— Maioranos — disse ele, encabulado. — Cisco Maioranos.

— Outro nome falso. Não combina com você, Terry. Eu diria...

— *Pelo amor de Deus!* — gritou Clare subitamente, levantando-se da banqueta do piano com um salto e voltando-se para nós com o rosto lívido de raiva.

— Vocês vão ficar aí *conversando* a noite inteira? É grotesco! Vocês são como dois terríveis garotinhos que fizeram uma travessura e não foram apanhados.

Nós nos viramos e olhamos espantados para ela. Eu acho que tínhamos esquecido que ela estava ali.

— Calma, menina — disse Terry, em uma tentativa fracassada de parecer descontraído. — Somos apenas dois velhos amigos colocando a conversa em dia. — Ele me deu uma rápida piscadela. — Não é, Phil?

Clare ia dizer mais alguma coisa, uma vez que era evidente que tinha muito a dizer, mas nesse exato momento ouviu-se uma leve batida na porta, que se abriu um pouco e onde surgiu uma estranha aparição. Era uma cabeça, com um rosto tão branco quanto a máscara de um ator de teatro Noh e um monte de cabelos presos em uma espécie de rede bem ajustada à cabeça. Ficamos olhando espantados para aquilo, nós três, e em seguida aquilo falou.

— Eu estava procurando um livro na biblioteca e ouvi vozes. Vocês não têm uma cama para ir dormir?

Era a mãe de Clare. Ela entrou completamente na sala. Vestia um robe de flanela cor-de-rosa e chinelos cor-de-rosa, com pompons cor-de-rosa em cima. O creme branco em seu rosto era uma espécie de máscara de beleza. Seus olhos, olhando para fora da máscara, eram vermelhos, como os de um bêbado, e seus lábios tinham a cor de bife cru.

— Oh, mãe — disse Clare em um tom de desespero, com a mão na testa —, por favor, volte para a cama.

A sra. Langrishe ignorou-a e fechou a porta atrás de si. Ela olhava para Terry com a testa franzida.

— E quem é esse, se posso saber?

Terry não hesitou, mas dirigiu-se para ela suavemente, sorridente, com a mão delgada estendida.

— Meu nome é Lennox, sra. Langrishe — disse ele. — Terry Lennox. Acho que ainda não fomos apresentados.

Mamãe Langrishe fixou os olhos nele por um instante, tentando focalizá-lo, e então abriu um sorriso. Ninguém, jovem ou velho, consegue resistir a Terry quando ele joga seu charme sobre eles, como um spray de um frasco de perfume. Ela tomou a mão dele entre as suas.

— Você é amigo de Richard? — perguntou ela.

Terry hesitou.

— Hã... sim, eu suponho que seja.

Seu olhar adejou na direção do sofá e mamãe Langrishe olhou para lá também.

— Ora, veja, lá está ele! — disse ela, e seu sorriso ampliou-se e tornou-se ainda mais terno. — Ah, meu Deus, vejam só, dormindo como um bebê.

Ela voltou-se para Clare e a assustadora abertura de sua boca contraiu-se.

— E por que você está toda bem-vestida? — quis ela saber. — Estamos no meio da noite.

— Por favor, volte para a cama, mamãe — disse Clare novamente. — Você sabe que temos uma reunião com o pessoal da Bloomingdale's na parte da manhã. Você vai ficar esgotada.

— Ach, me deixe em paz! — berrou sua mãe. Ela voltou-se novamente para Terry com uma piscadela marota. — Você e Richard caíram na farra, é isso? Pobre rapaz, ele não deve beber, vai direto para a cabeça. — Ela virou-se e novamente olhou com indulgência para a figura esparramada no sofá. — Ele é terrível, isso ele é.

Como se a tivesse ouvido falar, Cavendish remexeu-se em seu sono e resfolegou bem alto. A mãe de Clare deu uma risadinha, encantada.

— Ouçam só! Ele não é um completo patife!?

Finalmente, ela me notou. Franziu a testa.

— Eu me lembro de você — disse ela, apontando um dedo no meu peito. — Você é... como é mesmo o nome, aquele detetive... — Seus lábios curvaram-se para cima, em um sorriso furtivo, maligno, e a máscara branca desenvolveu uma malha de pequenas fissuras de cada lado de sua boca, e por um segundo ela pareceu sinistramente um palhaço.

— Já encontrou as pérolas da madame? — perguntou ela, em um tom sugestivo, sussurrante. — É por isso que você está aqui?

— Não, eu ainda não as encontrei — disse eu. — Mas estou seguindo seu rastro de perto.

O sorriso do palhaço morreu instantaneamente, e ela apontou aquele dedo outra vez, e dessa vez com um tremor de raiva.

— Não zombe de mim, menino — disse ela, asperamente.

— Eu acho, sra. Langrishe — disse Terry, interrompendo delicadamente —, acho que Clare tem razão, acho que deveria voltar para a cama. Não vai querer perder o seu sono de beleza.

Ela olhou para ele e seus olhos se estreitaram. Acho que ela já tinha lidado com muitos tipos de fala macia como Terry ao longo dos anos para se deixar levar pelo seu vago encanto.

Clare adiantou-se e colocou a mão de leve no braço da mãe.

— Venha, mãe, por favor — disse ela. — O sr. Marlowe e Terry são velhos amigos. Foi por isso que eu os convidei para vir aqui esta noite. É uma espécie de reencontro.

Achei que a velha raposa sabia que estavam mentindo para ela, mas provavelmente estava cansada e ficou bastante feliz em aceitar a mentira e bater em retirada. Ela sorriu docemente para Terry outra vez, lançou-me um olhar carrancudo, em seguida permitiu-se ser conduzida à porta. Clare, acompanhando-a, olhou para trás, para mim e Terry. Perguntei-me se chegaria um dia em que ela se pareceria com sua mãe agora.

Depois que as duas mulheres saíram, Terry soltou o ar pelos lábios semicerrados e em seguida riu baixinho.

— Que figura — disse ele. — Ela me deixou apavorado.

— Você não me pareceu muito apavorado — disse eu.

— Oh, bem, você me conhece, um mestre do disfarce. — Ele veio até onde eu estava sentado, abaixou-se e apagou seu cigarro no cinzeiro que estava no chão, depois enfiou as mãos nos bolsos, foi andando como se estivesse passeando até o sofá e ficou olhando para Cavendish, onde ele estava esparramado como a caricatura de um bêbado.

— Pobre Dick — disse ele. — A mãe de Clare tem razão, ele não devia beber.

— Você já o conhecia? — perguntei. — Quero dizer, antes?

— Oh, sim. Ele e Clare sempre iam ao México. Todos nós nos conhecíamos: Nico, nosso amigo Mendy, alguns outros. Há um bar à beira-mar onde costumávamos nos reunir à noite para coquetéis. Lugar agradável. — Ele voltou a olhar para mim por cima do ombro. — Você deveria fazer uma visita, um dia. Está com uma aparência de quem está precisando de um pouco de sol e relaxamento. Você exige demais de si mesmo, Phil, sempre foi assim.

No dia seguinte àquele em que sua esposa foi assassinada, eu levara Terry em meu carro até Tijuana, ao aeroporto de lá, onde ele pegou um voo para o sul. Quando voltei, Joe Green estava à minha espera. Eles sabiam que Terry tinha fugido e me pegaram como prêmio de consolação. Fui tratado violentamente pelo chefe de Joe, um brutamontes chamado Gregorius, e passei duas noites em cana antes de me deixarem ir, depois de ficarem sabendo do tão conveniente suicídio de Terry. Por pouco o episódio não causou um grande estrago, a mim e à minha reputação. Sim, Terry tinha uma dívida comigo.

Ele caminhou de volta e postou-se diante de mim, as mãos ainda nos bolsos. Ele exibia seu sorriso mais sedutor.

— Você trouxe a mala, por acaso? — perguntou ele. — Imagino que tenha sido por isso que Nico quis ver você, para entregá-la. Nico nunca teve muita tenacidade. Ele se apavora muito facilmente. Eu tenho que admitir, sempre o desprezei um pouco.

— Não o suficiente para deixar de utilizá-lo como sua mula?

Ele arregalou os olhos.

— *Minha* mula? Oh, não, meu caro, você não acha que *eu* estou nesse negócio, não é? Demasiado sujo para mim.

— Eu concordaria com você desta vez — disse eu. — Mas você mudou, Terry. Posso ver nos seus olhos.

— Você está errado, Phil. — Ele sacudiu a cabeça lentamente de um lado para outro. — Claro, eu mudei, tive que mudar. Nem tudo são bandas de música, margaritas e frango com molho de chocolate na vida lá embaixo. Eu já tive que fazer algumas coisas que jamais sonharia em fazer aqui em cima.

— Está dizendo que acabou com o dinheiro que herdou da Sylvia? Era dinheiro de Harlan Potter, deixado para ela. Tinha que haver muito dinheiro.

Ele franziu os lábios outra vez, penso que para disfarçar um sorriso.

— Digamos que eu fiz alguns investimentos equivocados.

— Com Mendy Menendez?

Ele não disse nada, mas pude ver que eu estava certo.

— Então, você está em dívida com Mendy, e lhe deve muita grana. Foi por esse motivo que enviou Clare a mim, em nome de Mendy, certo?

Terry virou-se e afastou-se de mim, em passos lentos e rígidos, olhando para o chão, em seguida virou-se outra vez, fez o caminho de volta e parou na minha frente novamente.

— Como eu sempre digo, você conhece Mendy. Ele não dá folga quando se trata de dinheiro, dívidas e coisas assim.

— Pensei que você fosse seu amigo e seu herói — disse eu —, por conta de tê-lo salvo, e Randy Starr, de uma morte sangrenta no campo de batalha.

Terry deu uma risadinha.

— Os heróis ficam manchados, depois de algum tempo — disse ele. — E depois você sabe tão bem quanto eu como são as pessoas, elas se cansam de serem gratas. Até mesmo começam a se ressentir de dever favores a você.

Pensei no assunto. Ele tinha razão. Sempre me surpreendeu que Mendy o tivesse ajudado, para começar. Eu suspeitara que Terry devia saber de alguma coisa contra ele. Pensei em perguntar se tinha sido esse o caso, mas não me interessei em saber.

— Claro — ele continuou —, Clare teria ficado feliz em me tirar dessa, ela tem muito dinheiro próprio, você sabe. Ela queria me dar algum para pagar Mendy, mas — ele exibiu aquele seu sorriso apologético e condescendente — ainda tenho alguns resquícios de honra intactos.

— E os dois mexicanos? — perguntei.

— Sim — disse Terry, e uma ruga se formou entre as suas sobrancelhas —, isso foi um mau negócio. A irmã de Nico, eu não a conheci, mas tenho certeza de que ela não merecia morrer.

— Ela estava metida nisso com Nico — disse eu. — Ela identificou o corpo.

— Sim, mas, de todo modo, ser assassinada dessa forma... — Ele fez uma careta. — Juro que eu não sabia que Mendy estava enviando os mexicanos atrás de Nico. Achei que ele iria esperar até que Clare tivesse... tivesse falado com você, até que você tivesse tido tempo de encontrar Nico, como eu não tinha nenhuma dúvida que você faria, se Mendy tivesse esperado um pouco mais. Mas Mendy é uma lamentável mistura de impaciência e desconfiança. Assim, ele enviou aqueles dois para cá para começarem a sua própria busca por Nico. Um triste erro.

— A questão é, naturalmente — disse eu —, ninguém, nem você, nem Mendy, nem nenhuma outra pessoa, teria ficado sabendo do falso desaparecimento de Nico se Clare não o tivesse visto na rua naquele dia em San Francisco.

— Sim, isso é verdade. Sabe — ele girou em um dos calcanhares e deu mais alguns daqueles passos rígidos, as mãos entrelaçadas às costas —, não posso deixar de desejar que ela não o tivesse visto. Tudo teria sido muito mais simples.

— Isso provavelmente é verdade. Mas foi culpa dela? Ela não disse a Mendy que o tinha visto, não é? Acho que ela disse a você, e *você* disse a Mendy. E foi assim que tudo começou. Estou certo?

— Eu não posso mentir para você. — Aquilo me fez rir, e, quando o fiz, Terry pareceu magoado, sinceramente. — De qualquer forma, não estou mentindo agora — disse ele, em tom ofendido. — Sim, eu contei a Mendy. Não deveria ter contado, eu sei. Mas, como eu disse, tenho razões para ser grato a ele.

— E também precisava ficar nas boas graças dele, trazendo-lhe a informação privilegiada de que Peterson só estava se fingindo de morto e ainda estava à solta, de posse da mala cheia de drogas de Mendy.

— Ah, sim — disse Terry. — Aquela mala.

— Você a deu a mim para guardá-la para você, um dia.

— Isso mesmo, foi o que eu fiz. Foi naquela noite em que você me levou a Tijuana, depois que a pobre Sylvia morreu? Não consigo me lembrar. Quando você viu Peterson com ela, a reconheceu, é claro.

— Ela certamente teve uma vida.

— Feita na Inglaterra, sabe. Os ingleses fabricam para durar.

Ele parou de andar pela sala, sentou-se na banqueta do piano, cruzou um joelho sobre o outro e levou a mão ao queixo, como *O pensador*, de Rodin. Terry tinha as pernas mais esguias que eu já tinha visto. Ele parecia uma cegonha.

Ele começou a dizer alguma coisa, mas nesse instante Richard Cavendish sentou-se ereto no sofá e olhou para nós, lambendo os lábios e piscando.

— O que está acontecendo? — disse com a voz arrastada.

Terry mal olhou em sua direção.

— Está tudo bem, Dick — disse ele. — Volte a dormir.

— Ah, está bem — murmurou Cavendish e caiu prostrado como estava antes, com os braços e as pernas atirados para os lados. Após um ou dois segundos, ele começou a roncar baixinho.

Terry batia nos bolsos. Não sei o que ele esperava encontrar lá.

— Eu lhe pediria outro cigarro — disse ele —, só que não quero recomeçar a fumar o tempo todo. — Ele ergueu os olhos para mim, de lado. — Vai me dizer onde está a mala? — perguntou ele.

— Claro. Está num compartimento de bagagem na Union Station e a chave está dentro de um envelope a caminho para um amigo meu, bem, uma espécie de amigo, chamado Bernie Ohls. Ele é o chefe adjunto de homicídios, trabalha no escritório do delegado.

A sala ficou muito silenciosa de repente. Terry permaneceu lá sentado, contorcido sobre si mesmo, com os joelhos cruzados, uma das mãos no queixo e a outra apoiando o cotovelo. Fui para a janela, entrei na abertura entre as cortinas e olhei para fora. Não havia nada para ver, apenas escuridão e o meu próprio reflexo sombreado na vidraça.

— Eu acho — disse Terry atrás de mim —, eu acho que isso não foi muito sábio, companheiro. Acho que não foi nada sábio. — Sua voz não soou com raiva, nem ameaçadora, não soou nada, exceto, talvez, um pouco melancólica. Sim, essa era a palavra: melancólica.

Em seguida, ele falou novamente e sua voz havia mudado.

— Ah — disse ele —, é você. O que é que você tem aí?

Virei-me da janela. Terry ainda estava sentado na banqueta do piano, de costas para mim. Além dele, o irmão de Clare, Everett, estava em pé no vão da porta, aquela madeixa de cabelo caída na testa. Ele não parecia muito melhor do que da última vez em que eu o vira, mas pelo menos estava consciente. Ele usava pijama e um roupão de seda com dragões bordados. Calçava mocassins de couro — pareciam esquisitos com o pijama — e tinha uma pistola na mão. Era uma arma pequena e delicada, uma espécie de Colt, pensei. Pude ver que tinha um cabo de madrepérola. Não parecia de verdade, mas todas as armas, até a mais delicada, podem abrir um buraco no mais duro dos corações.

Ele olhou para mim quando eu dei um passo à frente, saindo das sombras das cortinas, e pareceu desconcertado.

Eu era o fator que ele não esperava.

— Olá, Everett — disse eu. — Nós o acordamos? Sua mãe saiu daqui agora. — Ele me olhou espantado. Parecia mais jovem do que era, porque seu rosto era frágil. E, suponho, porque sua mãe o mimava, paparicava e protegia do mundo grande e cruel. Ao menos, é o que ela pensava que estava fazendo.

— Quem é você? — disse ele. Seus olhos estavam fundos, com olheiras escuras.

— Meu nome é Marlowe — disse eu. — Já nos encontramos, em duas ocasiões. Na primeira, você estava acordado, e conversamos lá fora no gramado, lembra-se? Você achou que eu talvez fosse o novo motorista. Na segunda, você não sabia que eu estava lá.

— De que você está falando?

— Você me perguntou quem eu era — disse eu — e eu estava explicando.

Forcei um sorriso. Eu tentava ganhar tempo. Everett Edwards Terceiro podia ser um maricas, como Wilber Canning teria dito, mas era também um viciado em heroína e tinha uma arma na mão.

— Oh, sim — disse ele, em um tom de desdém. — Eu me lembro agora. É o sujeito que estava procurando por Clare no outro dia. Um tipo de detetive, não é? — De repente, sacudiu-se com uma risadinha. — Um detetive! Essa é boa! Eu tenho uma arma e você é um detetive. Essa é boa mesmo!

Ele voltou sua atenção para Terry.

— Você — disse ele, agora sem rir —, por que está aqui?

Terry refletiu.

— Bem, eu sou uma espécie de amigo da família, Rett. Você me conhece. — Eu ainda só conseguia ver as costas de Terry e a parte de trás de sua cabeça, mas ele parecia muito calmo. Fiquei satisfeito. Todos teriam que ter muita, muita calma durante os próximos minutos.

Terry continuou:

— Lembra-se dos bons momentos que tivemos, lá em Acapulco? Lembra-se do dia em que lhe ensinei esqui aquático? Foi um belo dia, hein? E depois todos nós fomos jantar naquele lugar na praia,

Pedro's, se chamava. Continua lá. Eu sempre vou lá e, quando vou, me lembro de você, e dos bons momentos que passamos.

— Seu filho da mãe — disse Everett calmamente. — Foi você que me viciou. Foi você que me deu a droga da primeira vez. — Sua mão tremia e a arma tremia também. Isso não era bom. Uma arma trêmula pode disparar facilmente. Eu já vi isso acontecer. Everett estava à beira das lágrimas, mas elas seriam lágrimas de raiva. — *Foi você o culpado.*

— Ah, não seja tão melodramático, Rett — disse Terry com uma pequena risada. — Você era um garoto muito nervoso naquela época e eu achei que uma pitada ocasional de pó da felicidade lhe faria bem. Desculpe-me se eu estava errado.

— Como se atreve a vir aqui, a esta casa — disse Everett. Sua mão tremeu ainda mais e o cano da pistola deu uma guinada tão grande que me fez trincar os dentes.

— Escute — disse eu —, escute, Rett, por que você não me dá essa arma?

O jovem me fitou por um instante e, em seguida, soltou uma risada estridente.

— É assim que os detetives falam? Realmente? — disse ele. — Pensei que isso só acontecia em filmes.

Ele simulou uma cara séria e engrossou a voz, para soar mais ou menos como a minha.

— *Por que você não me dá a arma, Everett, antes que alguém se machuque.* — Ele lançou os olhos para o teto. — Você não entende, idiota? Esse é justamente o ponto: alguém *vai* se machucar. Alguém vai se machucar muito. Não é, *Terry*? Não é assim, meu velho parceiro dos dias de Acapulco?

Foi quando Terry cometeu seu erro. Em situações como essa, alguém sempre comete; alguém sempre dá o passo errado, tolo, e tudo vira um inferno. Ele subitamente deu um salto da banqueta do piano e lançou-se para frente, como um nadador dando um mergulho em águas rasas, aterrissou de barriga e agarrou o cinzeiro de cristal que estava lá no chão, ao lado da cadeira onde eu me sentara. Ele pretendia atirá-lo em Everett, um disco letal. Só não pensou que, quando você está deitado assim de frente, não consegue fazer um arremesso com muita força. Além do mais, Everett foi rápido demais para ele e Terry ainda estava levando o braço para trás quando Everett deu um passo à frente, segurando a pistola com o braço estendido, apontou para a cabeça de Terry e puxou o gatilho.

A bala atingiu Terry na testa, logo abaixo da linha do cabelo. Ele permaneceu como estava por um instante, deitado, com o cinzeiro em uma das mãos e a outra apoiada ao seu lado no chão, enquanto tentava se levantar. Mas ele não iria mais se levantar, nunca mais. Havia dois furos na sua cabeça, um na testa e outro maior na parte de trás, na base de seu crânio. Havia uma grande quantidade de sangue saindo pelo segundo furo, e também um pouco de uma viscosa massa cinzenta. Sua cabeça caiu e o rosto bateu no carpete.

Everett parecia que ia atirar outra vez, mas eu o alcancei antes que ele pudesse disparar o segundo tiro. Não tive muita dificuldade em tirar a arma dele. Na verdade, ele praticamente a entregou a mim. Ele ficara tão frouxo quanto uma menina, e permaneceu lá parado, o lábio inferior tremendo, olhando aterrorizado para Terry, estendido no chão, sangrando. Um dos pés de Terry, o direito, debateu-se espasmodicamente algumas vezes e depois ficou imóvel. Notei, como já tinha tido oportunidade de notar antes, como a pólvora cheira a bacon frito.

Atrás de Everett, a porta se abriu novamente, e dessa vez Clare entrou. Ela parou na porta e olhou para a cena diante de si com uma expressão de horror e incredulidade. Em seguida, caminhou para frente, empurrou o irmão para o lado e caiu de joelhos. Ela levantou a cabeça de Terry e segurou-a no colo. Ela não disse nada. Nem mesmo chorou. Ela realmente o amava; eu via isso claramente agora. Como não poderia?

Ela ergueu os olhos para mim, para a arma em minha mão.

— Você...?

Eu sacudi a cabeça.

Ela virou-se para o irmão.

— Foi você? — Ele não quis olhar para ela. — Nunca vou perdoá-lo — disse ela a ele, em uma voz calma, quase formal. — Nunca o perdoarei e espero que você morra. Espero que dê a si mesmo uma overdose, muito em breve, entre em coma e nunca mais saia dele. Eu sempre o odiei e agora sei por quê. Eu sabia que um dia você iria arruinar a minha vida.

Everett continuou a não olhar para ela, não respondeu, não disse uma palavra sequer. Afinal, não havia muito a dizer.

Atrás de nós, Richard Cavendish levantou-se e adiantou-se, arrastando os pés. Ao ver Terry e o sangue brilhante encharcando a frente do vestido azul de sua esposa, ele parou. Nada aconteceu por alguns segundos; então, Cavendish, de repente, riu.

— Bem, bem — disse ele. — Homem abatido, hein? — E riu novamente. Achei que ele pensava que estava sonhando, que nada do que estava vendo era real. Ele avançou novamente, tropeçando no corpo de Terry, estendeu a mão e deu uns tapinhas na cabeça de Clare, em seguida dirigiu-se para a porta, cantarolando baixinho, e desapareceu.

Finalmente, Clare começou a chorar. Eu pensei em ir até ela, mas o que eu faria? Era tarde demais para fazer qualquer coisa.

25

Eu não chamei Bernie. Achei que ele já tinha me visto o suficiente por algum tempo e eu sem dúvida já estava farto dele — não queria ter que aturá-lo gritando ao telefone outra vez, xingando-me e dizendo-me para fazer coisas comigo mesmo que nem o maior contorcionista do mundo conseguiria fazer. Assim, em vez disso, telefonei para Joe Green, o bom e velho Joe, capaz de tomar uma cerveja com você, contar uma piada e tagarelar sobre um jogo de futebol, e cujas cuecas ficavam emboladas entre as pernas quando o tempo estava quente.

Joe estava de plantão, como sempre, e, vinte minutos depois de receber meu telefonema, ele chegou a Langrishe Lodge com dois carros de polícia, as sirenes ligadas, em seu rastro. A essa altura, Everett Edwards estava todo encolhido como um ouriço no sofá que o seu cunhado bêbado tinha desocupado anteriormente. Ele derramava lágrimas amargas, não de remorso, ao que parecia, mas por algum tipo de frustração, embora, por que ele deveria se sentir frustrado, eu não saiba dizer. Talvez ele achasse que Terry havia morrido rápido demais, sem dor suficiente. Ou talvez estivesse desapontado com a banalidade do que tinha acontecido; talvez ele tenha desejado uma cena grandiosa, com duelos de espadas, discursos e cadáveres espalhados por toda parte, como algo que aquele outro Marlowe, o que viu o sangue de Cristo jorrando não-sei-onde, poderia ter escrito para ele.

Joe parou no meio da sala e olhou ao seu redor com um ar de preocupação. Ele estava fora do seu elemento ali. Estava acostumado a subir estrepitosamente as escadas de casas de cômodos, arrombar portas a pontapés, empurrar criminosos de camisetas suadas contra a parede e enfiar o cano de seu .38 Special em suas bocas para fazê-los parar a gritaria. Esse era o mundo de Joe. O que ele tinha ali parecia um jogo de salão entre membros do country club que tinha dado espetacularmente errado.

Ele acocorou-se e estreitou os olhos, examinando atentamente os buracos de bala no crânio de Terry, depois olhou para Everett Edwards encolhido de medo no sofá e, em seguida, para mim.

— Santo Deus, Phil — disse ele em voz baixa —, que diabos aconteceu aqui?

Eu estendi as mãos e encolhi os ombros. Por onde começar?

Joe levantou-se com um grunhido e voltou-se para Clare Cavendish. Clare, com o rosto abalado, as mãos ensanguentadas caídas na lateral do corpo e a frente do vestido azul embebido e brilhante de sangue, parecia uma figura de um tipo de cena mais antiga, escrita há muito tempo, por um grego da Antiguidade. Joe começou chamando-a de sra. Langrishe, o que serviu de deixa para eu interferir e corrigi-lo.

— O nome é Cavendish, Joe — disse eu. — Sra. Clare Cavendish.

Clare não parecia registrar nada, apenas continuava ali como uma estátua. Estava em estado de choque. Seu irmão, no sofá, emitiu um soluço banhado em lágrimas. Joe olhou para mim novamente, sacudindo a cabeça. Ele estava perdido.

No final, ele entregou Clare a um dos policiais, um irlandês grande e ruivo, cheio de sardas, que lhe deu um sorriso *à la* Barry Fitzgerald e lhe disse que ela não devia se preocupar, de maneira alguma, de maneira alguma. Ele encontrara um cobertor em algum lugar, envolveu os ombros de Clare com ele e conduziu-a solicitamente para fora da sala. Ela o acompanhou sem a menor resistência, deslizando para a porta em seu vestido ensanguentado, mais graciosa do que nunca, as costas retas, o rosto impassível, mostrando-nos o seu perfil adorável.

Eles algemaram Everett e o levaram dali também, de pijama e mocassins. Ele não olhou para ninguém. Seus olhos estavam vermelhos de chorar e as bochechas estavam sujas de muco. Perguntei-me se ele saberia o que o esperava nas próximas semanas e meses, sem falar nos anos seguintes que ele teria de passar em San Quentin, a menos que sua mãe contratasse um advogado suficientemente agressivo e astuto para livrá-lo por meio de alguma brecha legal que ninguém tinha pensado em considerar. Não seria a primeira vez que o filho de uma família rica conseguiria escapar de uma condenação por assassinato.

A seguir, depois que seu filho e sua filha já tinham sido levados, quem surgiu novamente senão mamãe Langrishe, com sua rede de cabelo e sua máscara branca. Ela olhou para o corpo no chão, sobre o qual alguém tinha jogado um cobertor, mas parecia não saber do que se tratava. Ela olhou para mim, e em seguida para Joe. Não estava entendendo nada. Era apenas uma mulher de idade, triste, confusa e perdida.

Quando tudo estava terminado e os carros da polícia tinham ido embora, Joe e eu ficamos do lado de fora, no caminho de cascalho, ao lado do carro dele, fumando um cigarro juntos.

— Meu Deus, Phil — Joe disse —, você já pensou em mudar de trabalho?

— O tempo todo — respondi. — O tempo todo.

— Você sabe que vai ter que ir ao centro para prestar depoimento.

— Sim — disse eu—, eu sei. Mas ouça, Joe, faça-me um favor. Deixe-me ir para casa agora e dormir, e logo de manhã eu estarei lá.

— Não sei não, Phil — disse ele, esfregando o queixo, preocupado.

— Vai ser a primeira coisa que farei de manhã, Joe, dou-lhe a minha palavra.
— Ah, está bem, vá em frente, então.
— Você é um amigo.
— Eu sou é um banana, isso é o que eu sou.
— Não, Joe — disse eu, deixando o cigarro cair no cascalho e esmagando-o com o calcanhar —, o banana sou eu.

Eu fui para casa, tomei um banho, caí na cama e dormi pelo resto da noite. Às sete horas da manhã, meu despertador tocou. Com grande esforço, consegui me levantar, tomei uma xícara de café fumegante e fui para a delegacia, como havia prometido a Joe que faria, e dei meu depoimento ao oficial de plantão.

Eu não disse muita coisa, apenas o suficiente para deixar Joe feliz e satisfazer o tribunal quando o caso do *Estado da Califórnia* vs. *Everett Edwards III* fosse julgado. Eu seria chamado como testemunha, é claro, mas não me incomodava com isso. O que me incomodava era a perspectiva de depor no banco de testemunhas e ver Clare Cavendish sentada na primeira fila do tribunal, olhando para o irmão, conhecido agora como o acusado, aquele que tinha assassinado o seu amante. Não, essa era uma perspectiva que não me aprazia. Lembrei-me de sua mãe, naquele dia, no Ritz-Beverly, dizendo como as pessoas poderiam se machucar nesse caso. Eu havia pensado que ela queria dizer que eu poderia machucar sua filha, mas não era isso que ela estava dizendo. Ela estava se referindo a mim; era eu que iria acabar com cicatrizes, e de alguma forma ela sabia disso na época. Eu deveria ter dado ouvidos a ela.

Quando saí da delegacia, o Olds estava no sol, o calor tremulando em cima do capô. O volante devia estar terrivelmente quente.

Você acha que eu vou dizer que, mais tarde nesse dia, fui ao Victor's e tomei um gimlet em memória do meu amigo morto. Mas não o fiz. O Terry que eu conhecia tinha morrido muito tempo antes de Everett Edwards colocar uma bala atravessando o seu cérebro. Eu jamais teria dito isso a ele, mas Terry Lennox tinha sido a minha ideia de um gentleman. Sim, apesar da bebida e das mulheres, e das pessoas com quem andava, como Mendy Menendez, apesar do fato de que, no final das contas, ele não se importava com ninguém senão consigo mesmo, Terry foi, de alguma forma improvável, um homem honrado.

Esse era o Terry que eu conhecia, ou pelo menos que achava que conhecia. O que aconteceu a ele, o que foi que o fez deixar de ser honesto, justo e leal? Ele costumava culpar a guerra, costumava bater no peito e dizer como, desde que voltara do combate, não restara mais nada vivo dentro dele. Eu não acreditei nisso; tinha uma aura muito trágica e romântica. Talvez a vida lá embaixo, no ensolarado México, com o esqui aquático, os coquetéis à beira-mar e tendo que ser o emissário e negociador de Mendy Menendez, tivesse destruído algo dentro dele, de modo que o estilo, a elegância e o verniz permaneceram, enquanto o metal que se encontrava por baixo foi todo comido pela ferrugem, pelo ácido e pelo câncer. O Terry que eu conhecia jamais teria viciado um garoto como Everett Edwards em heroína. Ele jamais teria se vinculado a um criminoso como Mendy Menendez. Acima de tudo, nunca faria a mulher que o amava seduzir um homem para a sua própria conveniência.

Essa última parte da traição eu decidi cancelar. Vou acreditar que Clare Cavendish entrou na minha cama por sua própria escolha — penso nela naquela noite, com Terry ainda atrás das cortinas, diminuindo a voz e levando um dedo aos lábios para me impedir de dizer que tínhamos ido para a cama juntos. E mesmo se não tivesse sido a mim quem ela queria, ainda que tivesse dormido comigo apenas para me envolver na busca por Nico Peterson, vou acreditar que foi tudo ideia dela própria e que Terry não a convenceu a isso. Algumas coisas você precisa forçar-se a acreditar. O que foi mesmo que ela disse? Fazer uma aposta como Pascal. Bem, foi exatamente o que eu fiz. Ainda não tenho muita certeza de qual foi a aposta de Pascal, mas acredito que deve ter sido algo muito significativo.

Agora, eu abri a gaveta da minha escrivaninha e remexi por ali até encontrar uma velha tabela das companhias aéreas. Comecei a olhar os voos para Paris. Não há nenhuma chance de eu ir lá, mas é agradável sonhar. Exceto que eu não consigo esquecer aquela aliança no fundo da piscina do Cahuilla Club e me pergunto se não teria sido algum tipo de aviso.

Cheguei a fazer um gesto simbólico, quando peguei o abajur com as rosas pintadas da mesinha de cabeceira ao lado da minha cama, levei-o para o quintal e joguei-o na lata do lixo, depois entrei novamente e enchi um cachimbo. Isso significou, para mim, o fim da questão Clare Cavendish. Ela entrou na minha vida e me fez amá-la — bem, talvez ela não tenha me *feito* amá-la, mas a verdade é que ela sabia o que estava fazendo, de qualquer modo — e agora ela se foi.

Não posso dizer que não senti, não sinto, sua falta. O seu tipo de beleza não escorrega pelo meio de seus dedos sem deixá-los chamuscados. Eu sei que estou melhor sem ela. É o que fico me dizendo. Eu sei disso e, um dia, também acreditarei.

Ela estava tocando piano para Terry naquela noite quando eu cheguei a casa. Acho que não é vulgar tocar para alguém quando você o ama.

Na verdade, ela nunca me pagou pelo que me contratou para fazer.

AGRADECIMENTOS

Em seus arquivos, Raymond Chandler mantinha uma lista de possíveis títulos para futuros livros e contos. Entre eles, estavam: *Diário de um espalhafatoso terno xadrez*, *O homem da orelha retalhada* e *Pare de gritar — sou eu*. Também na lista, *A loura de olhos negros*.

Em todas as histórias de Marlowe, o seu criador brincou com a topografia do sul da Califórnia e eu me permiti a mesma licença. No entanto, havia muitos detalhes que tinham que ser precisos e sobre os quais eu não me sentia seguro. Assim, recorri aos conselhos de um quinteto de informantes que conhecem a área intimamente. São eles: Candice Bergen, Brian Siberell, Robert Bookman, e meus agentes Ed Victor e Geoffrey Sanford. Pelos seus conhecimentos, generosidade, paciência e bom humor, desejo expressar meu mais profundo agradecimento. Sinto-me especialmente grato pelo cuidado, atenção e espírito inventivo que Candice Bergen dedicou ao texto e por ter me desviado de inúmeras armadilhas. E lamento que o pavão tenha feito apenas uma rápida aparição.

Outras pessoas a quem devo agradecer sinceramente são: María Fasce Ferri, Rodrigo Fresan, Graham C. Greene e o espólio de Raymond Chandler, dr. Gregory Page, Maria Rejt, Fiona Ruane, John Sterling e minha incomparável editora de originais, Bonnie Thompson.

Por fim, agradeço imensamente a meu irmão, Vincent Banville, que me apresentou Marlowe e cujos próprios romances policiais me mostraram como escrevê-los.

Impressão e Acabamento:
GRÁFICA STAMPPA LTDA.
Rua João Santana, 44 - Ramos - RJ